HERBERT ROCH • BOOTSFAHRTEN

Herbert Roch

Bootsfahrten

Gedichte, Essays und Erzählungen
aus 70 Jahren

Baltica

ISBN 3-934097-13-8

Herstellung: Libri Books on Demand
Umschlaggestaltung: Katja Lübke, Büro 3
Umschlagfoto: Herbert Roch, um 1945

Verlagsverzeichnis schickt gern:

Baltica – Verlag, Postfach 165, D-24925 Flensburg

Inhalt

Geleitwort	7
San José Avenue	11
Irdene Scherben. *Gedichte*	17
Die Lawine. *Erzählungen*	
Die Lawine	83
Biographie einer schüchternen Liebe	114
Der Muche Franz	127
Bootsfahrten. *Essays*	
Vorwort	139
Bootsfahrten	141
Brief über die Freiheit	163
Gedanken über die Mode	175
Ungekünstelter Stil	179
Über das Vergessen	188
Deutsche Schriftsteller als Richter ihrer Zeit	
Zur Einführung	195
Georg Christoph Lichtenberg	198
Georg Büchner	208
Heinrich Heine	219
Marie von Ebner-Eschenbach	226
Heinrich und Thomas Mann	234
Mühsam, Ossietzky, Tucholsky	241
B. Traven	249
Erich Kästner	256
Nachwort	261
Ferien von Berlin	
Quiaios	265
Hauki Saari	267
Buchveröffentlichungen Herbert Rochs	271

Geleitwort

Es gibt Satiriker, die mit ihrem Besen nur an der Oberfläche ihres Zeitalters herumkratzen und denen es ein inniges Vergnügen bereitet, die Feuer ihres Witzes unmittelbar unter den Götzenbildern abzubrennen, zu denen ihre Zeitgenossen wallfahren oder beten. Sie spielen mit den Dummheiten oder Vorurteilen, die in einer Stadt oder einem Lande vorherrschen. Aber sie veralten schnell und werden unverständlich in dem Maße, wie die Sitten sich ändern, die sie geißelten [...]. Das, worüber sie sich in ihrer Zeit am lautesten ereiferten und am schallendsten lachten, entlockt uns nach einem Jahrzehnt kaum noch ein Lächeln [...]. Sie gehören dem Inventar einer versunkenen Epoche an.«

Als Herbert Roch dies im Vorwort seiner 1940 erschienenen Essay-Sammlung »Richter ihrer Zeit« schrieb, konnte er nicht ahnen, daß er selbst noch zu seinen Lebzeiten ein beinahe vergessener Schriftsteller sein würde, weil, wie Ingeborg Drewitz 1978 anmerkte, »die Verlage, die ihn betreut haben, sich in der Nachkriegszeit nicht so deutlich haben profilieren und auf dem Markt durchsetzen können. Schlimm für einen so befähigten mutigen Autor, schlimm für unsere Literaturlandschaft.«

Was Ingeborg Drewitz hier beklagt, geht weit über eine allgemeine Kritik an der Schnellebigkeit unserer Zeit hinaus, die auch vor der Literatur nicht haltgemacht hat. Vielmehr beschreibt sie ein Schicksal, das Herbert Roch nach 1945 mit nicht wenigen engagierten Schriftstellerkollegen, die 1933 in die »innere Emigration« gingen, teilt. Waren die Essays über Grimmelshausen, Swift und Gogol, die Roch in dem Band »Richter ihrer Zeit« vereinigte, 1940 »ein Geheimtip für jene, die sich ihr kritisches Denken bewahrten und für die Stimme eines freien Gewissens die innere Antenne hatten« (Arnold Bauer), so blieb für eine Aufarbeitung der jüngsten deutschen Geschichte nach 1945 neben Wiederaufbau und Wirtschaftswunder bald nur noch wenig Raum, zumal jene Schriftsteller, die nicht vor den Nazis emigriert waren, sich nicht nur durch ihre zurückkehrenden Kollegen herber Kritik ausgesetzt sahen. Herbert Roch haben Worte, wie sie etwa Thomas Mann nach 1945 äußerte, tief getroffen. 1947 schrieb Roch über ihn: »Er hat uns bittere, beleidigende Worte ins Gesicht gesagt; wir werden diese Worte nicht vergessen; aber sie sollen uns keineswegs daran hindern, die Bedeutung seines Werkes und seiner geistigen Haltung voll und ganz zu würdigen. Man kann den Geist, von dem sein Werk getragen wird, nicht auf einem Scheiterhaufen verbrennen [...], denn er ist nichts anderes als Liebe zu jenen Dingen, für welche die besten Geister in der alten und der neuen Welt gekämpft und gelitten haben.«

Herbert Roch gehört zu jenen, die »in der alten Welt«, unter dem Hakenkreuz, die Stimme der Menschlichkeit hinter einer Mauer der Verbote und des Totschweigens bewahrten und erhoben. Sein antifaschistischer Roman »Pleiten und Propheten« konnte 1933 nicht mehr erscheinen; von Will Vesper wurde er öffentlich als »ein offenbar nur mühsam Gleichgeschalteter« angeprangert, weil er sich für die Gedichte des jüdischen Lyrikers Alfred Margul-Sperber eingesetzt hatte.

Bis 1933 schrieb Herbert Roch regelmäßig für die von Theodor Heuss herausgegebene Zeitschrift »Die Hilfe«, nach 1945 gehörte er, zusammen mit seinem Freund Günter Birkenfeld, zu den Publizisten der ersten Stunde und veröffentlichte u.a. in dem mit US-Lizenz herausgegebenen »Horizont« seine Aufsätze unter dem ebenso pädagogischen wie programmatischen Titel »Deutsche Dichter und Richter ihrer Zeit«, die er bereits 1947 in einem Band zusammenfaßte.

Herbert Roch wurde am 30. Dezember 1907 in Penzig (Oberlausitz) geboren. Von 1922 bis 1927 verbrachte er fünf entscheidende Jugendjahre in Kalifornien und Hawaii. Hier entstanden seine ersten Gedichte, hier fand er den Stoff zu seinen ersten Erzählungen – und er entdeckte, daß ›hinter dem Berge auch noch Leute wohnen‹, wie Fontane einmal schrieb, mit dem Herbert Roch sich in vielem – und nicht nur wegen des gemeinsamen Geburtstages – verwandt zeigt. Zeit seines Lebens blieb Roch ein passionierter Reisender, getragen von der Erkenntnis, »daß erst der Blick nach draußen, zu fremden Völkern, die heimische Welt in der richtigen Perspektive erkennen läßt.«

Seit seiner Rückkehr lebte Roch in Berlin und besuchte zunächst die Arbeiter-Abiturienten-Kurse an der Karl-Marx-Schule in Berlin-Neukölln. Nach ersten Veröffentlichungen im »Simplizissimus«, im »Vorwärts« und verschiedenen Berliner Tageszeitungen trat er bald nicht nur mit seinen kulturgeschichtlich fundierten Charakterporträts deutscher und europäischer Schriftsteller hervor; er machte sich ebenso einen Namen als feinsinniger Lyriker und Erzähler. Die vorliegende Auswahl aus seinem vielfältigen Schaffen führt nicht zufällig den Titel seiner 1948 erschienenen Essaysammlung, denn Herbert Roch begriff das Essayschreiben »als eine Art geistigen Bootfahrens«.

Neben dieser ›kleinen Form‹, die seiner besonderen Begabung, mit der er schöpferische Phantasie mit kritischem Urteilsvermögen verband, vielleicht am ehesten entsprach, entdeckte Roch auch den Roman für sich: Seine Verehrung für Amedeo Modigliani bezeugt der 1955 erschienene biographische Roman »Schicksal am Montparnasse«. Vier Jahre später folgte die farbige, mit ironischen Glanzlichtern versehene und von Lebensweisheit getragene Biographie »Maupassant, ein Leben«.

Im Zentrum dieser Biographien – wie auch in den 1949 unter dem Titel »Die Lawine« erschienenen Erzählungen – steht der Mensch, der große einzelne; sie zeigen, wie er sein Schicksal bewältigt, wie er reift, sich entwickelt, handelt und gestaltet. In den Erzählungen erweist sich Roch als Gestalter der Zeit, ihrer Menschen und den gegen sie anrückenden Gewalten.

Seine letzte große Arbeit widmete Herbert Roch einem Schriftsteller, der ebenso wie er selbst »in der Heimat des europäischen Denkens zu Hause« war. »Fontane, Berlin und das 19. Jahrhundert« erschien 1962, als von einer allgemeinen »Fontane-Renaissance« noch keine Rede sein konnte. Was Herbert Roch an Fontane besonders schätzte: daß dessen Gestalten tief in den geschichtlichen und gesellschaftlichen Raum eingebettet seien, gilt nicht minder für seine eigene Darstellung, in der er ein facettenreiches Bild des 19. Jahrhunderts entwickelt und Fontane in seinem sozialen Umfeld gezeigt hat.

Nicht unerwähnt bleiben soll an dieser Stelle die Vielzahl von Übersetzungen klassischer und moderner Literatur aus England und Amerika, die Herbert Roch seit seiner Rückkehr nach Deutschland vorgelegt hat und die ihn einmal mehr als einfühlsamen Sprachgestalter zeigen.

Zurückgezogen lebte Herbert Roch bis kurz vor seinem Tod in Berlin, noch immer ein aufmerksamer Beobachter seiner Zeit, dabei aber kritisch vor allem gegen sich selbst und seiner Arbeit verpflichtet. Nur drei Monate nach Vollendung seines 70. Geburtstages und bereits von schwerer Krankheit gezeichnet, verstarb er am 30. März 1978 in Stockelsdorf bei Lübeck.

Der vorliegende Band enthält neben einer Auswahl aus den Essay-Sammlungen »Bootsfahrten« und »Deutsche Schriftsteller als Richter ihrer Zeit« sowie aus dem Erzählungen-Band »Die Lawine« die vollständige Wiedergabe der 1954 erschienenen Gedichtsammlung »Irdene Scherben«. »San José Avenue« ist Herbert Rochs unvollendet gebliebener Autobiographie entnommen, die den Titel »Das eigene Leben« hatte tragen sollen. Auch »Hauki Saari« und das Gedicht »Quiaios« sind dem Nachlaß entnommen, der sich seit 1996 im Archiv der Stadtbibliothek Lübeck befindet.

Stockelsdorf, August 2000

Helmut Roch

San José Avenue

San José Avenue

San José Avenue, Alameda, Kalifornien. Die Hausnummer habe ich vergessen, aber desto lebhafter erinnere ich mich meiner Wirtin, Mrs. Zeiner, einer großen stattlichen Frau mit üppigem rotblonden Haar und schilfgrünen Augen, die trotz ihrer vierzig Jahre noch auf jedem irischen Volksfest im Shellmound Park aufgefallen wäre und als Schönheit gegolten hätte. Ich fühlte mich wohl in ihrem Hause und hielt mich gern in meinem Zimmer auf, das nach der Straße lag; es war nicht groß und einfach möbliert, aber stets sauber. Es umschloß mich wie ein Gehäuse. Sobald ich die Tür hinter mir geschlossen hatte, war ich für mich. Ich brauchte keine Rücksichten auf die Wünsche und Forderungen von Verwandten zu nehmen und konnte meine Zeit einteilen, wie ich wollte. Ich hatte eine selbständige Stellung, ich hatte freundliche Kollegen und eine Wirtin, die mich weder bemutterte noch behelligte und nicht in meinen Sachen schnüffelte, und mein Los wäre beneidenswert gewesen, wenn ich ein Mädchen und ein paar gleichaltrige Freunde gefunden und nicht in zunehmendem Maße unter Heimweh gelitten hätte. Diese Erkrankung des Gemütes, bedingt und gefördert durch die sexuelle Bedrängnis der Pubertät und die emotielle Unausgeglichenheit, die dazu gehört, stürzten mich in ein Gefühls- und Gedankenchaos, das von Verrücktheit und Jugend-Irresein kaum zu unterscheiden war.

In diesem Zustand schrieb ich mein erstes Gedicht. Ich wußte so gut wie nichts von Literatur und Dichtung. Ich kannte ein paar Balladen, die wir in der Schule auswendig hatten lernen müssen: Den Erlkönig, den Taucher, einen Teil der Glocke, des Sängers Fluch. Das war alles. Ich hatte nie in meinem Leben einen Vers gemacht, nie gereimt. Ich wußte nichts von poetischen Regeln; Metrik war ein Wort, unter dem ich mir nichts hatte vorstellen können. Das alles lag außerhalb meiner Erfahrung. Ich hatte noch nie das Verlangen gehabt, etwas in gebundener Rede zu Papier zu bringen und kannte keinen einzigen zeitgenössischen Dichter. Tante Annchen in Penzig hatte mitunter Gelegenheitsgedichte verfaßt und bei der Zusammenstellung so mancher Hochzeitszeitung mitgewirkt. Aber Tante Annchen war eine verwachsene Person, ihr sah man solche Scherze nach. Sonst wüßte ich nicht, daß es in unserer Familie je einen Gelehrten oder einen Schriftsteller gegeben hätte. Ich schien also weder durch Vererbung noch Erziehung dazu bestimmt. Die Umgebung, in der ich lebte, war alles andere als poetisch. Und so war ich selbst vielleicht am meisten überrascht von der Wendung, die die Dinge nahmen, mit elementarer Wucht, wie ein Blitzstrahl, der mitten durch mich hindurchging, so daß ein Teil von mir gleichsam zu Asche zerfiel und ein anderer in Weißglut geriet wie bei dem Jüngling im Feuerofen.

Der äußere Anlaß dazu war folgender: Eines Abends kam ich von der Arbeit nach Hause und fand zwei Briefe vor, einen von meiner Penziger Schulfreundin Erna Galle und einen anderen von meiner Berliner Ferienbekanntschaft Hilde Eckert. Ich schrieb mich mit beiden Mädchen, und sie antworteten regelmäßig und ausführlich und erzählten beide unbefangen von sich und ihrem Leben, das unter den verschiedensten Aspekten verlief. Erna Galle war die typische Haustochter geblieben, die wenig mit der Außenwelt in Berührung kam und ihre Tage am Nähtisch verbrachte, immer unter Aufsicht ihrer Eltern. Sie war gefühlvoller, um nicht zu sagen sentimentaler als die Berlinerin, die längst in ein Büro ging, mit vielerlei Menschen Umgang hatte und lebhaften Anteil an den vielen Zerstreuungen und Vergnügungen nahm, die Berlin bot. Gegensätzlichere Naturen konnte man sich kaum denken. Und so spiegelten ihre Briefe auch zwei Welten, zwei Temperamente wider, und ich fühlte mich bald zu dem stillen, verhaltenen Wesen der Penzigerin hingezogen, bald stärker zu der lebenspraktischen, nüchternen Art der Berlinerin. Verliebt war ich in beide – oder glaubte es zu sein. Mein ganzes Heimweh bestand zu einem großen Teil aus Sehnsucht nach ihnen. Und so riefen ihre gleichzeitig an jenem Abend eingetroffenen Briefe einen solchen Wirbel von Empfindungen in mir hervor, daß etwas bisher Unbewußtes und Ungewecktes mit einem Mal sagbar wurde und die Form eines Gedichts annahm. Es waren wahrscheinlich die unbeholfensten und banalsten Verse, die je von einem jungen Menschen geschrieben wurden. Aber wieso überhaupt Verse? Der Vorgang bleibt unerklärlich, wenn man nicht einen Akt der Selbstbefreiung darin erblicken will. Ich betrachtete das Gedicht, das unter meinen Händen entstanden war wie etwas Fremdes, mit einer Mischung aus Angst und Schrecken, als sähe ich das eigene Blut zum ersten

Mal fließen. Dann mit frohem Erstaunen, zuletzt mit Stolz. Noch ahnte ich nicht, daß dieses Ereignis sich von nun an in nicht vorauszusehenden Zwischenräumen und aus unergründlichen Anlässen ständig wiederholen und mich in ernste Konflikte mit meiner Berufsarbeit, meiner Umwelt und meiner Familie bringen würde. Vielleicht hätte ich sonst dieses erste Gedicht sofort vernichtet, mich kalt abgewaschen und mich von dem nächtlichen Spuk befreit. Statt dessen fertigte ich Abschriften an und schickte beiden Mädchen je eine Kopie. Zur Verwunderung meiner Wirtin häuften sich Papiere und Bücher auf meinem Tisch. In der Stadtbibliothek von Alameda gab es eine kleine deutschsprachige Abteilung. Ich las alles, was dort vorhanden war, und es dauerte nicht lange, da fing ich an, eine Art »Faust« zu schreiben und dokumentierte meine ganze Unreife in schlechten Versen über Welt und Leben, Gott und Tod. Ich begann zu moralisieren und zu philosophieren. Schopenhauers »Aphorismen zur Lebensweisheit« ergriffen mich mit einer solchen Gewalt, daß ich heute noch zittere, wenn ich an diese Stunden zurückdenke und mir überlege, was ich diesem Bändchen verdanke, im Positiven wie im Negativen. Ich schrieb lange Episteln über Sein und Nichtsein und schickte diese Ergüsse, egoistisch und naiv, an meine Eltern, die entsetzt waren, als ihr Sohn ihnen in aller Überheblichkeit verkündete, sie hätten besser daran getan, ihn nicht in die Welt zu setzen. In wenigen Wochen hatte ich ein Drama fertig, eine »Imelda di Lambertazzi« nach einer altitalienischen Novelle, die ich in einem Sammelband gefunden hatte, ein Schauerstück voller Weltverneinung, Gefasel über Liebe und Frauen, angelesenen, mißverstandenen Sentenzen, Moralpredigten, Dolchen und Leichen. Meine Mutter quälte sich durch das unleserliche Manuskript, und da ich überzeugt war, ein Meisterwerk vollbracht zu haben und darauf bestand, reichte sie das Stück beim Görlitzer Stadttheater ein und erhielt es umgehend zurück. Ich war sehr unglücklich, als sie mir den Mißerfolg ihrer Bemühungen mitteilte, ließ mich aber nicht entmutigen und schrieb wie besessen weiter, manchmal die ganze Nacht hindurch, bis es Zeit war, auf Arbeit zu gehen.

Meinen Kollegen in der Bäckerei muß ich in jener Balladen-, Dramen- und Schopenhauer-Zeit – ich hatte mir inzwischen die Reclamsche Gesamtausgabe seiner Werke angeschafft – höchst konfus und mit meinem Gerede über Askese, Negation des Willens zum Leben und meiner strikten Ablehnung allen aufs bloß

Nützliche und Einträgliche gerichteten Denkens ziemlich lächerlich und naseweis vorgekommen sein. Es waren samt und sonders verheiratete Männer mit Familien, denen es mehr als gleichgültig war, was die deutschen Mystiker gelehrt hatten und ob die Außenwelt für uns erkennbar wäre oder nicht. Sie interessierten sich für Löhne, Steuern, Mieten, Preise – Dinge, die ich für absolut nebensächlich hielt, der Gedanken nicht würdig, die man darauf verschwendete. Manchmal belustigte ich sie mit meinen Ausführungen, meistens jedoch hörten sie für eine Weile gelangweilt zu und sprachen dann von etwas anderem. Ich stand völlig allein da mit meinen verworrenen Ansichten, die überdies häufig wechselten, je nach der Lektüre, die ich gerade betrieb. Ohne es zu merken, widersprach ich mir selber und verwarf heute das, was ich gestern leidenschaftlich verteidigt hatte. Mir fehlte jegliche Systematik, jegliche Methode. Ich hatte keinen Lehrer, keine Anleitung. Und so war ich bald von maßloser Überheblichkeit und dann wieder völlig von der eigenen Nichtigkeit durchdrungen. Ich las zuviel und schrieb zuviel. Das Schreiben wurde zur Manie. Meine Briefe wurden immer länger, immer verzweifelter. Auch die Empfänger waren verzweifelt darüber. Hilde Eckert teilte mir eines Tages mit, daß sie einen Akademiker kennengelernt hätte, einen sehr gebildeten und strebsamen Herrn, der bald einen leitenden Posten in der Firma übernehmen würde. Er besäße ein Segelboot, und sie wäre oft draußen auf dem Wannsee mit ihm. Segeln wäre etwas Herrliches, besonders mit einem Mann, den man gernhabe. Ich geriet in wilde Eifersucht auf diesen Akademiker und sandte der Berlinerin eine lange Abhandlung über den Unterschied zwischen dem, was einer sei und was einer vorstelle, frei nach Schopenhauer, und warnte sie vor ihrem segelnden Doktortitel. Mehrere Monate hindurch führten wir eine hitzige briefliche Kontroverse über dieses Thema, bis sie mir gestand, daß sie ihrem Freund meine Briefe gezeigt hätte. Nach der Lektüre hätte er den Kopf geschüttelt und von einem Wirrkopf gesprochen, dem anscheinend zwei Jahre auf einem preußischen Kasernenhof fehlten. Das kränkte mich tief, und ich brach den Briefwechsel ab. Es dauerte indes nicht lange, da meldete Hilde sich wieder, unglücklich, ihr Doktor wäre ihr untreu geworden und segle jetzt mit einer anderen. Zum Teufel mit dem Doktor, schrieb ich ihr und nahm alle angelesene Philosophie zu Hilfe, um sie zu trösten, und wir setzten die unterbrochene Korrespondenz fort, weise wie zwei alte Eulen.

Irdene Scherben

Gedichte

VORSPRUCH

Ich seh die Menschen gern beim Lichtanzünden,
wer Feuer macht, tut eine gute Tat;
ich seh die Menschen gern beim Garbenbinden
und bei der Saat.
Ich weiß, der rechte Weg ist schwer zu finden
und wer ihn sucht, ist immer in Gefahr,
noch viele Hindernisse sind zu überwinden,
damit es so nicht bleibe, wie es war.
Wir sind so reich, wie wir uns selber machen,
wer arbeitet, tut viel; wer dabei denkt, tut mehr;
und wenn wir unsre eignen Dummheiten belachen,
verhindern wir am ehesten des Unheils Wiederkehr.

BALLADE VON MEINER HERKUNFT

Im Jahre neunzehnhundertundsieben
kam ich in einem Orte zur Welt,
dessen Geschichte noch nicht geschrieben:
Glashütten, Heide, Kneipen und Feld.

Häßlich und ärmlich: die Häuser und Leute;
aber das Glas in den Hütten klang,
und der Meister, wie sehr er sich freute,
wenn ihm der Henkel am Krug gelang.

Früher holten sie Holz aus dem Walde,
und so schmolzen sie Soda und Sand,
und bald türmte sich Halde an Halde,
Schüttungen schoben schwarz sich ins Land.

Und es kamen die großen Maschinen,
Zwilling des Reichtums, das Elend, stieg,
aber es blieben Blumen und Bienen,
Fluß und Wiesen, Fluch und Musik.

Tränen flossen, geliebt und verraten,
Wirtshaus und Kirche, Schnaps und Altar,
Träume von nie begangenen Taten,
jeder sicher und doch in Gefahr.

Trostlose Nacht zu trostlosen Tagen,
in den Häusern Gestank und Gezänk;
zwei, die sich gestern blutig geschlagen,
heute wurden sie sich zum Geschenk.

Schwarz in den steigenden Rauch der Hütten
mischte sich alle Freude und Qual,
die der Mensch meiner Heimat erlitten –
einmal, hundertmal, tausendmal.

Unten im Flusse laichten die Fische,
Streik kam und Krieg und Revolution,

und es fehlten im Bett und am Tische
Vater und Bruder und Mann und Sohn.

Jeder Seufzer und alle die Schreie:
ich war das Netz, in dem es sich fing;
über Scherben und Tränen ins Freie
führte der Weg, den ich suchend ging.

Und in den Hütten erlosch das Feuer,
und was im Ofen glühte, ward kalt;
aber das Leben blieb Abenteuer,
Holz ward zur Flamme – Flamme Gestalt.

IN MEINEM LEBEN

In meinem Leben gab es dunkle Tage
und Mittagsstille, Glut und Wind;
es wechselte der Jubel mit der Klage,
bald war ich sehend und bald blind.

Ich baute mir so manche goldne Brücke,
sah vor mir manchen Baum zur Rast;
das Schicksal riß mir Traum um Traum in Stücke,
zu alten Lasten kam die neue Last.

Und es vernarbten wohl die alten Wunden,
doch blieb ein Rest von Bitterkeit,
und immer seltener wurden die Stunden,
da froh mein Herz und frei von Leid.

So wars, als ich begann; so wird es bleiben.
Zu welchem Tod? In welches Grab?
Und unaufhaltsam, unaufhörlich treiben
des Lebens Wasser mich flußab.

ZECHLINER SONETTE

1

An Zeitenrand nach langer Fahrt verschlagen,
ein Sämann ohne Acker, ohne Feld,
in Wüstenleere einsam hingestellt,
sollst du den Funken aus dem Steine schlagen.

Dich bindet ein Gesetz an diese Welt,
an ihre tiefen Späße, ihre Plagen,
noch lange sollst du ihre Mühsal tragen,
der stummen Dinge Sprecher und ihr Held.

Und du wirst von Geröll und von Lawinen
noch manchen dunklen Tag verschüttet sein,
ein aus der Zeit herausgebrochner Stein.

Und trotzdem wirst du gläubig weiter dienen,
wenn du auch zweifelnd selber dich verhöhnst
und täglich unter neuen Qualen stöhnst.

2

Von Anfang an ist dies dir aufgegeben
nach einem strengen inneren Gebot:
entreiß die tausend Dinge ihrem Tod
und führ sie durch die Form zu höh'rem Leben.

Ein kleiner Schritt nur, und die Welt verroht,
laß etwas Spannung fehlen, etwas Streben,
schon stürzt der Himmel und die Erden beben,
und die Vernichtung und das Grauen droht.

Du wirst vielleicht am Wege liegen bleiben
von namenloser Dunkelheit umhüllt,
indes der Wahnsinn auf den Straßen brüllt.

Doch dein Bemüh'n wird andre vorwärtstreiben
über die schwarzen Klippen und den Sand,
bis einst gewonnen ist der helle Strand.

3

Auf einem weißen Strande zu zerfließen,
ganz Helle, Klarheit, ohne Schwere sein,
eins werden mit den Dingen, sich entzwei'n,
und alte Schuld in neuen Formen büßen.

Berauscht sein von der Liebe dunklem Wein,
das Wirkende im Sichtbaren erschließen,
und tätig bildend eigne Kraft genießen,
vom Keim zur Frucht und von der Frucht zum Keim.

Die tausend Einsamkeiten um dich fühlen
und wissen: jede tiefe Fruchtbarkeit
will Stille um sich, tiefe Dunkelheit,

das tiefste Leben will am tiefsten spielen
und sich an seiner schönen Unschuld freu'n,
sich leidend wandeln, lustvoll sich erneu'n.

AM MORGEN

Ich gehe gern im grauen Nebelrauch der Flüsse
und warte, bis er sich zerteilt
und bis die Sonne alles Ungewisse
an ihre goldnen Strahlen seilt.

Geburt der Welt, der Tag gewinnt Konturen,
des Fährmanns Kahn liegt breit im Strom –
laut schlagen mir des Daseins Uhren
vom hochgewölbten Zeitendom.

ELEGIE

Mit den Händen des Herzens
Grab ich im Erdreich der Zeit
nach den Schätzen des Lebens;
und vom Gebirge meiner Hoffnung
blicke ich hinaus auf das Meer,
von dem ich heimgekehrt bin
und das ich mit seinen Wellen
und seinen Stürmen in mir trage.

Längst versank der letzte Tag meiner Jugend;
noch seh ich ihn manchmal
als ein weißes Segel am Horizont.

Und nun wird es Herbst.
Ihre Schale zersprengt die Kastanie
und nächtlich fallen die Birnen ins Gras.

Aus dem Abgrund der Nacht steigt rot der Mond
und raunt mir Geduld und Gelassenheit zu.

REGENTAG

Regentag am Meer,
graue Ewigkeit,
bange Wiederkehr
träumeschwerer Zeit.

Alles was geschah,
bräche wieder aus,
wärst du mir nicht nah
in dem dunklen Haus.

LASS DEN DINGEN

Laß den Dingen die Verhüllung,
alles Tiefe will Verkleidung,
besser Sehnsucht als Erfüllung,
nichts ist schlimmer als Bescheidung.

Glühe, leuchte und verbrenne,
aus der Asche steigt das Leben,
wirf dein Korn auf Gottes Tenne
und dein Herz ins Blut der Reben.

Und zerbrich dein Glück zuzeiten,
eh die Götter es zerbrechen
und eh sich die Dunkelheiten
an dem Lichte in dir rächen.

WALDERDBEEREN

Wir hatten Walderdbeeren gegessen,
aber das hast du jetzt längst vergessen
und müßtest es eigentlich noch wissen,
das Moos war weich wie ein seidenes Kissen,
und über dem See lag ein heißes Flimmern,
doch du willst dich nicht mehr daran erinnern.

»Die schwarzen Punkte, da draußen im Schilfe,
ob das Enten sind?«
Ich wußte es nicht; warm war der Sommerwind,
und du riefst nicht um Hilfe
und warst ebenso warm und so leicht und schwer
wie er
und auf deinem Mund
waren Spuren von Küssen und Walderdbeeren –
o See ohne Grund,
o Fülle im Leeren!

Hämmernd pochte ein Specht sich heran.
»Ist das ein Specht?«
»Jawohl«, sagte ich. »Vielleicht ein bunter.«
Und dachte an Gnomen im Wurzelgeflecht.
Ich war so müde und du so munter,
und die Zeit, die Zeit verrann.

Was sollte ich sagen?
Was sollte geschehn?
Nichts war verklungen,
ach, um des Glückes gelähmte Zungen!
Besteht denn das Leben nur aus Fragen?
Ach, um die Tiefe der klarsten Seen!

Und nun hast du vergessen,
daß wir am flimmernden See gesessen
und reife Walderdbeeren gegessen.

NACH EINER MUSIK

Manchmal öffnet das Leben
dir all seine hohen Türen,
das Dasein will sich in dir,
du sollst in ihm dich verlieren.

Es nimmt dir jegliche Last,
befreit von jeglicher Fessel,
bis dir das Brennen der Nessel
so lieb wie die Rose ist.

Schlage die Türen nicht zu,
wage den Schritt ins Freie,
setz dir den Sommer ins Haar
und empfang seine Weihe.

IN DEINER WELT

In deiner Welt ist alles Spiel,
du bist ein Reigen von Gestalten,
bist Schiff und Segel, Mast und Kiel,
nur wer dich gehn läßt, kann dich halten.

Du bist die Stadt, die in Schwermut ertrinkt,
du hast mit Riesen und Göttern geschlafen,
und wenn der Tag dann nachtwärts sinkt,
stehst du als Leuchtturm unten am Hafen.

Lagunen schimmern in deinem Blick,
Winter, Rauhreif und gelbe Mimosen,
du kehrst wie ein Kreis in dich selber zurück
in überraschenden Metamorphosen.

Immer schweifend jenseits des Flusses,
stellst du zur guten Stunde dich ein,
und es duftet noch lange der Wein
nach dem Schmerz deines letzten Kusses.

FLUSS UND MOND

Sanft schmiegt der Fluß sich in die Krümmung,
dem Mond entgegen, der ihn lockt,
und der in hoher Geisterstimmung
tief im Geäst des Baumes hockt.

Doch hält's ihn nicht in jenen Zweigen,
und, wie der Fluß nicht Ruhe kennt,
siehst du ihn plötzlich höher steigen
und wandern über's Firmament.

Folgt er dem Flusse, dessen Strömen
ein brüderliches Echo ist?
Kreist er in Zahlen, schwingt in Tönen,
die unser Ohr nur nicht ermißt?

Sein Bild erzittert auf den Wellen,
wohin du blickst, es ist dir nah,
und von der Mündung zu den Quellen
strahlt schön sein Antlitz, hier wie da.

ES WAR EIN LEUCHTEN

Es war ein Leuchten und ein Glänzen,
es war wie Vogelflug und Rast,
es war Vergessen und Ergänzen,
Befreitsein von der Tage Last;
es war ein starkes, tiefes Strömen
uns selber und den Dingen zu,
es war ein Geben und ein Nehmen,
auf feinem Sand ein Frauenschuh.

Der Fluß zog still und breit und trächtig,
die Wiesen standen herbstzeitlos,
und mittäglich und mitternächtig
fielen uns Früchte in den Schoß;
der Tag stieg in die heißen Hügel,
die Nacht fiel in den dunklen Wein,
des Daseins Tür war ohne Riegel
und ohne Schwere war der Stein.

Von Wald ummodert, führten Wege
zu fernen Orten des Verzichts,
und jeder Baum genoß die Pflege
der kühlen Regen und des Lichts,
das warm und golden auf die Höhen
und auf die Apfelbäume fiel,
wie Abschied und wie Wiedersehen,
durchsonnend Schale, Kern und Stiel.

AUS LEBENSFREUDE

Ich möchte deine Flügel abstauben
und mich mit dir in die Lüfte erheben
und mit dir, wie frühmorgens die Tauben,
über funkelnde Felder schweben.

Ich möchte dir Wurzeln geben und Kraft,
tief in das Erdreich einzudringen,
bis dein Herz alle Leidenschaft
ausströmt in wachsenden Dingen.

Befrein möcht ich dich und möchte dich binden
an die fliehende Wolke, den rastlosen Fluß,
um dich dort draußen wiederzufinden,
wo sich alles aus Eignem erneuern muß.

DREI SOMMERTAGE

Drei Sommertage, unvergessen,
umrahmt von Berg und Wald und See,
was uns das Schicksal zugemessen
an Glück und Leid und Lust und Weh,
in jenen Tagen ward's empfangen,
du kamst, und eine Tür ging auf,
Getrenntes klang in eins zusammen,
nahm unbeirrbar seinen Lauf.

Drei Sommertage – siebzehn Jahre –
und nichts hat ihren Glanz getrübt,
und nicht das ist das Wunderbare,
daß wir uns damals sehr geliebt,
doch daß sie uns erhalten blieben
durch alle Fährnisse der Zeit
und neue schöne Blüten trieben,
gibt ihnen Unvergänglichkeit.

DANN BRACHTE DICH DER SOMMER MIT

Für Elisabeth

Ich wußte kaum mehr, wie das ist,
wenn reifes Korn am Wege steht,
ein Wolkenschiff vorüberweht,
das weiß und groß und freundlich ist.

Ich wußte nichts mehr von der Nacht,
wie still sie ist und wie besternt,
das alles hatte ich verlernt
und nur in Träumen dran gedacht.

Und manchmal hörte ich den Fluß
und aus dem Wald den Kuckuck schrein;
ich war in einer Stadt allein
und fand nicht Antwort auf den Gruß.

Ich wußte kaum mehr, wie das ist,
wenn man verliebte Lieder singt
und sorglos über Wiesen springt,
und wie man schöne Mädchen küßt.

Dann brachte dich der Sommer mit,
du hast mich alles das gelehrt
und hast mich leicht und unbeschwert
gemacht mit deinem frohen Schritt.

MORGEN – HEUTE

Werd ich dich morgen sehn?
Mir ist so bange.
Wirst du mich noch verstehn
morgen – wie lange?

Wirst du mir morgen nah
oder sehr fern sein?
Heute noch bist du da
und bist noch gern mein.

Heute ist alles gut,
keinerlei Schranken;
du bist in meinem Blut,
laß mich dir danken!

FRAGE NICHT

Frage nicht voller Entsetzen
nach dem Sinn dieser Zeit;
sei zu allem bereit,
vieles, was bindet, befreit,
und entthrone die Götzen.

Laß dir dein Lachen nicht rauben,
quält dich auch der Betrug,
bald schon leert sich der Krug,
alles, was fast dich erschlug,
gibt dir den neuen Glauben.

Fürchte dich nicht wie so viele,
deren Leben verflacht,
vor dem Tod und der Nacht.
Schön ist, was richtig gedacht.
Lern es, lebe und spiele.

MONDVERZAUBERTE STUNDEN

Mondverzauberte Stunden,
alles ist Traum und Glanz,
hab ich zu dir gefunden,
löst sich die Seele ganz.

Fliegt über Land und Meere,
aber was weiß ich von mir?
Voll von Trauer und Schwere,
Ding zwischen Gottheit und Tier.

Bin ich ein Anfang, ein Ende?
Eines nur ist gewiß:
deine erlösenden Hände
bannen die Finsternis.

SONETT FÜR E.

Wir haben unser Tal und unsre Höhen
der Wildnis Schritt um Schritt entringen müssen;
auch unser Tag stieg aus den Finsternissen,
nur langsam lernten wir, ins Licht zu sehen.

Die Leidenschaft ist in sich selbst verbissen,
die Liebe erst gibt Größe und Verstehen;
laß uns auf ihren Wegen weitergehen
und nichts von ihren süßen Schrecken missen.

Das Böseste in uns ist nicht zu trennen
vom Besten, das die Liebe uns gegeben
und das wir immer wieder neu erfahren.

Man lernt sich nur durch Qual und Nöte kennen,
wer Tiefe will, muß in die Höhe streben
und so der Dinge Gleichgewicht bewahren.

KURZ GESAGT

Ich bin nicht prüde und kein Puritaner,
das Haus, das mir gehört, betracht ich kaum als mein;
ich leb auf Abruf; würd mich jedoch ärgern,
geschäh es grad, wenn ich im Freundeskreis beim Wein
zu mitternächtlich heitrer Stunde säße:
das Glas noch halb gefüllt und offnen Sinns für
alle Späße.

AUF DAS ANTLITZ EINER FRAU

Klarheit deines Gesichtes,
die ich beglückend empfand,
mit der Wärme des Lichtes
und seiner Helle verwandt.

Spiegel lebendiger Stille,
reif wie die Trauben am Hang,
weiß es von Lebensfülle
und Sterben und Untergang.

Wege noch unbeschritten,
Untreue, Schrecken, Gewalt:
was das Herz auch erlitten,
ward in dem Antlitz Gestalt.

Nichts mehr roh und zerstückelt,
gekrönt von der Stirne Rund,

Geist und Sinne entwickelt
und wurzelnd im selben Grund.

HELL IM GLANZ

Hell im Glanz des jungen Jahres
und knospend
steigt das Land aus dem See.

An schwarzen Stämmen
schimmern lichte Blätter;
es lächelt
das graue, faltige Antlitz der Erde.

Mit Ungestüm
rüttelt der Wind
an den alten Kastanien
und schüttelt die ersten
Schmetterlinge aus dem Gezweig.

Ein Vogelschrei
erobert die Welt.
Und lautlos gleiten
die Schwäne
über dunkle Gewässer
dem jungen sich nahenden Sommer entgegen.

SOMMERABEND

Die Bäume dunkeln,
der Mond ist still,
und in den Gärten
lachen Mädchen.

Und Burschen schwatzen
die ganze Zeit
mit leisen Stimmen
über den Zaun.

Vorüber gleiten
sanfte Wolken

am hohen Himmel –
wer weiß, wohin?

Die frühe Nacht ist
wunderbar hell,
und alles atmet
erregenden Duft.

Die Mädchen werden
zärtlich und schweigen
und schmiegen sich ins
nächtliche Gras.

WIE WAR MIR DIE ERDE

Wie war mir die Erde, die mich genährt und gequält
so vertraut. Ich kostete ihre Früchte und Frauen.
Oft traf die Buntheit des Herbstes mich wie ein
Schmerz.
Die hohen Sommer neigten sich mir, und im Spiegel
des Sees ruhte tröstlich der Mond. O Nächte des
Friedens!
Nun, da mein Herz des Abschieds voll ist wie eine
Schale,
tönt das Springbrunnenlied der Jugend mir süßer
im Ohr
als jemals zuvor.
Und der Verwandlungen gedenkend,
die ich erfuhr, des schmerzlichen Wachstums voll
Bitterkeit,
der qualvollen Jahre, da Körper und Seele sich flohen
und wie ein Pfeil die Falschheit der Welt im Fleische
mir stak,
und die Liebe nur Unruhe war, mein Denken
Empörung,
steh vor dem Geheimnis ich still, das mich bildend
geformt.

TRAUBEN

Trauben auf des Herbstes Teller,
purpurschimmernd angehaucht,
wie ins Blau der Nacht getaucht,
manche dunkel, andre heller,
frisch gepflückt und unverwundet,
jede Beere schön gerundet,
wie geschwellt von Drang und Kraft,
jede ausgereifte Hülle
eine Einheit, eine Fülle
innerlicher Leidenschaft.

BEIM TRUNK

Willst du von meinem Weine trinken,
so setz dich her an meinen Tisch;
es fehle auch nicht Brot und Schinken
und frisches Wasser zum Gemisch.

Ich hol den Krug; die irdnen Scherben
sind voll von Rausch und Lust und Geist;
spürst du den Duft, den schönen herben,
fühlst du den Erdball, wie er kreist?

TAGE WIE ...

Tage wie Marmor und Wellen,
in sich gebannt und bewegt,
Säulen und Stufen und Schwellen,
nur das Getragene trägt.

Alles wird ungefährlich,
selbst dir Wirt jetzt und Gast,
wird dir am meisten entbehrlich,
was du am stärksten erfaßt.

Was dir andre erhellen,
das verdunkelt oft nur,
Tage wie Marmor und Wellen,
plötzlich hast du die Spur –

Nicht im Geiste nur sichtbar,
in die Erscheinung geprägt,
richtend zugleich und richtbar,
ruhend und dennoch bewegt.

SONNENBLUMEN

Von einem Sommer großgezogen,
indes die Zeit jahrabwärts rann,
mit Licht und Sonne vollgesogen,
hat tiefer sich ihr Haupt gebogen,
zu schwer die Blüte für den Stamm.

Ihr Leuchten lockt schon aus der Ferne,
ein strotzend Gold auf schwarzem Grund,
es sammelt sich das Öl im Kerne,
und manche Vögel kommen gerne
und picken an der Dolde Rund.

Herbstblau der Himmel, lichtversponnen,
ein Zartes gegen ihre Kraft,
in der das Glühen ferner Sonnen
sein pflanzlich Ebenbild gewonnen
und neue Strahlungen sich schafft.

Der Wesen In-sich-selbst-Vertrauen,
die gute Lebenszuversicht,
in ihnen sind sie anzuschauen,
sie sind die Blumen, deren Licht
Angst, Furcht und Grauen
mit tiefer Heiterkeit zerbricht.

WALDSOMMER

Wucherndes Brombeergeranke
fest ins Erdreich verkrallt:
heiß liegt des Sommers Pranke
auf dem dorrenden Wald.

Harrend des Regens und Windes,
alles Laute verstummt,
hat plötzlich der Wald eines Kindes
beerenverschmierten Mund.

HEIMLICHER SÜSSE VOLL

Heimlicher Süße voll
sind manche Gefahren. So auch die Liebe.
Vogelbeere des Schicksals,
Nachtschatten, Äpfeln und Disteln gleich.
Leuchtendes Sternbild des dunkelen Gottes,
Frage auf unseren Wegen.

Aber die Früchte sind nur für den,
der selbst in der Sonne gereift.
Wie eine Frucht ruhe das Antlitz
deines Geliebten in deiner Hand.
Nichts wirst du wissen,
was du nicht leidest um ihn.

Aber es gibt auch ein Leid,
das macht klein, und die Ängste entfremden.
Die Höhe aber erhöht.
Groß sind wir nur in dem, was wir wollen,
selten in dem, was wir tun.
Die Liebe aber sei unsre größte Tat.

ABENDS

Dämmrung zieht in grauen Streifen
kühl herauf vom Fluß;
und die nassen Weiden greifen
in den Abendruß.

Und ein Rind brüllt, stallverlangend, –
wo kein Mensch mehr wohnt,
schwebt entrückt und furchtbar prangend
weiß und groß der Mond.

DER SÜDEN

Über aller Glut ein Glänzen,
Seufzer hinter jedem Schrei,
spürst die Lust, dich zu bekränzen,
fühlst dich plötzlich vogelfrei.

Hörst das Meer an Klippen brausen,
Wüstenwind trifft dein Gesicht.
Tiefer Stille lange Pausen,
Säulen stehn im Mittagslicht.

Kathedralen zwischen Trümmern,
rot im Laube blinkt die Frucht.
Mond und goldne Sterne schimmern
über Hafen, Stadt und Bucht.

Bist berauscht und doch nicht trunken,
Steine wandeln sich in Brot,
alles Graue ist versunken
und im Lichte treibt dein Boot.

CRESTA BLANCA

Fernab am Wege
ein weißes Haus,
wo Trauben reifen
und Mandelbäume
zärtlich blühend
im Garten stehn.

Doch weiterschreitend
über die Brücke
führt der Weg
in die Einsamkeit,
fällt dich die Stummheit
der Berge an.

Und es klirren
die braunen Gräser
dieses Landes
ohne Schatten,
nur von wilden
Hunden bewohnt.

An den Hängen
bleichen die Knochen
qualvoll verendeter
Herdentiere,
und die Gestirne,
glühn und verwehn.

Schon mancher kehrte
zum Wasserloche,
der zu weit in die
Wildnis gegangen,
verwandelt und
ein Fremdling zurück.

AN DER KÜSTE VON MONTEREY

So weit das Auge reicht
nur Klippen und brandende See;
ein weißes Segel vielleicht
an der Küste von Monterey.

Ein windzerzauster Baum,
ein steingraues Felsengesicht,
leerer gleißender Raum
und flimmerndes Sonnenlicht.

Hoher Himmel und Meer,
und wenn eine Möwe schreit,
klingt es traurig und schwer
wie ein Ruf von jenseits der Zeit.

MORGEN AN DER ADRIA

Mit den flüchtigen schnellen
goldenen Füßen des Lichts
tanzt mein Herz; und die Wellen
spiegeln des Himmelsgesichts
schimmernde Sonnenfunken,
spielend um Segel und Mast;
und von den Winden gefaßt,
gleiten wir nüchtern und trunken
auf des beseelten Meeres
große Geheimnisse zu,
leuchtendes Ungefähres
voll von Wildheit und Ruh;
Säulen am fernen Gestade,
schön gebändigte Kraft,
Absturz zerklüfteter Pfade:
Schicksal und Leidenschaft.

DER CHRISTUS VON KOLOCEP

Am Wege, der die Insel längs durchschneidet,
der Boden rauh vom Aufruhr des Gesteins,
die alten Mauern hell und dicht verkleidet
vom großen Blatt der Feige und des Weins,
sah ich das Bild, das mich so tief erschüttert,
halb eingesunken und schon halb verwittert.

Mir ist, als ob ich wieder vor ihm stände,
ich komme nicht mehr von dem Bildnis los,
dem Werke unbekannter Meisterhände,
in seiner Einfalt über alles groß:
der Mensch am Kreuz, aus Stein hervorgetrieben,
das Leid der Zeiten an die Stirn geschrieben.

Und rings die Welt in mittagheißer Stille,
das Sonnenfleisch der Aprikosen reift,
die Schönheit sieht sich ohne jede Hülle
und will, daß man sie aus sich selbst begreift.
Und dort, an jener düstren Felsenmauer:
das Kreuz, das Sterben und auch unsre Trauer.

Gibt's keinen andern Weg als den des Blutes?
Und hat der alte Meister dies gewußt?
Vielleicht wär sonst ein Bild des Übermutes,
antiker Sinnlichkeit und Körperlust
aus seiner Phantasie hervorgetreten,
berauschter Gott, berauscht nur anzubeten.

So streiten auch im Bilde meiner Dichtung
die Seele, die sich nach Erlösung sehnt,
die Flammenmächte süßer Selbstvernichtung,
entzweit, zerrissen und unausgesöhnt,
mit einem Streben, das der Traube Rundung
zum Sinnbild nimmt der menschlichen Gesundung.

ERINNERUNGEN AN KOLOCEP

Gerne entsinn ich mich ihrer, der schönen und stillen
Insel, ruhend im Adriatischen Meer; und träumend
denke ich oft mich zurück in das Haus an der Bucht,
das wir bewohnten; weiß stieg es aus der bläulichen Flut,
und lag, von sanften Hängen geschützt, ruhig am Strand,
Herberge uns und Asyl für so manchen leuchtenden Tag.
Abgezählt und bemessen war ihre Anzahl, doch keiner
neigte dem Ende sich zu, ohne daß er uns gestärkt
und das Herz uns geweitet mit Glück. Regenverschleiert
und grau bot sich die Insel am ersten Morgen uns dar,
und wir schritten unter tropfenden Zweigen, auf Wegen
feucht und körnig von Nässe, unwissend der Weisheit
und Schönheit südlicher Landschaft zu. Früchte winkten
und prangten, und Zweige bogen sich trächtig zur Erde,
und aus grünem Laub fiel verheißend und schimmernd
rötlicher Aprikosen matter und seidiger Schein.
Und es war, als gingen wir selber der Reife entgegen;
hell von Sonne und Licht erglänzte zwischen den Kiefern
das Meer
und atmete leise die starken Düfte des Nadelwalds ein.
Schrill erklang der Gesang der Zikaden, und die Sonne
lastete glühend und heiß auf Fels und nacktem Gestein;
und wir standen geblendet, des Lichts entwöhnte
Geschöpfe,
und blinzelten blöd, und nur langsam taten die Tore
der Schöpfung uns frierenden Kreaturen sich auf.
Das Wunder geschah; es taten's die Wasser, die Früchte
und Steine, es tat es das erste köstliche Bad,
das wir nahmen in einer Lagune klar bis zum Grund.
Und wie unter weißen Segeln trieben die Stunden
mit uns dahin; und der Mittag kam, des Tages Höhe,
und mit ihm das Schweigen; nichts rührte sich, uns
umgab
eine reglose Welt; die Blätter hingen leblos herab,
wie versteint in Stille, wie erstarrt in tödlichem Schreck.
Mächtig der Zauber, der Himmel und Erde umfangen,
Ölbaum und Myrte und Rosmarin, Feige und Wein.
Mauern aus Stein verbargen verwilderte Gärten,

wo sich die Rebe hoch ins Astwerk der Bäume verspann;
Wege, die wie Schlangen sich wanden, führten ins Tal
mit ausgehauenen Stufen hinab, und Pfade
durchkreuzten die Wildnis, und sorglos vertrauten
wir einem jeden uns an und gelangten zu altem
Gemäuer, zerfallenen Denkmalen kriegrischer Zeit,
auf denen schillernde Eidechsen friedlich sich sonnten,
und zu steil hinab sich stürzenden Küsten, gegen
welche die Brandung sich aufschäumend warf. Und
wir saßen
beim Wein, manchmal schon morgens und des Abends
immer,
und sahen den Wirbelsturm sich bilden hoch in der Luft,
den furchtbarsten Feind dieser Inseln, der die Hütten
der Fischer bedroht und ihre Kähne und Netze zerstört;
sahen die Windwolke hängen über den Hügeln, einer
länglichen Melone gleich, spiralig sich drehend,
tastend und suchend, in der Ferne endlich verschwindend
unter der Männer Geschrei und der Hunde Gebell.
Und wir stiegen zur Kirche hinunter, zum alten Pfarrhaus,
wo die herrlichsten Trauben im Garten gediehen und
ein Orangenbaum mit breitem Geäst die Last
seiner goldenen Kugeln trug; und eingemauert
in die Wände des Kirchleins, eines schlichten Bau's aus
rohen Steinen, wie die Insel sie zu tausenden trägt,
fanden Fragmente wir alter Skulpturen, Marmorstücke
von höchster Vollendung und Kraft. Täglich durchstreiften
wir neue Gebiete und sahen an neuer Schönheit uns satt.
Und als wir schieden, geschah es mit Schmerz und
Bedauern;
nie war der Wein so mild und so gut wie beim
Abschiedstrunk,
nie so unendlich das Meer wie in der letzten Nacht.

PARISER IMPRESSION

In den Abend schwingende Brücken,
breit trägt der Fluß sein tödliches Glück,
Bettler, die sich nach Abfällen bücken,
Bücher und Menschen, verstaubte Rücken,
und der von Farbe trunkene Blick,
immer schweifend und selten rastend,
alles gewaltig und uferlos,
verwirrend mitunter, doch niemals belastend,
Leben an dir vorüberhastend
und dann wieder still und groß.

Kleine Kneipen, grelle Lokale,
alles Geschichte und Gegenwart,
verlerne Illusionen und Ideale
und zum hunderttausendstenmale:
Herz auf Pariser Entdeckungsfahrt.

Unvergessen das Nachtstück der Hallen,
alles vibrierend und konzentriert,
Obst und Gemüse gestapelt in Ballen,
ob die Preise steigen, ob fallen,
das ist alles, was hier interessiert,
nicht die Mädchen und nicht die Glocken,
nicht die Karten und nicht der Wein,
bis zum Morgengraun ohne Stocken –
Paris kann sehr nüchtern und arbeitsam sein.

Aber dann wieder klingt es und schwingt,
als führe das Leben selbst Karussell,
und dem billigsten Tüchlein gelingt
eine unnachahmliche Mademoiselle.
Und von all dem unsagbar Schönen
und den Schrecken, die es erlebt,
plötzlich beginnt es leuchtend zu tönen,
daß dir das Herz vor Heimweh erbebt.

MARSEILLE

Immer geschäftig
und voller Schläue,
mehr listig als kräftig,
ohne Reue und Treue.

Kindlich vertrauend
Notre Dame de la Garde,
das Meer überschauend,
segnend die Fahrt.

Nicht ohne Kralle,
doch arglos gestimmt,
Heimat für alle,
die heimatlos sind.

Unter klarem
Himmel gelegen
mit wunderbaren
Winkeln und Wegen.

Erbin antiker
Formen und Spiele,
würziger Speisen
und starker Gefühle.

Die Sinne erheiternd,
schärfend den Geist
allem was scheiternd
ins Künftige weist.

IM SCHÖPSTAL

Die Angel liegt am Schilfesrand,
der Herbst steht farbenstark im Land,
gelb schlagen Sonnenblumen Breschen
in dunkelrote Ebereschen,

und aus des Flusses Spiegel fällt
ein Abglanz der verklärten Welt.

Die Stunden entgleiten,
alles ist Strömung,
holde Versöhnung
mit unholden Zeiten.

TAG IM JULI

Fern allem Treiben
von Stille schwer
stehen die Kiefern.

Die Heide glüht.

Am Wegrand flattern
helle Birken
und schreiben
mit grünen Wipfeln
des Sommers Zeichen
ins höchste Blau.

Von weither grüßen die Wolken,
und ihre Schatten fahren,
schweigsame Kähne,
über den See.

HERBSTSTROPHEN

1

Mit rotem Laub zum Fest gerüstet,
der Wald ein lauter Häherschrei,
die Vögel haben ausgenistet,
der hohe Sommer ist vorbei;
der Wind schwenkt seine blauen Fahnen,
die rauchig bittre Erde klebt
wie fette Herbstmilch beim Entrahmen
und dampft und atmet tief und lebt.

Und was in langen warmen Tagen
die Wurzeln tief ins Erdreich trieb,
und was der Baum an Frucht getragen,
und was vom Sommer übrigblieb:
des Apfels regennasse Schale,
die glatt den süßen Kern umhüllt,
es will ins Warme und zu Tale,
wo sich sein Schicksal erst erfüllt.

Der Zeit unmerkliches Gefälle,
es glänzt der Tau im Spinnennetz,
am Strand zerschäumt des Sommers Welle
und folgt dem lenkenden Gesetz;
noch einmal leuchtet aus den Gräsern
ein rauschhaft kühles Feuer her
wie alter Wein in bunten Gläsern,
und plötzlich sind die Felder leer.

2

Der Himmel schirrt die braunen Ackerpferde
des Herbstes an;
grau strömt der Fluß, der Pflug zerreißt die Erde,
das Licht verrann.

Bewahrt blieb es in weißen Gänsefedern,
es lacht die Magd;
träg schnappt der fette Fisch nach fetten Ködern,
sobald es tagt.

Die jungen Katzen werden klug und frecher,
o Lust am Spiel!
Der junge Wein ist nichts für alte Zecher,
o Herbstgefühl!

3
Jetzt ist der späten Blumen Zeit,
das Brennen greller Farben loht;
die Sinfonie in Reif und Rot
klingt aus der tiefsten Einsamkeit.

Der Buchenwald ist wie ein Dom
mit buntem Teppich ausgelegt,
und wenn sich's in den Wipfeln regt,
fällt Laub und gibt gedämpften Ton.

Wird schon die Sonne seltsam matt,
wirft Schatten fast entlaubter Äste –
Sturmwind feiert laute Feste,
und mit ihm tanzt das letzte Blatt.

Grauer Tag wird zeitig müde,
übers Fensterbrett rinnt Regen,
und man nimmt's als Himmelssegen
und schläft ein – und es ist Friede.

4
Um gelbe Birnen streicht der Mittagswind
noch einmal lind und lau und voller Trauer.
O Tag der letzten stummen Schauer!
O Tag der Reife! Deine Farben sind
so müd und satt, so ausgebrannt und rot,
es ist ein letztes Geben und Verbluten.
Und aus den bangen Stunden und Minuten
wird endlich Stille, Heiterkeit und Tod.

5
Trauben und Äpfel nebeneinander,
fülle die Schale bis an den Rand,

leuchtende Astern stelle daneben,
siehe, schon zog der Herbst in das Land!

Scheitel und Stirne prächtig umkränzet,
ladet die Erde zu Tisch und Gast,
goldig schimmert der Wein in den Gläsern,
und es prangen die Früchte am Ast.

Und es steigen und fallen die Nebel,
beide Hände voll Schönheit und Lust
spürst du plötzlich die Schwermut des Abschieds
und vom Tod einen Hauch in der Brust.

SCHLITTENFAHRT

Gedämpfter Hufschlag,
liebliches Klingen,
seliges Gleiten,
verschneiter Wald.

Knospen des Frostes,
Tanz der Kristalle,
leuchtende Fackeln
am Wegesrand.

Sprühen und Funkeln,
offen die Fernen,
Reinheit und Stille,
wer sagt es aus?

Sinkende Sonne,
bläuliches Dämmern,
über den Feldern
schimmernder Mond.

Gedämpfter Hufschlag,
liebliches Klingen,
seliges Gleiten,
trunkenes Herz.

BEI KRIEGSAUSBRUCH

September 1939

Nie mehr der Früchte schwellende Pracht,
reich beladene Äste des Herbstes;
nie mehr der Traube Duft und des Apfels Glanz;
nie mehr den Wind und die Wellen,
nie mehr die Berge, den sommerdurchleuchteten Fluß,
die nebligen Wälder und duftigen Gärten:
dies alles für viele nie mehr.

Nur Sterben unter zerfetzten Bäumen,
letzte Atemnot auf zerrissener Scholle.
Mondlicht. Kreuze und Gräber.

GESCHRIEBEN 1944

So voll von Dunkelheit und Not und Grauen
war selten eine Zeit; zehn Jahre schon
liegt dieses Volk in Ketten, Schmach und Fron,
und keiner kann dem andern mehr vertrauen.

Und vielen Müttern nahm der Krieg den Sohn,
in Trauer gehn die meisten unsrer Frauen,
und allen bangt, die Zukunft zu erschauen,
das Unrecht spricht dem Rechte täglich Hohn.

Und jede Nacht steht eine Stadt in Flammen,
und jeden Tag vergrößert sich die Schuld,
die schon ins Unermeßliche gestiegen.

Wann endlich stürzt der Lügenbau zusammen?
Das Böse, seine Priester und sein Kult
wann endlich wird es tot am Boden liegen?

ABSCHIED UND KLAGE

Dem Gedenken
meines Freundes
Helmut Giese

Ist's schon zu Ende?
O strenges Gebot!
Bindet die Hände
so früh mir der Tod?

Abschied und Klage,
rot blüht der Mohn.
Vergangener Tage
süßer Geigenton.

Schwingend, verhallend.
O Sturz aus der Zeit!
Ins Dunkle fallend,
zum Anfang bereit.

AUF EIN BILD

Ich will mich tief versenken
in deiner Augen Licht,
das, wie mich zu beschenken,
aus diesem Bilde bricht.

Es ist ein stilles Trauern
in deinen Blick gestreut,
wie Blätter, die erschauern
vor der Vergänglichkeit.

Viel Sehnsucht ist darinnen,
viel Liebe und viel Schmerz,
und viel geheimes Sinnen,
Septembergold und März.

Lächeln und Tränen schimmern
im Auge, das mich grüßt,
wo Hoffen und Erinnern
in eins zusammenfließt.

DER MANDELBAUM

Der helle Mond scheint auch auf dich,
es blüht der Mandelbaum,
und wie ich dich – so liebst du mich
im Wachen und im Traum.

Auch fern von mir bist du mir nah,
bei Wasser und bei Wein,
und wär der Tod schon morgen da,
wirst du am nächsten sein.

Ich bin in keinem Land zu Haus,
die Heimat ist bei dir,
und löschten alle Sterne aus,
ich fänd zu deiner Tür.

Und komm ich nicht in Wirklichkeit,
so komm ich doch im Traum –
das Glück vergeht; es bleibt das Leid;
es blüht der Mandelbaum.

MIT JEDER STUNDE

Mit jeder Stunde rückt der Tod mir näher,
er ist im Brote und ist auch im Wein,
ich spür ihn wie das Gras den Mäher,
an jeder Ecke stehen seine Späher
bei Mondeslicht und hellem Sonnenschein.

Mit jeder Stunde wird der Raum mir enger,
ich bin ein Boot, das fern des Hafens treibt,
die Schatten werden immer länger,
das Licht nimmt stetig ab, das Herz schlägt bänger,
und nur die ungestillte Sehnsucht bleibt.

Mit jeder Stunde fühl ich etwas schwinden,
und mit der Hoffnung schwindet auch die Kraft,
und sollt ich vor der Zeit erblinden,
werd ich den Weg zu dir im Dunkeln finden,
weil mir die Liebe neue Sinne schafft.

Mit jeder Stunde, die uns nicht gehörte –
wieviele Küsse blieben ungeküßt! –
die Tage, die man uns verwehrte,
und jede Nacht, in der ich dich entbehrte,
spürt' ich, wie sehr mein eigen du jetzt bist.

Und jede Stunde, die mich noch wird quälen
mit Not und Einsamkeit und Schmerz,
wird mich dir tiefer noch vermählen
jenseits von allen Grenzespfählen,
und bringt mich näher an dein Herz.

AUS DER FERNE

Die Wolken und die Winde
die ziehen immer fort,
wüßt ich nur erst den Ort,
wo ich dich wiederfinde.

Ich liege oft im Dunkeln,
das Herz von Sehnsucht schwer,
und hör von fern das Meer
und seh die Sterne funkeln.

Und weiß: die Nacht bereitet
auch dir den gleichen Schmerz;
und spür, wie mir dein Herz
im Traum entgegenschreitet.

Doch jenseits des Verstehens,
erkundlich keinem Blick
richtet schon das Geschick
das Mahl des Wiedersehens.

Und pflanzt schon Korn und Reben
und keltert schon den Wein
und legt den ersten Keim
zu einem neuen Leben.

Die Wolken und die Winde
die ziehen immer fort.
Ich weiß: es gibt den Ort,
wo ich dich wiederfinde.

IM STURZ DER WELTEN

Solange durft ich auf ein Wiedersehen hoffen,
nun ist mir dieser letzte Trost geraubt;
Abgründe stehen drohend vor mir offen,
und dunkle Schatten schweben um mein Haupt.

Wie liebt ich einst der Sterne froh Gefunkel,
wie freut ich mich am Morgenrot!
Jetzt ist die Nacht nur lang und leer und dunkel,
und in dem Herzen pocht der Tod.

Bist du erst sein, so sei er mir willkommen,
gehörst du ihm, so tu ich's auch;
und wenn wir wieder zueinander kommen,
bist du die Blüte, ich der Strauch.

Du gabst mir alles, was ein Mensch dem andern,
was eine Frau dem Manne geben kann;
ich wollte mit dir in die neue Zukunft wandern,
doch da hielt schon das Schicksal unsre Schritte an.

Vollendet war noch nichts, doch viel begonnen,
und manches neigte sich schon der Vollendung zu;
das Leben gab uns beides: Schmerz und Wonnen,
in deinen Armen fand ich Rast und Ruh.

Nicht Rast und Ruh nur, sondern auch das Leben,
den höchsten Grad des Schaffens und der Kraft;
hoch stand das Korn, dazwischen rankten Reben,
und manche Ernte wurde heimgeschafft.

Ich wuchs mit dir, wie Bäume Raum gewinnen,
du warst mir Erdreich, Quell und Licht;
in jedem Ende lag ein Neubeginnen,
und Stillstand und Erschlaffung gab es nicht.

Das erste Zueinander war aus Abenteuer,
Zerrissenheit und Rausch und Schmerz geprägt,

erst langsam schmolz und wurde klar im Feuer,
was uns die Götter liebend in die Brust gelegt.

Und so begann ein Weg, dem wenige nur gleichen,
das Leben hatte dich und mich verletzt;
doch unsre Liebe stand im Sonnenzeichen
der Freiheit, die sich selber Grenzen setzt.

Wieviele sind sich während dieser Zeit entglitten,
die alles trennt und voll Gefahren lauert,
wir haben unter unsrer Trennung tief gelitten,
doch unsre Liebe hat sie überdauert.

Und soll dies alles nun für nichts mehr gelten,
kommt schon die Nacht, eh noch der Mittag glüht?
So fühl ich noch im Sturz der Welten,
wie mich der Tod in deine Arme zieht.

AUS JENEN JAHREN

Zu Ende ging vieles; vorbei und vorüber sind
die Zeiten süßen Gesangs und geselliger Scherze;
trostlose Tage finden ein ungetröstet Geschlecht;
und die Lüge herrscht, die neunmal gespaltene Zunge,
und es senkt sich die Finsternis, Botin des Grauens,
mit schwerem Flügelschlag über die Stadt. Verzweiflung
herrscht in dem Herzen, und ein heiter Gesicht ist selten,
wo noch ein Lachen erklingt, kündet es Untergang an.
Und Frauen trauern; längst sind Anmut und Wohllaut
dahin,
der Haß nur, des Häßlichen vieles ist uns geblieben.
Und fern ist der Friede; am Strome der Zwietracht wohnen
die Völker; entblättert stehen der Dichtung Bäume
und schwärzlich im Wind; die edelen Herzen verbluten,
und keine Morgenröte labt den geknechteten Geist.
Ohnmacht und Zorn, Grab und Ursprung der Freiheit,
aber
es bleibet uns nur die Ohnmacht und der ohnmächtige
Zorn.

DANACH

Kaum aus des Krieges Würgegriff entlassen,
der dich und mich an Hals und Kehle hielt,
aus jenem Sturm, der über uns mit Hassen,
Wut und Vernichtung brauste, an den Strand gespült,
uns kaum gewiß, ob wir noch leben,
ob unser Atmen nicht nur Täuschung sei,
und schon dem Dasein wieder hingegeben,
noch halb in Ketten und doch auch schon frei,
von gestern noch das tiefe Graun im Herzen,
die Seele noch gelähmt, die Brust beklemmt,
vertraut mit Einsamkeit und Tod und Schmerzen
und Leiden, die kein Name bannt und nennt –
noch immer auf der Flucht, und doch schon lauschend
der Stille, Stern und Blume nah,
der Zukunft Bäche hell und silbern rauschend,
als wäre alles, was erst jüngst geschah,
ein Traum und dennoch Wirklichkeit gewesen,
vergessen nichts, zu Tat und Sein bereit –
gesund noch nicht und doch schon halb genesen,
stehn wir am Ende und am Anbeginn der Zeit.

BEFREIUNG

Nicht mehr vom Tod bedroht auf allen Schritten,
von Haß nicht mehr verfolgt und Pöbelwut,
die über jedes Unrecht, das die Menschen litten,
sich höhnend freuten, – deren ganzer Mut
darin bestand: die Macht zu haben –
und deren ganze Kühnheit dieses war:
allem Lebendigen ein Grab zu graben,
darin der Geist, der frei und klar
die Welt ins Menschliche verwandeln wollte,
dem Frieden dienend und dem Recht,
zuunterst unauffindbar liegen sollte
für alle Zeit, geächtet und geschwächt.

Nicht mehr der Willkür eines Willens preisgegeben,
die tausend Willen lenkte und bezwang,
und die aus Nichtachtung von Gut und Leben
sich selbst verhalf zu ihrem Untergang;
nicht mehr in Taten und Gedanken
zu Heimlichkeit und List verdammt
und aus des Rechtes frei gezognen Schranken
zur Heimatlosigkeit im eignen Land verbannt; –
dies alles nicht mehr. O der Tränen,
des Zähneknirschens und der Qual!
Wer ahnt, wieviele sich noch heute dafür schämen!
Der Zukunft Bürgen, frei, aus eigner Wahl.

NACHTGESPRÄCH

Nimm die letzte Krume Tabak, die ich habe,
setz dich zu mir an den Rand der Welt,
Mond und Stern und Reh und Rabe
kommen zu uns auf das Feld.

In den Sommerhalmen zirpt und geigt die Grille,
vor der Nacht verschließt sich zart der Mohn;
groß wie Gott ist diese Stille,
und die Sterne kreisen schon.

Beide sind wir noch wie Brunnen zugeschüttet,
ach, der Unrat einer ganzen Zeit
ist an unsre Schuh gekittet –
Fluch der ganzen hohlen Herrlichkeit.

Und nun sind wir an den Rand der Welt verschlagen –
Namen? Was bedeutet uns ihr Klang,
die wir nur noch Himmel auf den Schultern tragen
und des ruchlos Angefangnen Untergang.

Ich will weiter, du willst weiter existieren,
Angst und Dunkelheit bleibt noch genug;
und dein Sohn, soll er wieder in den Krieg marschieren,
der uns beide fast erschlug?

Nimm die letzte Krume Tabak, die ich habe,
sieh, schon fühl ich, wie du dich entspannst,
und es warten Mond und Rabe,
warten, bis du wieder lachen kannst.

DER LETZTE HEIMKEHRER

Er saß am Wegrand wie ein Stein,
verwittert, grau und alt,
und ließ den Abend in sich ein
und auch den Wald.

Auf einer Wolke trieb vorbei
der Heimat Widerschein,
und er war ungeheuer frei
und ganz allein.

Die Frau war tot, das Haus verbrannt,
wo bin und war ich nur?
Vom Wagenrad im Heidesand
bleibt keine Spur.

Die Bitterkeit war nicht gering,
doch größer war die Ruh,
als er, nicht Stein mehr, weiterging –
den Menschen zu.

NACHKRIEGS - BERLIN

Ein Grab ohne Namen,
verwelkte Kränze,
nicht weit davon läuft
die Sektorengrenze.
Die Stadtbahn schleicht,
entzwei ist die Brücke,
im Wasser liegen
die anderen Stücke.
Und wo einst für viele Zuhause war,
besteht jetzt drohende Einsturzgefahr.

Mit Pappe vernagelt
die Fensterhöhlen,

kalte Öfen, denen
die Kohlen fehlen.
Ärmlich zerrissene
Jammergestalten
vom Hunger gezeichnet,
besonders die Alten.
Und wo einst Behagen und Wohlstand war,
besteht jetzt drohende Einsturzgefahr.

Behörden und Ämter
mehr als zu essen,
wer die Schuld daran trägt,
haben viele vergessen.
Schlangestehen
vor Schalter und Laden,
alles rechnet und denkt
nur noch in Dekaden.
Und wo einst für viele Arbeit war,
besteht jetzt drohende Einsturzgefahr.

Und vieles stürzt wirklich
und wäre zu retten,
und anderes hängt
wie an Eisenketten.

Stützt das Gute,
das Morsche reißt ein,
kein Mensch, keine Stadt
darf gevierteilt sein.
Nur so und nicht anders, das ist offenbar,
bannt ihr, was droht: die Einsturzgefahr.

WO EINST HEIMAT WAR ...

Wo einst Heimat war, ist heute Fremde,
wo der Drache meiner Jugend stieg,
ging der Tod durch das Gelände
und der Krieg.

Und es blieb nichts übrig von den Stätten,
wo der Hütten Schornsteine gequalmt,
von des Krieges Raupenketten
wards zermalmt.

Lebt und atmet nur noch in Gedichten –
aber treiben wir mit unsrer Schuld,
ohne kläglich zu verzichten,
keinen Kult.

DAS WELTENRAD

Das Weltenrad, es dreht sich ewig um,
bald sind die einen unten und die andern oben,
was gestern klug war, heute ist es dumm,
was heute feststeht, morgen ist's zerstoben.

Das Weltenrad, es dreht sich ewig fort,
und keiner wird ihm jemals Halt gebieten;
es dreht sich um die Macht und um den Mord,
hier streut es Dornen und dort streut es Blüten.

So saust es fort, vom Strom der Zeit getrieben
und wirbelt uns durch dieses Lebens Qual.
Nur einmal steht es stille: wenn wir lieben ...
und wenn wir sterben, hält es noch einmal.

SONETT

Statt aufzustehen gegen die Dämonen
und statt den ersten Streich furchtlos zu tun,
sieht uns der Tag im Bett der Trägheit ruh'n,
wo Unlust, Selbstverachtung, Schwäche wohnen.

Sind wir nicht mehr empfänglich für den Ruhm,
der denen winkt, die sich nicht selber schonen?
Wohin gehören wir, in welche Zonen?
Wankt nicht der Boden unter unsern Schuh'n?

Schlägt uns nicht alles fehl, was wir auch wagen?
Und wagen wir genug, sei's Tat, sei's Traum?
Reift eine einz'ge Frucht an unserm Baum?

Nur eine Antwort auf so viele Fragen:
Wenn du den Himmel auf den Schultern hast,
bekommst du auch die Hölle noch zur Last.

ZWEI LIEDER

1

Ich seh drei Reiter reiten,
im Felde dunkelt's schon,
am Weg zu beiden Seiten
blüht rot der Todesmohn.

Ein Sternlein blinkt hernieder,
so hoch – du siehst es kaum;
wann kehren sie wohl wieder
die Reiter aus dem Traum?

Freiheit so heißt der eine,
der andre Freude heißt,
als dritter im Vereine
trabt still und ernst: der Geist.

2

Bald wird der Tag entfliehen,
bald wird es Abend sein,
und alles wird verziehen,
und alles schlummert ein.

Und alle Ängste schwinden,
mit ihnen alle Qual.
O seliges Erblinden,
o Schlaf, du tiefes Tal!

STEPPE

Gewölbten Leibes
wie ein trächtig
Rind tritt der Mond
hinter den Wolken hervor
und starrt,
das Auge vor Entsetzen
weit offen,
hinaus
in die einsame Steppe.
Unendliches Schweigen,
in das eingegangen sind
das Krächzen der Krähen
und das Gezirp der Grillen,
der Atem alles Lebendigen,
empfängt das Gestirn.
Plötzlich ertönt
das bellende Beutegeheul
eines Wolfes.
Und die Fänge des Raubtiers
erglänzen entblößt
im magischen Licht.

JETZT WARTE ICH

Jetzt warte ich nur noch auf eines,
die Menschen nennen es Tod;
eine Schale noch roten Weines,
dann steige ich in sein Boot
und löse mich los vom Ufer,
im Nebel versinkt das Land,
und der sehnsüchtig lockende Rufer
nimmt mir die Last aus der Hand;
und ich falle zurück zu den Quellen,
aus Ende in Neubeginn,
zurück zum Ursprung der Wellen,
deren eine ich bin.

BALLADE VOM WARTEN

Das ganze Leben ist ein langes Warten
auf den gewissen Brief, der niemals kommt;
es ist ein Spiel mit schlechtgemischten Karten,
ein endlos langes auf das Trumpf-Aß-warten
und auf ein Segel fern am Horizont.

Inzwischen heißt es: hungern, frieren,
in einen neuen Krieg marschieren,
verraten wird nur stets der Geist.
Man lernt die Kunst, mit Anstand zu krepieren,
klopft schüchtern an die höchstgelegnen Türen,
ich weiß den Reim: bedaure sehr – verreist.

Das ganze Leben ist ein langes Warten
auf den gewissen Brief, der dann doch kommt –
es war ein Spiel mit schlechtgemischten Karten
und keiner fragte, ob du's je gekonnt.

GRUSS

Einmal wird des Menschen Fuß
sicher Sternenland betreten;
ihr Künftigen, bringt den Planeten
meinen Gruß!

Sagt ihnen, was sie uns waren,
Trost in der Nacht,
nie zu Ende gedacht
heut wie vor tausend Jahren.

Schimmernd im Westen und Osten
und in Nord und in Süd
bald dem Verstand, dem Gemüt,
unverrückbare Posten.

Kein Herz, das nicht einmal voll Bangen
aufschaute zu ihrem Licht;
zwingt sie, euch zu empfangen,
aber verschandelt sie nicht!

MEINER MUTTER

zum 70. Geburtstag

Die Jahrzehnte trugen dich auf ihren Flügeln
durch das bittre Schicksalstal
dieses Lebens zu des Herbstes Hügeln,
wo die Reife und die Ernte wohnt
und wo abends sich der Mond
und die Sterne in den Früchten spiegeln,
wo die Winde leise wehen,
jeder Hauch Erinnerung,
Glück und auch Bekümmerung,
Niedergang und Auferstehen;
des Vergangenen Vermächtnis
Flammen löschen es nicht aus,
wo du bist, sind wir zu Haus,
alles wird einmal Gedächtnis,
nicht mehr zählt Verlust, Gewinn,
nur das liebend Miterlebte
und das kraftvoll Angestrebte
bleibt und gibt dem Dasein Sinn.

Deine Hand hat viel geschaffen
und dein Herz hat viel erreicht,
ist dein Haar auch heut erbleicht,
kennst du dennoch kein Erschlaffen,
bist noch immer lebensgläubig,
möchtest wirken, nützen, tun,
weiter ohne auszuruhn,
helfen, trösten, Kummer lindern,
wie die Zeit es dich gelehrt,

die den Alten und den Kindern
Elend mehr als Glück beschert.
Hoch gespannt des Lebens Bogen,
zweimal Krieg und Untergang,
um der Mühe Preis betrogen,
aber mutlos nie und bang,
wollen wir dich heute ehren,
dankbar küssen deine Hand,
die uns Brot gereicht und Beeren,
Krug gefüllt bis an den Rand.

SPRUCH

Sie haben für alles eine Erklärung,
liegt's nicht am Wetter, so liegt's an der Währung,
ist's nicht der Hebel, so ist es die Schraube,
ob Teurung, Feuer, ob Anarchie,
unerschütterlich bleibt ihr Glaube:
an ihnen selber liege es nie.

VERSPRECHEN

Der Himmel ist wie eine Kröte grüngefleckt,
ich weiß nur noch, wie die Not und das Elend schmeckt;

aber wenn erst das Volk sich einmal streckt
und seine mächtigen Schultern reckt:

werde ich mit ihm planen und bauen
und getrost in die Zukunft schauen.

FREUNDE, WO SEID IHR?

Freunde, wo seid ihr?
Wir säten das Korn,
wo es auch stürmte,
wir standen vorn,
Freunde, wo seid ihr?

Groß die Schar derer,
auf die ich gezählt,
die sich begeistert
mit mir und gequält,
groß die Schar derer.

Absturz aus Himmeln,
die keine waren,
zersprengt die Kreise,
groß die Gefahren,
Absturz aus Himmeln.

Freunde, wo seid ihr?
Es reifte die Saat,
und jeder träumte,
was keiner tat,
Freunde, wo seid ihr?

Freunde, ich rufe!
Wer hört mich denn noch?
Frei wollten wir sein
und gingen ins Joch,
Freunde, ich rufe!

Vielleicht ist's zu spät;
keine Stimme reicht
weiter als bis an das Ohr,
das ihr gleicht,
vielleicht ist's zu spät.

Freunde, ihr fehlt mir!
Der Gedanke brennt,

daß nicht nur der Tod,
auch das Leben uns trennt,
Freunde, ihr fehlt mir!

STREUUNGEN

1
Zwei Katzen kannt' ich,
die legten ihre Jungen
in ein und dasselbe Nest;
beide hatten denselben Kater zum Manne,
außerdem waren sie Mutter und Tochter,
abstammungsmäßig also
war die Verwirrung groß,
auch noch andre Verwandtschaftsgrade
spielten hinein;
aber die Kätzchen waren,
von wem und mit wem auch immer gezeugt,
ganz allerliebst.

2
Kein Mensch noch trug
sich selber hinaus auf den Acker,
wo sein Leib zu verwesen bestimmt ist;
braucht dich der andere nicht,
so brauchst du ihn;
alles Beständige ward gemeinsam geschaffen,
nur das Denken ist einsam
und grenzt sehr oft an Verbrechen;
in die Irre gehst du mit anderen auch,
allein aber führt dein Weg in den Irrsinn.

3
Es gibt geistzerfreßne Naturen,
wie es Menschen mit Krebs
und mit Schwindsucht gibt;
ihr Denken ist eine einzige Krankheit,

durch nichts zu heilen
und anscheinend niemand von Nutzen;
sie selber leiden am tiefsten daran
und genießen ihr Kranksein am höchsten;
und manchmal brechen Blitze aus ihrem Gehirn,
die ein Sonnensystem erschüttern
und an die Stelle von Naturgesetzen treten.

4
Schönste Frucht auf dem Obstkarren der Nacht,
Mond, wie eine Orange gerundet,
rötlich getönt,
Schaufensterstück der zwölf Monate,
die wie Händler ihr Leben von dir bestreiten
und mit deinem Glanz
geschäftstüchtig
für die Liebe
und die Wiederholung
ähnlichen Unfugs werben.

5
Was ist Musik?
Ausdruck individuellen Gefühls
oder kosmische Ordnung,
Planetenlauf
oder Herrn Soundsos schäbiges Glück?
Keiner weiß,
was Franz Schubert meinte,
als er die Siebente schrieb.
Musik ist eine Birke mitten im Feld
und der Maulwurf,
der drunter seine Gänge gräbt;
Musik, das bin ich,
und das bist du,
wenn wir am Kreuzweg uns treffen,
wenn wir uns entzwein
und gut zueinander sind;
Musik ist die Höhe,
aus der alles stürzt, was emporstrebt;
Musik ist klares Wasser

und Rausch bei Nacht;
Musik ist alles,
und vor allem ist sie reines Verhältnis,
des Ichs zur Welt
und der Welt zum Ich.

6
Zwischen der glücklichen Eile eines Mädchens,
das zu ihrem ersten Stelldichein geht,
und dem Flug eines Vogels,
der Federn und Halme
zum Bau seines Nestes sammelt,
ist der Unterschied nicht groß;
beide sind schön und gefährdet
und der Natur besondere Lieblinge,
beide wollen dasselbe,
und wenn sie singen und küssen,
zirpt schon in ihren Ohren die Brut.

7
Je heilloser die Welt,
um so leichter ein Heil'ger zu sein;
und je mehr Parteien,
um so größer die Anzahl der Narren;
was aber der Vereinsgeist uns bietet,
davor steht man manchmal wirklich geschlagenen Sinns.
»Jungflug« und »Altflug«
las ich auf einer Tafel
und verstand nicht, was damit gemeint war,
bis ein Taubenzüchter mich aufklärte,
entsetzt über die tiefe Unwissenheit der Dichter.

8
Neulich fand ich ein Elsternnest:
nach außen diente es dem Schutz und der Verteidigung
gegen Feinde und Angreifer;
es bestand aus Dornenranken
fest ineinander verflochten,
ein Drahtverhau
starrend von scharfen Spitzen,

schnüffelnden Raubtierschnauzen verhängnisvoll.
Innen jedoch war es weich und warm,
gepolstert mit den trockenen Halmen
eines langen geschmeidigen Grases,
die Fugen
kunstvoll mit Mörtel und Kalk verschmiert
und so sauber und glatt wie das Äußere rauh,
behaglich und sicher zugleich
wie ein Nest sein soll.

9
I Dodici Morelli hieß der Ort,
nur ein paar Gehöfte
über die Ebene verstreut
unter weithin sichtbaren Bäumen,
ein Dorf wie hunderte
im nördlichen Italien,
wo man säen wollte und pflügen
und wo die Fruchtbarkeit des Landes
segnend zwischen mir
und der Unfruchtbarkeit
des Krieges stand.

10
Vergnügsamkeit!
Schönes, verschollenes Wort,
über das Johann Sebastian Bach
eine Arie schrieb,
er, der von tausend Schikanen Geplagte,
dem die Kulturbeamten von damals
das Leben nach dem Maß
ihrer immer gleichbleibenden Unfähigkeit verbitterten,
und der sich ihnen zum Trotz
seine Vergnügsamkeit
und seine Freiheit erhielt.

11
Leicht schließt man Bekanntschaft,
auf der Bahn, in der Kneipe, im Parke,
überall dort,

wo ein Mensch den andern berührt;
aber es bleibt nur Berührung
und dringt nicht ins Innre,
niemals dorthin,
wo du allein mit dir selbst bist
und mit andern nur sprichst,
damit du dich selber nicht hörst.

12
Ein guter Fragesteller
ist meistens auch ein guter Lehrer;
an schon gelöste Fragen anknüpfend,
zerlegt er das Vielfältige
in seine einfachen Teile
und diese wiederum,
da alles, je tiefer man eindringt,
immer frag-würdiger wird,
in ihre feinsten Verästelungen,
und verliert dabei nie
das Ganze aus seinem Blick.

13
Hüte dich vor der Verwirklichung von Träumen!
Sieh dir die Welt an,
alles auf ihr
war einstmals Traum.
Traum in den Herzen großer Liebender,
Traum in den Seelen derer,
die unter den Träumen von gestern litten
und in die Zukunft träumten.
Aber auch Träume verbrennen zu Asche,
und was reine Flamme einst war,
zerschrammt dir später als Schlacke den Fuß.

14
Verbrechen, sagt man, verjähren,
aber die Schuld bleibt bestehen
und schwärt und fault weiter
unter den Laufplanken des Lebens,
bis alles morsch ist und hohl

und der Mensch
sich mit der Krötenweisheit
der Reptilien begnügt.

15

Gedichte, Romane, Dramen
werden oft neu gefaßt.
Wer aber gibt uns
die Neufassung des Menschen
für diese Zeit der großen Gefahren,
die ihm von ihm selber drohen?
Ist er sich doch selbst nicht mehr gut
und deshalb ohne Güte,
dem einzigen, das mächtiger ist
und gewaltiger
als eine Atomexplosion.

Die Lawine

Erzählungen

Die Lawine

Früher war es immer so gewesen: wenn ich die Tür zu der alten Buchhandlung in der Innenstadt aufstieß, wo ich mich alle paar Monate einmal nach vorteilhaften Antiquariatsangeboten und Neuerscheinungen zu erkundigen pflegte, und in den Laden eintrat, der von den Häuserrücken moderner Bürobauten ziemlich verdunkelt wurde, kam mir Sanetra jedesmal mit abgemessenen Schritten, ein kaum merkliches Lächeln um die etwas farblosen Lippen, leise entgegen und erkundigte sich nach meinen Wünschen. Stets war er auf seinem Posten, nie um eine Auskunft, einen Hinweis verlegen, liebenswürdig, unaufdringlich, in der Literatur bewandert, im Geschäft zu Haus, das er ohne Pedanterie, aber mit größter Genauigkeit führte. Ich wußte, daß ihm der alte Busch, dem das Unternehmen gehörte, das auf eine lange Vergangenheit zurückblickte und den besten Ruf genoß, sein ganzes Vertrauen schenkte und die Leitung des Geschäftes in seine Hände gelegt hatte. Seit das Augenübel, an dem Busch litt, schlimmer und schmerzhafter geworden war, nahm er an der Abwicklung der Geschäfte, die mehr Sachkenntnis erforderten, als es auf den ersten Blick scheinen mochte, kaum noch aktiv Anteil, sondern überließ die Führung Sanetra, unter dessen Umsichtigkeit sich die Firma stetig fortentwickelte. Ich hatte den alten Busch sagen hören, daß er sich ohne Sanetra in seinem eigenen Läden und in den Kontobüchern kaum noch zurechtfinden würde; aber es lag kein Vorwurf in diesen Worten, sondern es klang daraus ein Gefühl von Erleichterung und vielleicht auch von Dank für den blassen, jungen Menschen, der ein seiner Arbeit und seinen Kenntnissen unangemessenes Gehalt bezog und trotzdem bei den Büchern ausharrte. Ich wußte nicht, ob es aus Liebe zur Literatur geschah oder ob er damit nur dem Gesetz der Trägheit folgte und sich hinter seiner Beharrlichkeit nichts weiter als ein Mangel an Entschlußkraft verbarg, eine Angst, die festen Formen seines Lebens, die seinem Dasein Halt und Stütze verliehen, zu zerbrechen. Ich machte mir auch kaum Gedanken darüber. Sanetra war weder mein Freund, noch stand er mir näher als die vielen anderen Menschen, denen ich täglich in Büros, Gaststätten und Läden begegnete und mit denen ich manchmal ein paar höfliche Worte wechselte. Er war einer von den vielen Handlangern in dem großen Lagerschuppen modernen Lebens, aus dem unsere alltäglichen Bedürfnisse, unsere feineren Gelüste und nie endenden Torheiten gespeist werden. Mehr sah ich nicht in ihm. Und nie fiel es mir ein, daß auch er ein besonderes Schicksal haben und daß der Eindruck, den ich zwischen staubbedeckten Bücherregalen von ihm empfing, nicht mehr bedeuten könnte als sein Schatten.

Eines Tages befand ich mich nach längerer Pause wieder einmal auf dem Wege zu der Buchhandlung. Ich hatte von einem seltenen alten Druck gehört, den ich gern besessen hätte, und ich war fest überzeugt, daß es Sanetra gelingen würde, die Kostbarkeit für mich aufzutreiben. Er besaß eine Art Spürsinn für solche Dinge. Es schien ihm Vergnügen zu bereiten, die Launen seiner Kunden zu befriedigen und alles daranzusetzen, daß ihre Wünsche in Erfüllung gingen, auch wenn sie mit den seltsamsten Anliegen zu ihm kamen. Ich freute mich auf ein Gespräch mit ihm, das selten ganz fruchtlos verlief und meistens einen Menschen enthüllte, der über eine gesunde Urteilskraft verfügte. Er war, wie jeder gute Verkäufer, auch ein guter Zuhörer. Nie verdarb er einem die Stimmung dadurch, daß er einem etwas anderes aufzuschwatzen versuchte, als man haben wollte. Ich hatte es erlebt, daß die wunderlichsten alten Bibliophilen, deren ganze Liebe gediegenen Einbänden und verschollenen Texten gehörte, ihn in ihr Herz schlossen und von ihm in den Tönen höchsten Entzückens redeten. Er war ihnen fast soviel wert wie ein altes Buch. Als ich ihn einmal damit neckte, lächelte er traurig. Ich wartete darauf, daß er etwas erwidern sollte, aber er schwieg, starrte wie abwesend auf die bedruckten Bücherrücken in dem Regal vor ihm, wandte sich dann langsam um und erteilte einer vorübereilenden Verkäuferin irgendeine belanglose Anordnung. So war er – ein Mensch, der sich für die kleinen Mißhelligkeiten seines Berufes nicht dadurch schadlos hielt, daß er anderen etwas vorklagte, sondern sie auf sich nahm und ohne viele Worte damit fertig zu werden versuchte.

Nachdem ich mir die Neuerscheinungen im Schaufenster angesehen hatte, betrat ich den dunklen Laden und schaute mich nach Sanetra um. Ich vermochte ihn nirgends zu entdecken. Ein Gefühl der Enttäuschung beschlich mich, und ich empfand die Frage des Kassenfräuleins, eines ältlichen Wesens mit einem faltigen Schildkrötenhals und rötlichem Haar, das die Tageseinnahmen gewissenhaft bewachte und sich nach meinen Wünschen erkundigte, als pure Aufdringlichkeit. Als sie merkte, daß es schwierig sein würde, mit mir ins Gespräch zu kommen, ließ sie mit verächtlichem Blick und beleidigtem Gesicht von mir ab. Ich war ihrer Beachtung nicht länger wert und war sehr froh darüber. Für ein paar Sekunden stand ich unentschlossen vor dem breiten Auslagetisch, der mit Büchern vollständig bedeckt war. Die bunten anpreiserischen Umschläge widerten mich an. Frauenköpfe, Stadtsilhouetten, Brückenbögen, Wappenschilder – der ganze Reklameunfug drang auf mich ein. Ich vernahm die Stimme eines gesetzt aussehenden Herrn, der mit einem der jüngeren Buchhandlungsgehilfen verhandelte und etwas über das Leben der Schmetterlinge verlangte. Dabei wunderte ich mich, mit welcher Geduld sich der junge Mensch die umständlichen Ausführungen des Schmetterlingsliebhabers anhörte. Etwas gelangweilt wartete ich auf das Erscheinen Sanetras. Ein paar Minuten vergingen. Ich hatte eines der Bücher vom Auslagetisch ergriffen und blätterte darin. Das Buch war ganz neu, die Seiten klebten noch aneinander, und der Geruch von Druckerschwärze stieg mir in die Nase. Als ich meine Blicke nach einer Weile umherschweifen ließ, sah ich den alten, halberblindeten Busch im Hintergrund des Ladens neben einer der hohen Leitern stehen, die mir immer den Eindruck erweckten, als könne man auf ihnen bis in den Himmel der Literatur steigen. Er hatte die eine Hand nachdenklich an die Stirn gelegt und stand völlig unbeweglich, als trauere er etwas Verlorenem nach, in dem Zwielicht, das aus den Winkeln und Ecken des hinteren Ladens strömte. Die Mädchen huschten auf Zehenspitzen und mit leisen Schritten an ihm vorbei. Erst jetzt fiel es mir auf, daß alle Angestellten, soweit sie zu sehen waren, im Flüsterton miteinander sprachen. Die Gegenwart ihres Chefs, den sie vielleicht schon wochenlang nicht zu Gesicht bekommen hatten, schien ihnen alle Unbefangenheit zu rauben. Sie waren es gewöhnt, von Sanetra Befehle entgegenzunehmen. Die Existenz des alten Busch war für die meisten von ihnen längst zur Legende geworden, und nun konnten sie sich eines leichten Unbehagens und Grauens nicht erwehren, als sie ihn plötzlich leibhaftig in ihrer Mitte sahen.

Ich hatte lange nicht mehr mit dem alten, klugen Buchhändler gesprochen und beschloß, die Gelegenheit wahrzunehmen und mich nach seinem Befinden zu erkundigen. Es mochte wohl eine Besserung mit seinen Augen eingetreten sein, da er sich bereits wieder für den Laden interessierte, den er sonst mied, und ich hatte schon die Worte auf den Lippen, meine Freude darüber auszudrücken. Noch immer war ich in dem Glauben befangen, daß Sanetra jeden Augenblick auf der Bildfläche erscheinen müsse. Er war zwar manchmal halbe Tage lang unterwegs, um zum Kauf angebotene Bibliotheken zu besichtigen und abzuschätzen, doch da ich ihn bisher stets angetroffen hatte, rechnete ich nicht ernsthaft mit der Möglichkeit seines Ausbleibens.

Ich näherte mich dem alten Busch und redete ihn an. Er schien vor der fremden Stimme zu erschrecken, aber vielleicht täuschte ich mich. Erst jetzt nahm er langsam die Hand von der Stirn. Es war eine weiße, gepflegte Greisenhand, welk, durchsichtig und blaß. Er sah mich geistesabwesend aus müden Augen an, und ich fühlte, wie unschicklich es gewesen war, ihn zu stören. Endlich erkannte er mich. »Ach, Sie sind es, Herr … Herr …« Er lächelte hilflos, und ich nannte meinen Namen, froh darüber, daß es überhaupt etwas zu sagen gab. »Ja, natürlich«, rief er. »Ich erinnere mich, entschuldigen Sie, ich bin ein vertrottelter, alter Kerl, aber jetzt, da Sie mich wachgerüttelt haben, könnte ich ihnen das Gespräch, das wir vor vielen Monaten – oder sind es schon Jahre her? – miteinander geführt haben, Wort für Wort wiederholen.«

Während des Sprechens hatte sich sein bleiches Gesicht leicht gerötet, die Starrheit war aus seinen Wangen gewichen, und ein warmes, herzliches Lächeln umspielte seine Lippen. Einsame Menschen haben eine besondere Art von Schönheit, wenn sie sich nach langem Schweigen aufschließen und Zutrauen gewinnen. Diese Art von Schönheit sah ich jetzt auf dem Gesicht des alten Busch. Es lag plötzlich ein Glanz über allen Dingen. Alle Weisheit aus den Büchern, die unbenutzt und in totem Schweigen an den Wänden entlang standen, aller Geist aus versunkenen Jahrhunderten schien in seinem Antlitz Gestalt angenommen zu haben. Er fragte mich nach meinen Erfolgen, meinen Plänen. Wir gerieten in einen lebhaften Gedankenaustausch, der nur plötzlich durch das Dazwischentreten eines seiner Angestellten unterbrochen wurde. Der junge Mensch richtete einige Fragen an seinen Chef, auf die Busch unzusammenhängend erwiderte und die ihn zu reizen schienen. Er war offensichtlich verstimmt. »Wie sehr er mir doch fehlt!« murmelte er, als sich der junge Mensch unhörbar zurückgezogen hatte. »Wie sehr hier noch alles mit ihm verknüpft ist und wie schwer es ist, das Unwiderrufliche und die Endgültigkeit des ganzen Geschehens zu begreifen!«

Sein Gesicht nahm, während er sprach, einen tiefbekümmerten, beinahe grollenden Ausdruck an. Er sah plötzlich wieder so alt und so zerfallen aus wie in dem Augenblick, da ich den Laden betreten hatte. Der selbe Gedankengang, in dem ich ihn durch mein Erscheinen unterbrochen haben mochte, schien sich seines Geistes aufs neue zu bemächtigen. So ganz ergriffen war er davon, daß er meine Gegenwart außer acht ließ und, ohne sich weiter um mich zu kümmern, vor mir auf und ab lief, wobei er die Lippen bewegte und eine stumme, erschütternde Zwiesprache mit sich selber hielt. Ich war wie benommen von der Veränderung, die mit ihm vorgegangen war. Die Worte, die er vorhin gebraucht hatte, konnten sich nur auf Sanetra beziehen; es gab in seinem Geschäft oder unter seinen Bekannten niemanden, auf den sie sonst noch gepaßt hätten. Hatte etwa der langjährigste und treueste seiner Mitarbeiter, der Mann, dem er unbegrenztes Vertrauen entgegenbrachte, ihn im Stich gelassen? Etwas mußte sich zwischen den beiden Männern zugetragen haben, aber es war unmöglich, den alten Busch danach zu fragen.

»Ich sehe, daß Sie noch gar nichts wissen und völlig ahnungslos sind«, sagte er plötzlich mit heiserem Klang in der sonst so wohltönenden Stimme. »Ahnungslos sind«, wiederholte er, als sei es ihm unfaßbar, daß es einen Menschen gab, der in das Geheimnis zwischen ihm und Sanetra noch nicht eingeweiht war. »Ich weiß wirklich nicht, wovon Sie reden«, erklärte ich und kam mir vor, als hätte ich die vergangenen Monate auf einem entfernten Planeten verbracht und Ereignisse von ungeheurer Wichtigkeit versäumt. »Nun, dann will ich es Ihnen sagen«, flüsterte er so vernehmlich und klar, als stehe er auf einer verdunkelten Bühne und hätte eine gräßliche Enthüllung zu machen, von welcher den Leuten auf der Galerie keine Silbe entgehen dürfe. Gespannt wartete ich auf die Dinge, die nun zur Sprache kommen mußten. »Mein Geschäftsführer hat sich vor einer Woche erschossen«, stieß Busch plötzlich abrupt hervor. »Es war anscheinend der einzige Ausweg, der ihm blieb. Ja, es war der einzige Ausweg«, fügte er mit einem energischen Nicken hinzu.

In meinem Kopfe wirbelten die Gedanken nur so durcheinander. Vertrauensbruch, Unterschlagung, dachte ich, die übliche Geschichte eines kleinen Angestellten, der in wirtschaftliche Notlage geraten ist und der Versuchung nicht hat widerstehen können. Als seine Tat durch irgendeinen dummen Zufall oder eine jener Unachtsamkeiten ans Tageslicht kam, die selbst großen Betrügern unterlaufen, griff er zum Revolver. Ein Fall, den man mit einer Zehnzeilennotiz in den Zeitungen abtat. Ich konnte verstehen, daß Busch empört war. Sein Vermögen und seine Einsicht in Schwierigkeiten, wie sie das Leben häufig mit sich bringt, waren so groß, daß er Sanetra bestimmt geholfen hätte, wenn er zu ihm gekommen wäre und um seine Hilfe gebeten hätte. Aber Sanetra war nicht der Mann, der jemandem Einblick in seine finanzielle oder seelische Not gewähren konnte, ohne zu erröten und sich wie ein Schurke vorzukommen. So hatte er wohl schließlich den andern Weg gewählt und sich, um der Selbsterniedrigung auszuweichen, an die Hoffnung geklammert und geglaubt, daß er eines Tages in der Lage sein werde, sein Vergehen wiedergutzumachen. Und so war er gescheitert und hatte seinem Chef neben der moralischen Erschütterung auch noch den Schmerz zugefügt, ihm sein Wissen und seine Kenntnisse für immer zu entziehen. Es war nicht recht ersichtlich, worunter Busch tiefer litt. Er beobachtete mich und schien die Wirkung seiner Worte auf mich zu studieren. Ein spöttisches Lächeln zuckte um seine Mundwinkel. Ich merkte, daß er meine Gedanken erraten hatte, und schämte mich ein wenig der billigen, schändlichen Kombinationen, denen ich mich hingegeben hatte. »Wenn ich nicht irre, haben Sie sich bereits ein Urteil gebildet«, sagte er nach einer Weile. »Aber seien Sie versichert, ich würde nie zu irgend jemandem auch nur die geringste Andeutung gemacht haben, wenn es sich hier nur um die Flucht vor den Folgen eines gemeinen Betruges gehandelt hätte. Als Kläger gegen Sanetra aufzutreten, wäre mir nie eingefallen. Ich möchte deswegen noch einmal ausdrücklich betonen, daß dazu kein Anlaß vorlag. Sanetra war bis zuletzt gewissenhaft und pflichtbewußt, obwohl er manchmal in Versuchung gewesen sein mag, sich fremdes Geld anzueignen, denn er brauchte in den vergangenen beiden Jahren monatlich eine bestimmte zusätzliche Summe, die nicht immer leicht für ihn zu beschaffen war. Wofür er sie brauchte, das werde ich Ihnen später erzählen, das heißt, falls Sie Interesse an der Geschichte haben. Er war kein großer Mensch, aber er war auch kein Betrüger im üblichen Sinne. Ich konnte ihm, ohne zu heucheln, einen Nachruf widmen und uneingeschränkt die Tugenden loben, die heutzutage von einem Angestellten verlangt werden. Er besaß sie alle, er besaß vielleicht mehr davon, als für ihn gut war. Hier im Geschäft braucht niemand sich zu schämen, seinen Namen öffentlich auszusprechen. Wenn einer ihm ein gutes Andenken als Mitarbeiter und verläßlichem Helfer bewahrt, so werde ich selber es sein. Aber die Gründe, werden Sie fragen, was konnte dieser Mann für Gründe haben, aus dem Leben zu scheiden? Er war zu arbeitsam, seinem innersten Wesen nach zu unkompliziert, um an Lebensüberdruß und Todessehnsucht zu leiden; außerdem war er gut verheiratet und bekleidete eine Stellung, der nicht all und jeder gewachsen ist. Und trotzdem: eines schönen Tages geht er hin und schießt sich tot. Seine Frau glaubt noch heute an einen plötzlichen Nervenzusammenbruch, an eine momentane Geistesverwirrung. Der wahren Ursache seines Endes ist sie nicht um einen Schritt nähergekommen. Ich habe sie besucht und mit ihr gesprochen. Sie war über zehn Jahre mit ihm verheiratet.«

Busch schwieg, aber es war offenbar, daß er noch längst nicht ausgeredet hatte und mich nur prüfen wollte, ob ich ihm nur aus Höflichkeit weiter zuhörte. Als er sich überzeugt hatte, daß meine Teilnahme echt war, fuhr er fort: »Ich habe über alles nachgedacht, was mit seinem Verhalten zusammenhängt, und ich bin vielleicht der einzige Mensch, der einiges darüber weiß. Ich besitze einen Brief von ihm, aus dem klar hervorgeht, daß er sein eigener Richter und sein eigener Henker war. Er geriet in die schwierigste moralische Lage, in die ein Mensch kommen kann – aber dies ist nicht der rechte Ort, diese Dinge zu erörtern. In meiner Wohnung wären wir ungestörter. Und wenn Ihre Zeit es erlaubt ...«

Ich nickte. »Gut«, rief er. »Kommen Sie!«

Wir verließen den Laden durch eine Hintertür, die ins Treppenhaus führte, und stiegen die mit roten Läufern belegten Stufen empor. Draußen regnete es. Ich hörte, wie die Tropfen gegen das aus buntem Glas zusammengesetzte Flurfenster schlugen. Die Privatwohnung Buschs befand sich im ersten Stock. Er war Junggeselle und bewohnte drei Zimmer, die von einer älteren Wirtschafterin in Ordnung gehalten wurden. Wir begaben uns in sein Arbeitszimmer, wo mir zuerst der große, eichene Bücherschrank auffiel, der die berühmte Manuskriptsammlung des alten Buchhändlers enthielt, die er im Laufe der Jahre, keine Kosten und keine Mühe scheuend, zusammengetragen hatte. Aber während er sonst keine Gelegenheit vorübergehen ließ, diesen Schatz vor seinen

Besuchern auszubreiten und sich mit ihnen an den seltenen Handschriften zu freuen, erwähnte er ihn heute mit keinem Wort, sondern nahm sofort in einem der tiefen Ledersessel Platz, die das niedrige Rauchtischchen umstanden. Kein Laut unterbrach die Stille, die im Zimmer herrschte. Selbst die Geräusche des Regens, der mit unverminderter Heftigkeit fiel, klangen weich und gedämpft und einschläfernd und füllten den großen, durch eine abgeblendete Tischlampe nur spärlich erhellten Raum mit ihrer dumpfen Musik.

»Ich sagte Ihnen vorhin, daß Sanetra in die schwierigste moralische Situation geraten war, die man sich denken kann«, fing er an. Er sprach sehr leise. Mit seinen kranken, geschwächten Augen, die die Außenwelt nur noch in undeutlichen Umrissen wahrnahmen und völlig auf die Erfassung innerer Zusammenhänge gerichtet waren, glich er einem vorzeitlichen Seher oder einem blinden Märchenerzähler. Sein Oberkörper verschwand fast in dem großen, dunklen Sessel, er wirkte noch kleiner und unscheinbarer als gewöhnlich, nahezu körperlos, und ich hatte das Gefühl, daß er in den langen Abendstunden, wenn niemand zu erwarten war, ihn in seinen Träumereien zu stören, schon oft so dagesessen und den Ereignissen nachgesonnen haben mochte, von denen ich jetzt einiges erfahren sollte.

»Stellen Sie sich einen Menschen vor«, fuhr er fort, »der einem anderen den Tod wünscht, aber nicht die Kraft findet, die Tat auszuführen. Dazu sind seine Hemmungen zu stark, er spielt nur in Gedanken mit der Möglichkeit. Nun wird diesem Menschen plötzlich durch eine Verkettung außergewöhnlicher Umstände die Macht über das Leben der anderen Person in die Hand gegeben. Mit einem Warnungsruf könnte er den bedrohten Feind retten, mit einer Handbewegung ihn vor dem Untergang bewahren. Statt dessen macht er für ein paar Sekunden die Augen zu und läßt das Verhängnisvolle geschehen. Und als er sie wieder öffnet, ist das, was er insgeheim gewünscht hat, eingetreten – er ist seinen Widersacher los, ist ohne sein Zutun von ihm befreit. Es gibt kein Gesetz, das man gegen ihn anwenden könnte, kein Geschworener würde ihn verurteilen. Und trotzdem steht er als Mörder da, vor sich selbst und seinem eigenen Gewissen. Die Selbstverachtung zernagt ihm das Herz. Denn es gibt nichts Verächtlicheres, als den Zufall zum Werkzeug unserer Absichten zu machen. Es gibt keine größere Sünde als die Unterlassungssünde. Sie wurzelt in Schwäche und Feigheit, in dem alten verängstigten Blut, das durch unsere Adern rollt. Der Wilde erschlägt seinen Feind, manchmal im offenen Kampf, häufiger aus dem Hinterhalt; wenn er mordet, so liegt darin noch immer etwas Ehrenhaftes; wenn wir jedoch unsere Gegner beseitigen, zeigt sich unsere ganze Erbärmlichkeit.«

Ich hatte mit wachsendem Erstaunen zugehört, und mir war, als habe jemand mit einem Hammer gegen meine Brust geschlagen.

»Wollen Sie sagen, daß Sanetra ... nein, ich kann es mir nicht vorstellen. Es klingt zu unglaubwürdig. Mir fehlen die Hintergründe zu dieser Ungeheuerlichkeit. Ich gestehe, daß es mir an Phantasie mangelt, die Etappen dieses Weges auszudenken«, rief ich.

»Das glaube ich gern«, erwiderte Busch. »Es wird Ihnen jedoch alles verständlicher werden, wenn wir uns vom Allgemeinen abkehren und uns der Logik der Tatsachen zuwenden. Soweit sie mir bekannt sind, will ich sie Ihnen mitteilen. Manches an dieser sonderbaren Entwicklung eines Mannes, den wir beide kannten und dem jeder von uns ein anderes Ende prophezeit hätte, liegt auch für mich im Dunkeln, aber die große Linie, die Zwangsläufigkeit, die Notwendigkeit ist mir klar, so daß ich seine Tragödie schon beinahe wie ein ästhetisches Gebilde betrachten und wiedergeben kann. Um zu den Anfängen, zu den Keimzellen der Ungeheuerlichkeit, wie Sie es nannten, zu gelangen, muß ich um einige Jahre zurückgreifen. Sie wissen, daß Sanetra bei mir gelernt hat. Er kam als blutjunges Bürschchen in mein Geschäft und bewies schon damals eine Zähigkeit und Anhänglichkeit, die ihn von all den andern Lehrlingen, die bei mir ein und aus gegangen sind, unterschied. Er war intelligent, ehrlich und von einem unermüdlichen Fleiß, der mich schon damals auf ihn aufmerksam werden ließ. Er las viel, besuchte Bildungskurse, lernte fremde Sprachen und bewies eine für sein Alter bewunderungswürdige Auffassungsgabe. An den üblichen Lehrbubenstreichen und Rüpeleien, wie sie für das Alter zwischen Kindheit und Mannheit charakteristisch sind, fand er so wenig Geschmack, daß er in den Ruf geriet, ein unleidlicher Tugendheld und Streber zu sein. Wenn seine Kollegen zum Bier oder auf den Tanzboden zogen, ging er in ein Konzert oder suchte eine Vorlesung oder ein Museum auf. Auch im Theater, das mich damals noch manchmal anzog, traf ich ihn einige Male. Ich erinnere mich, daß er stets einen sauber gebürsteten, dunklen Anzug trug, von dem sich sein blonder Scheitel und sein blasses Gesicht auffallend abhoben, und daß ich ihn nie in Gesellschaft sah. Er war ein Einzelgänger, aber nicht aus Stärke und Überlegenheit, sondern aus Schwäche, hauptsächlich darum, weil er nicht schlagfertig genug war, um auf den Spott und die Zweideutigkeiten Gleichaltriger wirksam erwidern zu können. Sein Vater, ein pensionierter Eisenbahnbeamter, war früh gestorben. Seine Mutter hatte ihm den Besuch der Mittelschule ermöglicht, und er belohnte sie für die Entbehrungen, die sie um seinetwillen auf sich genommen hatte, indem er keine ihrer Hoffnungen betrog. Er wohnte bei ihr, sie hielt seine Kleidung in Ordnung und sorgte für sein Essen. Ich kann mir recht gut denken, wie es bei ihnen aussah. Sauber, doch ein wenig steif und altmodisch, mit einem Geruch von Mottenkugeln in den Zimmern, vergilbten Fotografien, einem Goldfischglas oder einem Kanarienvogel. Als er ausgelernt hatte, blieb er selbstverständlich bei mir. Veränderungen und Umstellungen waren wider seine konservative Natur. Er fühlte sich nur in festen Bahnen und festen Verhältnissen wohl – ein Erbteil seines Vaters vielleicht, von dem er nie sprach, dessen Andenken er jedoch in Ehren hielt. Ich glaube noch heute, daß er sich nie einen Rausch angetrunken oder eine jener flüchtigen Liebschaften gehabt hat, die das Vorrecht der Jugend sind und deren Zauber wir erst im Alter schätzen lernen. Den Inbegriff aller Weiblichkeit stellte ihm seine Mutter dar. Wer vor ihr und ihren Anschauungen nicht bestand, hatte auch bei ihm ausgespielt. Sie scheint auf die moderne Jugend nicht gut zu sprechen gewesen zu sein und ihren Sohn ängstlich vor den Verführungen und Gefahren der Großstadt behütet zu haben. Das war indes keine sehr schwierige Aufgabe, denn nichts lag ihm ferner als Ausschweifungen und Maßlosigkeit. Er war ein Sohn, wie ihn jede Mutter sich wünscht und wie ihn jede Mutter als Schwiegersohn willkommen heißen würde. Er fiel nirgends auf, war überall am Platze, ein Charakter ohne Kanten und Ecken, der stets so höflich war, wie die Umstände es erforderten, und seinen Dienst lieber eine Viertelstunde zu früh antrat als fünf Minuten zu spät.

Nachdem er ein paar Jahre bei mir im Geschäft tätig gewesen war und soviel Gehalt bezog, daß er ans Heiraten denken konnte, verlobte er sich. Ich war wenig überrascht von diesem Schritt, der seiner konventionellen Art völlig entsprach. Er erhielt sein kleines Geschenk, und der blanke Goldring an seinem Finger blitzte. Dieser Ring war das einzig Glänzende an seiner etwas verstaubten Erscheinung. Als Bräutigam sah er noch gebürsteter aus als vorher. Nie gab es einen losen Knopf an seiner Jacke oder seinem Mantel, nie einen Schmutzspritzer auf seinen Schuhen, und sein Haar war stets tadellos geschnitten. Durch seine Mutter war er mit seiner Braut bekannt geworden, die Verbindung zwischen ihm und ihr schien lange im voraus geplant gewesen zu sein. Die Mutter führte ihm das Mädchen zu, und er nahm sie folgsam aus ihrer Hand entgegen. Es gab kein Zerwürfnis, keinen Unfrieden deswegen. Sie gingen ein paarmal zusammen aus, machten das eine oder andere Vergnügen mit, gönnten sich an Sommersonntagen ein paar harmlose Ausflüge, wanderten durch die Wälder, Hand in Hand vielleicht, aber meistens sicherlich in angemessenem Abstand und keineswegs auf der Suche nach der blauen Blume, sondern in vernünftiges Gespräch vertieft. Dann tranken sie irgendwo in einem Gartenlokal ihren Kaffee und kehrten abends zur rechten Zeit nach Hause zurück, um für den nächsten Tag munter und ausgeschlafen zu sein. Die Liebe brachte keine Unruhe in sein Herz. Es gab nichts zu kämpfen, nichts zu leiden. Das Mädchen war froh, einen so soliden Mann – so lautet wohl der schauderhafte Ausdruck dafür – gefunden zu haben. Sie sah es gern, wenn er sich sonntags gut anzog, und auch sie putzte sich ein wenig. Aber es drängte sie nichts so unwiderstehlich zu ihm hin, daß sie Vater und Mutter darüber vergessen hätte. Sie war von kühler Gemütsart, ich möchte nicht sagen: berechnend, eher verschüchtert, unaufgeweckt, wie so viele Mädchen aus kleinbürgerlichen Kreisen, die nicht so sehr geliebt als vielmehr geheiratet werden wollen. Aber ihrem ganzen Wesen nach paßte sie großartig zu ihm. Er brachte ihr Bücher, die sie pflichtschuldigst las, und in beiden jungen Menschen nahm das Wissen um tote Dinge in dem Maße zu, wie sie sich dem Leben, seiner offenen und versteckten Brutalität entfremdeten. Er hatte schon immer Neigung gezeigt, nach allgemeinen Prinzipien zu handeln. Jetzt, als es um seine und des Mädchens Zukunft ging, nahm diese Neigung noch zu. Und so hielt er sich in Beruf und Leben an ein paar erprobte Grundsätze, die er nüchtern und bedacht mit seiner Braut durchsprach und nach denen sie zu leben beschlossen. Einer dieser Grundsätze war: nie über ihre Verhältnisse zu leben und sich lieber gewisse Bequemlichkeiten zu versagen, als Schulden zu machen. Die andern Maximen, nach denen sie sich richten wollten, waren um nichts falscher und um nichts banaler. Es lag Weisheit darin – ihnen aber half es wenig, daß sie die Sprüche auswendig wußten; denn weise darf man am Ende des Lebens sein, in der Jugend soll man getrost den Mut zu Fehlern haben.

Um diese Zeit etwa traf ihn ein unersetzlicher Verlust: seine Mutter starb ganz plötzlich. Er gab die Wohnung, die er solange mit ihr geteilt hatte, auf und zog in ein möbliertes Zimmer. Im Geschäft war er unverändert; nichts deutete darauf hin, daß er eine große Erschütterung erlitten hatte. Er besaß anscheinend an seinen Theorien und Grundsätzen genügend Halt, so daß er die Ratschläge seiner Mutter jetzt leichter entbehren konnte. Die Eltern seiner Braut, die ihn, seit er bei fremden Leuten wohnte, bereits auf Abwege geraten sahen, drängten zur Heirat. Er sträubte sich nicht dagegen und führte seine Verlobte nach Ablauf des Trauerjahres an den Altar. Mit gutem Gewissen schwor er ihr Treue, und seine festverwurzelten Anschauungen von Anstand und Pflicht gewährleisteten ihre Dauer. Sie gingen an die Ausstattung ihres Heimes. Ich entsinne mich, daß ich ihn damals Werke über Innenarchitektur durchblättern sah, und ich habe ihn im Verdacht, daß er auch in Büchern nachschlug, die da vorgeben, das Geheimnis der harmonischen Ehe gelöst zu haben. Er nahm vierzehn Tage Urlaub, und sie traten ihre Hochzeitsreise an, die aber, wie ich fürchte, mehr einer Bildungsreise alten Stils glich und wobei ehrwürdige Bauten, altertümliche Kirchen und sonstige historische Kuriositäten eine weit wichtigere Rolle spielten als Liebesnächte und Umarmungen ohne Zahl. Diese hochzeitliche Rundfahrt durch verschiedene Provinzen verlief ohne jede Störung. Sie waren beide tief befriedigt davon. Als er seinen Dienst wieder antrat, erzählte er mir, was sie alles gesehen hatten, und ich muß sagen, er war voll von Eindrücken, machte so treffende Bemerkungen und brachte so viele gelehrte Voraussetzungen mit, daß es einem jeden Privatdozenten zur Ehre gereicht hätte. Er kam durchaus aus seinen Flitterwochen nicht so ausgepumpt und mit umdüstertem Gehirn zurück wie manche Ehemänner. Hygiene der Ehe – wenn ich nicht irre, hörte ich ihn diesen Ausdruck einmal gebrauchen. Natürlich ist es immer schwer, zu bestimmen, was ein anderer sich bei seinen Worten denkt – aber was er sich dabei dachte, glaube ich zu wissen. Die Hygiene seiner Ehe bestand einfach in der Unüberwindbarkeit der Scham, in der Angst vor den Raubtiertatzen, die sich weich und schmeichelnd in jeder Liebkosung verbergen. Er fürchtete sich vor der Raserei, vor den Bissen, aber auch vor den Verfeinerungen einer Liebe, der er sich nicht gewachsen fühlte. Und er war glücklich mit seiner Ehehygiene, weil seine Frau keine wirkliche Leidenschaft von ihm verlangte und dankbar die ungefährliche und ruhige See ihres Ehebettes genoß.

Sie mögen denken: wozu davon reden, wozu die Schnüffelei? Vielleicht sagen Sie sich sogar: nun ja, das Junggesellentum des alten Busch macht derartige Gedankengänge verständlich. Doch ich will mich nicht damit aufhalten. Mir scheint nur, daß die eigentliche Tragödie Sanetras ohne die Vorgeschichte unbegreiflich bleiben muß. Im übrigen ist über seine Ehe nichts weiter zu berichten, als daß sie kinderlos blieb und nicht langweiliger und leerer war als tausend andere auch. Mag sein, daß es an Aufwallungen echter und tiefer Gefühle im Guten wie im Bösen zuweilen nicht fehlte, indes erfolgte keine Umschmelzung der einmal gewählten Form mehr, in welcher ihre Seelen langsam erkalteten und erstarrten. Keiner quälte den andern mit übermäßigen Zärtlichkeiten, jeder hatte seinen festen Wirkungskreis, die Frau im Haus, einem kleinen Bungalow draußen in der Vorstadt, und er im Geschäft. So führten sie im Grunde eine musterhafte Ehe, ohne Zänkereien, ohne Streitigkeiten und Eifersuchtsdramen, die mit ihren Spannungen das Leben der meisten Eheleute begleiten und es teils vergiften, teils aber auch auffrischen. Irgendeine Ader des Daseins war abgeschnürt, es drang kein frisches Blut mehr in das Zellengewebe ihres Alltags, es war weder etwas von Verfall noch von Wachstum an ihnen zu bemerken, und so glichen die beiden immer mehr zwei wohlkonservierten Mumien, an die Werden und Vergehen nicht mehr heranreichten. Die Frau bewahrte sich einen toten jugendlichen Liebreiz und sah ewig jungmädchenhaft aus, und auch sein Gesicht änderte sich nicht mehr. Mit fünfundzwanzig Jahren war ihre Entwicklung gleichsam abgeschlossen, sie steckten wie Bilder in dem festen Rahmen ihrer kleinen Häuslichkeit. Mit allem, was das Leben so herrlich gefährlich und unsäglich verlockend macht, kamen sie nur mittelbar in Berührung: durch Bücher, Film und Theater. Sie schliefen zwar bei offenem Fenster und hatten allerhand moderne Vorurteile über gesunde Lebensweise, Kost und Körperpflege, waren jedoch allem Naturhaften und Urwüchsigen trotzdem so fern wie nur irgendein Stadtmensch. Jeden Abend, ganz gleich ob es regnete, kalt oder warm war, unternahmen sie einen längeren Spaziergang und kehrten davon mit angeröteten Gesichtern zurück. Sonst aber war nichts in ihnen erwacht. Sie kannten keine schlaflosen Nächte, und das geheimnisvolle, bläulich schimmernde Mondlicht hatte keine Macht über ihre vernunftgetränkten Seelen. So gingen die Jahre eintönig dahin. Es erreichte sie kein Ruf, kein Schrei und keine Warnung. Sie wußten nicht, wie groß die Gefahr war, in der sie schwebten.

Ich fing an, mich krank zu fühlen, meine Sehkraft ließ nach, Schmerzen stellten sich ein, und ich merkte, daß es an der Zeit war, mich aus dem Geschäftsleben zurückzuziehen und jemandem, dem ich Vertrauen schenken durfte, die Leitung zu übertragen. Unter allen meinen Angestellten war keiner, der sich so gut dafür geeignet hätte wie Sanetra. Sie wissen ja selbst am besten, wie hervorragend er seinen Posten ausfüllte. Ich hatte alle Ursache, mit ihm zufrieden zu sein. Ich habe meine Wahl auch nie bereut. Aber vielleicht überbürdete ich ihn mit Arbeit und Verantwortung. Er war zu gewissenhaft, um die Dinge auf die leichte Schulter nehmen zu können, und wir haben ja alle schon einmal gespürt, wie eine stetige, äußerste Kraftanstrengung die Nerven angreift. Heute mache ich mir Vorwürfe darüber, damals kam es mir gar nicht zum Bewußtsein. Ich gehöre einer Generation an, die die Folgen der Überarbeitung unterschätzte. Erst als ich ein Nachlassen in seinen Leistungen spürte und mir den Mann, den ich viel zu sehr brauchte, als daß ich ihn sich zugrunde richten lassen wollte, einmal genauer ansah, fielen mir seine Nervosität, seine Hast und seine erschreckend bleiche Gesichtsfarbe auf. Wenn ich mich nicht täusche, so arbeitete er das, was er tagsüber nicht schaffte, abends gemeinsam mit seiner Frau auf. Es füllte ihren Abend aus, es schien sinnvoll angewendete Zeit, obgleich es natürlich Unsinn war. Aber gleichzeitig gab es ihrer Ehe einen neuen künstlichen Auftrieb. Seine Frau half ihm bei der Zusammenstellung und Abfassung von Katalogen, die immer wahre Musterstükke ihrer Art waren. Er erblickte in ihr immer mehr die Helferin und immer weniger ein weibliches Wesen. Sie war ihm einfach die beste Kollegin, die er je gehabt. Jetzt erst schien ihm seine Ehe völlig gerundet und geschlossen, und er war trotz seiner Abspannung so glücklich, wie er nur sein konnte. Ich warnte ihn davor, den Bogen zu überspannen, und bat ihn, sich etwas mehr Ruhe zu gönnen. Verstehen Sie mich recht: ich tat es aus eigenstem Interesse, um mir seine Arbeitskraft noch lange zu erhalten. Sentimentalität in geschäftlichen Dingen habe ich nie gekannt. Wir leben alle nur durch den Schweiß, den andere für uns vergießen.«

Busch holte tief Atem und schwieg eine Weile. Dann bot er mir Zigaretten an und entschuldigte sich, daß er nicht früher an seine Pflichten als Gastgeber gedacht habe. Er verließ das Zimmer für einige Minuten, und ich hörte, wie er draußen mit seiner Wirtschafterin sprach. Bald danach kehrte er zurück. Die Frau folgte ihm und stellte Kognak und Selter vor uns hin. Als sich die Tür hinter ihr geschlossen hatte, hob er sein Glas und trank mir zu. Darauf versank er wieder in der Höhlung seines Sessels. In den Gläsern perlte die Kohlensäure.

»Im Sommer jenes Jahres«, begann er wiederum leise, wie immer, solange der Fluß der Erzählung ihn nicht fortriß, »hatte ich ihm geraten, statt der üblichen, ihm tarifmäßig zustehenden paar Tage, vier Wochen Urlaub zu nehmen und sich gründlich zu erholen. Ich war bereit, ihm sein Gehalt weiter zu bezahlen, und weiß nicht, was ihn bewog, meinen Vorschlag abzulehnen. Ob er nicht schwach erscheinen wollte oder ob er fürchtete, er könne seinen Posten verlieren – aber gleichviel: entscheidend ist, daß er mitten im Winter, im Januar, sofern mich mein Gedächtnis nicht trügt, einen Zusammenbruch erlitt. Er hustete, hatte Schweißausbrüche, sein Gedächtnis versagte, kurz, alle Anzeichen deuteten auf eine bedrohliche Krise hin. Eines Morgens rief seine Frau mich an und teilte mir mit, daß er mit Fieber zu Bett liege. Zwei Tage später jedoch war er bereits wieder im Dienst. Er sah hohlwangig und abgezehrt aus und schien auf dem besten Wege zu sein, die Schwindsucht zu bekommen. Ich nahm ihn mir vor – er saß mir gegenüber in dem selben Sessel, in dem Sie jetzt sitzen, – und redete ihm so lange zu, bis er einwilligte, sich einer Kur zu unterziehen. Er brauchte nur ein paar Wochen absolute Ruhe, kräftiges Essen und vor allem frische Luft, um seine einstige Spannkraft zurückzugewinnen. Aber obwohl es sich für ihn um eine Notwendigkeit handelte, mußte ich meine ganzen Überredungskünste aufbieten, um ihn zu überzeugen. So eigensinnig und unnachgiebig konnte er sein.

Mir war da ein Nest in den schlesischen Bergen in Erinnerung, wo ich selber einmal ein paar sehr schöne Tage verlebt hatte. Es gab dort eine kleine Pension, in der man es so gut hatte, wie man es sich nur wünschen konnte. Sie lag in einem Nebental, weit genug entfernt von der Eisenbahn und dem großen Durchgangsverkehr, um für Sanetras überreizte Nerven in Frage zu kommen. Ein paar Schritte hinter dem Haus begann der Wald, die herrlichsten Bäume, die ich je gesehen habe, weiter unten rauschte ein Gebirgsbach vorbei, in dem es Forellen gab. Dies schien mir der rechte Ort zu sein. Ich ließ sofort hinschreiben und ihn anmelden. Zum Glück war das Haus wintersüber nicht geschlossen, obwohl zu jener Zeit nur die größeren Sporthütten Wintergäste aufnahmen. Aber was hätte er in einer Sporthütte anfangen sollen, unter Menschen, die den ganzen Lärm und alle Geschmacklosigkeiten der Stadt mit in die Berge schleppen? Dazu war er viel zu krank, so wenigstens sah es aus, und niemand hätte ahnen können, daß diese Krankheit nur eine von der Natur inszenierte Komödie war, um die Kräfte und Mächte, die er immer gescheut hatte, in ihm zu entfesseln. Doch ich will nicht vorgreifen.

Ich gab ihm den Rat, allein zu fahren. Ein paar Wochen Eheferien mochten auch für ihn heilsam sein. Und so reiste er eines Tages ab, ließ Geschäft, Heim, Ehebett hinter sich zurück und fuhr den winterlichen Bergen entgegen. Es herrschte ziemlicher Frost, der Januar hatte sich in die Erde verbissen, Flüsse und Seen waren zugefroren, und jeder Windstoß war ein Peitschenhieb. Zuerst war er von der Kälte so benommen, von der neuen, ungewohnten Umgebung derart bedrückt, daß sich sein Zustand verschlimmerte. Es schien, als hätte er dienlicher ein Sanatorium aufsuchen sollen. Die Wirtsleute zeigten sich besorgt um ihn. Es gehörte zu ihrer Art, jedem Leidenden Trost zuzusprechen und jedem Kranken die nötige Pflege angedeihen zu lassen. Sie gaben sich rührende Mühe um ihn, obwohl sie es mir ein wenig verübelten, daß ich ihnen einen solchen Gast ins Haus geschickt hatte. Sanetra litt anfangs am meisten unter der erzwungenen Untätigkeit, und wie viele Menschen seiner Veranlagung und seines Schlages beschäftigte er sich hauptsächlich damit, an dienstliche Dinge zu denken, und verleidete sich dadurch den Genuß der Gegenwart. Er schrieb mir ein paar Postkarten, die nicht sehr froh klangen und aus denen ersichtlich war, wie unglücklich er sich fühlte. Erst nach und nach schlich sich ein wärmerer Ton in seine Berichte. Jener seltenen und natürlichen Herzlichkeit der dortigen Menschen konnte selbst er sich auf die Dauer nicht verschließen. Er fand Gefallen an ihrem Dialekt, und mit dem Augenblick, da er seine innere Verkrampfung überwand, begann er sich zu erholen. In kurzer Zeit machte seine Genesung erstaunliche Fortschritte. Er entdeckte Berge und Bäume, Himmel und Wind. Er schrieb mir von Tannen, die unter ihrer Schneelast fast zusammenbrächen, und konnte die große Schweigsamkeit der Wälder nicht genug rühmen. Schon längst wagte er sich außer Hause, wozu er in den ersten Tagen keine Neigung gezeigt hatte, schlenderte durch den Ort und bestieg wohl ab und zu einmal einen Rodelschlitten und sauste an der Seite lärmender und jubelnder Schuljugend zu Tal. Er schlichtete kleine Unstimmigkeiten unter den Kindern und legte soviel Gerechtigkeitssinn und Verständnis für die ungeschriebenen Gesetze, die unter ihnen gelten, an den Tag, daß er ihre spröde Liebe gewann. Dieser Mensch, der bisher alle animalischen Funktionen in sich unterdrückt hatte, lernte plötzlich auf seinen Körper achten. Das war eine ganz neue Erfahrung für ihn. Er fühlte Kräfte in sich, von deren Existenz er bisher kaum etwas geahnt hatte. Er schrieb Liebesbriefe an seine Frau, richtige, natürliche Liebesbriefe, in denen von Sehnsucht nach ganz intimen Dingen die Rede war und die ihr wohl manchmal ein Kopfschütteln entlockt haben mögen, wenn sie nicht, was durchaus wahrscheinlich ist, sogar einen gewissen Widerwillen in ihr auslösten. Aber lassen wir das. Denken Sie: mitten im Bergwinter wurde dieser Mensch zur Flamme.«

Es lag etwas Aufloderndes in diesen letzten Worten Buschs, die Ankündigung eines großen Glückes und einer großen Gefahr, die mich seltsam anrührte. Busch setzte sein Glas an die Lippen, stellte es aber gleich wieder auf den Tisch zurück, ohne zu trinken, als habe allein der Duft des alten Kognaks genügt, ihn zur Fortsetzung der Erzählung anzuregen.

»Was nun kommt«, spann er seine Geschichte weiter fort, »kann ich Ihnen fast wörtlich in Sanetras eigenen Worten wiedergeben. Er hat es selbst in jenem Brief aufgezeichnet, den ich schon einmal erwähnte und der erst nach seinem Tode in meine Hände gelangte. Es war ein panisches Überschäumen ohne den üblichen Hintergrund südlicher Sonne und Lebensfülle. Der ganze Vorgang gemahnt an einen Baum, der jahrelang nicht geblüht hat und der plötzlich mitten im Winter anfängt, Blätter und Knospen zu treiben. Wer weiß, warum, wer weiß, woher? Aber nur im Außergewöhnlichen offenbart sich die ganze Macht des Elementaren und unsere eigene Hilflosigkeit. Glücklich der Mensch, der einmal in seinem Leben von diesem tödlichen Strom fortgerissen wird!

Die Begleitumstände in diesem Falle sind äußerst alltäglich, es geschah alles jenseits der beliebten Literaturkulissen, die für solche Begebenheiten bereit stehen. Folgendes spielte sich ab: Eines Morgens war Sanetra in aller Frühe, noch vor Tag, aufgewacht. Es dämmerte gerade, draußen lag hoher, loser Schnee, und die Bergkuppen erstrahlten eben im allerjüngsten Sonnenlicht. Sanetra hatte am Abend vorher einige Briefe geschrieben, die er noch vor dem Frühstück dem alten Postmeister des Ortes übergeben wollte, damit sie rechtzeitig befördert würden. Trotz der zeitigen Morgenstunde war er völlig wach und frisch. Wahrscheinlich befand er sich in einer Art von Überbewußtheit, wie sie manchmal Ereignissen von besonderer Bedeutung vorauszugehen pflegt und uns an das Dunkle und Wilde erinnert, das wir in uns tragen. Es drängte ihn ins Freie. Er füllte seine Lungen mit der köstlichen, milden Schneeluft, die mit dem belebenden Geruch von Fichte und Tanne gewürzt war und sich über die gläserne, weiße Unberührtheit des Morgens breitete. Der Schnee auf dem Wege, in dem noch kaum Fußspuren zu sehen waren, zerstob unter seinen Schritten. Ihm war, als käme er aus dem Herzen des Waldes, aus den Anfängen der Zeit. Er blickte um sich mit den Augen eines Jägers und schritt auf den Ort zu wie ein Tier aus den Bergen, das auf Beute und Raub aus ist. Er kannte sich selbst nicht wieder. Noch mißtraute er dem starken Lebenswillen und den starken Lustgefühlen, die ihn durchpulsten. Aber je rascher er ausschritt, um so mehr verlor sich dieses Mißtrauen. Die flimmernde weiße Schneedecke brannte und stach in seine Augen. Er empfand keinen Schmerz dabei, die Helle in ihm war groß. Sein Atem verwandelte sich in Dampf. Er blies große Wolken davon vor sich hin und stieß alles abgenutzte und verbrauchte Leben mit ihnen aus. So gelangte er zu der kleinen Postmeisterei am östlichen Rande der Ortschaft und war im Grunde schon ein anderer, als er dort ankam. Man war bereits auf den Beinen und in voller Tätigkeit. Schon von weitem vernahm er das ärgerliche Grunzen und das ängstliche Gequieke eines Schweines und erinnerte sich, daß der Postmeister, dessen Bekanntschaft er gemacht, ihn vor einigen Tagen aufgefordert hatte, sich zu dem bevorstehenden Schlachtfest einzufinden. Damals hatte er die gutgemeinte und ehrliche Einladung des Posthalters mit einem etwas steifen Lächeln quittiert und es unter seiner Würde gefunden, seine Teilnahme an dem bäuerlichen Fest zuzusagen. Inzwischen jedoch war etwas über ihn gekommen – es ist schwer zu bestimmen, was. In seinem Brief steht, daß ihn plötzlich ein heißes Verlangen nach dem Anblick von sprudelndem, dampfenden Blut befallen habe. Er habe diese Regung, die er als Atavismus bezeichnete, sofort zu unterdrücken versucht, sei aber nicht in der Lage gewesen, ihrer Herr zu werden. Es gab kein Zurück mehr. Man hatte ihn bereits auf der Straße entdeckt und rief ihm zu, er möge hereinkommen und das Gewicht des Schweines abschätzen, eines borstigen, mit Stallschmutz bedeckten Tieres, das mit einem Strick an einen Pfahl angebunden war und sein blutiges Ende zu ahnen schien. Es zerrte am Strick und quietschte in den höchsten Tönen. Der Posthalter stand schmunzelnd daneben, rauchte behaglich seine Pfeife und versetzte dem mit großer Liebe herangemästeten Borstentier einen letzten freundschaftlichen Klaps auf die feisten Hinterbacken. Dann holte der Fleischermeister, der, um dieses Geschäft zu verrichten, noch vor Tag angekommen war, zum Schlage aus. Die nach oben gekehrte Schneide der schweren Axt blitzte in der Sonne, und eine Sekunde später sauste das stumpfe Eisen wohlgezielt auf den Schädel des Tieres nieder, das mit dumpfen Laut umfiel. Mit allen vieren zuckend und stoßend, lag es im Schnee. Ein Trog mit kochendem Wasser zum Abbrühen stand bereit. Der blanke Stahl des Metzgers fuhr in die weiche Schweinekehle, ein roter Blutstrahl schoß heraus, den die Hausgehilfin der Posthalterfamilie in einem großen, irdenen Gefäß auffing, während der Fleischermeister sich mit aller Schwere auf den Leib des Tieres kniete, um zu verhindern, daß es um sich schlüge und Unheil anrichtete. Sanetra kam erst wieder zu sich, als das Mädchen, das mit dem Auffangen des Blutes beschäftigt gewesen war, plötzlich lachend vor ihm stand, ihm einen langen, hölzernen Quirl in die Hand drückte, den der Posthalter selbst geschnitzt haben mochte, und ihm befahl, in dem Topf zu rühren, damit das Blut nicht gerinne. Man konnte keine müßigen Zuschauer gebrauchen, und so bekam er seine Arbeit zugewiesen. Er war so überrascht von dem Ansinnen, das da an ihn gestellt wurde, und empfand es gleichzeitig als so selbstverständlich, daß er die Aufgabe, die man ihm im Scherz aufgetragen, mit dem größten Ernst ausführte.

Die Schneehelle des Morgens, das rote, warme Blut, die Stimmen und Gesichter der Umstehenden, das tiefe, kehlige Lachen des Fleischermeisters und die flinken, Gesundheit, Kraft und Sinnlichkeit verratenden Bewegungen des Mädchens – all dies teilte sich ihm mit, ging wie eine Lawine über ihn hin und begrub die dünne, theoretische Geistigkeit, auf der sein bisheriges Leben aufgebaut war, unter sich. Sie dürfen nicht vergessen, daß er das

Wort Blut bisher nur vom Hörensagen gekannt hatte. Er verlor das Gefühl für Zeit und Raum, für Schicklichkeit und Bildungsphrasen und all die andern Notanker, die er in der Stadt, auf heimischem Gelände, auswerfen konnte. Die geheimen Wechselbeziehungen von Zeugung und Tod offenbarten sich ihm innerhalb weniger Sekunden. Er dachte sie nicht, sondern lebte sie. Und als er sich seiner Aufgabe mit der größten Lust und ohne den geringsten Ekel entledigt hatte, als das Mädchen auf ihn zutrat, um ihm die Blutspritzer aus dem Gesicht zu wischen, die er sich im Eifer seines Tuns zugezogen hatte, als sie so dicht vor ihm stand, daß ihr Hauch seine Wange streifte, und ihm so nah war wie noch keine andere Frau, fühlte er sich mit einemmal unter quälenden und beglückenden Schauern in einem für ihn ganz neuen Sinne als Mann. Er muß schön ausgesehen haben in diesem Augenblick, als er in dem Mädchen das Wesen anderen Geschlechts erkannte und sie begehrte. Er muß das Empfinden gehabt haben, als käme er nach langem, dunklem Schlaf zu sich. Wie ein Blitz muß das Erwachen in ihn gefahren sein und ihn von den Haarspitzen bis zu den Fußsohlen durchzuckt haben. Alle Schüchternheit, alle Blödheit war aus seinem Blick gewichen. Jetzt trat er als Fordernder auf, wie Männer immer aufgetreten sind, wenn der Wille in ihnen ungebrochen war und sie den Launen ihres Blutes gehorchten. Er schrieb mir, daß es ihm wie auch dem Mädchen völlig klar gewesen sei, was zwischen ihnen geschehen werde. Es legte sich wie ein Sturm auf sie. Denn in ihm war in diesen kurzen Stunden zwischen Morgen und Mittag alles was, unwiderstehlich macht. Einmal in seinem Leben besaß er jene Kraft, die noch heute von vielen wilden Völkerstämmen für göttlich gehalten wird.

Es mangelte an Schnaps im Hause, dem einzigen Getränk, das zu heißem Wellfleisch paßt und man schickte das Mädchen aus, um welchen zu holen. Sie nahm die Flasche in den Arm, und er begleitete sie auf ihrem Gang. Niemand fand etwas Anstößiges dabei. Es war Schlachtfest, und viele Dinge waren erlaubt, die sonst verboten waren. Schweigend liefen sie nebeneinander her. Ich glaube nicht, daß das Mädchen eine besondere Schönheit war oder sonstwelche hervorstechenden Vorzüge besaß. Für ihn aber bedurfte es keiner besonderen Reize, wie sie die Natur so verschwenderisch ausstreut, um zu ihren Zwecken zu gelangen. Ihm genügte es, daß sie eine Frau war, weich, willfährig. Daß jede ihrer Bewegungen seine Begier anstachelte, daß ihr Lachen lockte und daß noch die Furcht, die manchmal ihren Blick trübte und aus ihren abwehrenden Gebärden sprach, seine Tollkühnheit steigerte. Er wußte plötzlich, wie man erobert, wie man nimmt, ohne zu fragen, und wie man das alte tödliche Gesetz primitiver Liebe erfüllt. Er war nicht mehr Sanetra, nicht mehr schonungsbedürftig, nicht mehr leidend und angegriffen, sondern ein Mann ohne Namen, den es zu einer Frau ohne Namen hindrängt. Das war alles. Und er erhielt von ihr, was er begehrte. Sie hatte keine Wahl, er kannte keine Überlegungen, die ihn an der Ausführung seines Vorhabens gehindert hätten.

Im Kretscham des Ortes erstanden sie den Schnaps und saßen für ein paar Minuten am selben Tisch. Die Wärme des Gastzimmers wehte sie an. Sie tranken einen Korn, vielleicht auch mehrere, aber es wäre verfehlt, bei dem, was folgte, dem Alkohol übermäßige Bedeutung zuzuschreiben. Sie bedurften keiner Stimulanz. Das Mädchen saß gespannt und wachsam auf ihrem Stuhl. Sanetra war sich ihrer so sicher und war vor allem seiner selbst so sicher, daß Worte überflüssig waren. Es gab kein Liebesgeflüster, keine Redensarten. Er umnebelte ihren Verstand nicht mit den Wortdünsten, die Städtern gewöhnlich zur Verfügung stehen, wenn sie sich vor einem Geschöpf aus ländlichen Verhältnissen wichtig machen wollen. Er schaute sie sich wahrscheinlich nicht einmal genau an. Sie war da, sie war sein – das genügte. Er ergriff keinerlei läppische Vorsichtsmaßnahmen, wie sie dem Ehebruch eines Kleinbürgers voranzugehen pflegen. Sein Ring verschwand nicht plötzlich, nachdem ihn das Mädchen längst wahrgenommen haben mußte, auf unerklärliche Weise vom Finger und fand sich dann später, nachdem man gezeigt hatte, was man für ein Kerl war, in einer der Westentaschen wieder. Nichts dergleichen geschah, keine plumpe Schmeichelei, kein unechter Treueschwur kam über seine Lippen. Der Bann, der Zwang, oder wie man es benennen will, worunter er stand, ließ ihn auf solche Gedanken überhaupt nicht kommen. Er hatte in diesem Augenblick ebensowenig Moral, wie man bei einem Tier von Moral sprechen kann. Dafür aber waren all seine sonst nach den verschiedensten Richtungen verstreuten Gefühle in ein einziges von unheimlicher Intensität zusammengeflossen. Jetzt suchte er die Frau, nicht mehr die beste Kollegin oder angenehmste Gefährtin, sondern jenes so einfache und dennoch so rätselhafte Wesen, um dessen Besitz Männer zu allen Zeiten Ruhm, Tugend und Würde aufs Spiel gesetzt haben.

Nur so kann es gewesen sein; es gäbe sonst überhaupt keine Erklärung für sein Verhalten.

Wie lange sie dort am Tisch gesessen haben mögen, weiß ich nicht genau. Doch als sie aufstanden und hinausgingen, war nichts mehr aufzuhalten. Kaum im Freien, sah er sich sofort nach einer Gelegenheit um. Er, Sanetra, der noch vor wenigen Tagen sich eines Unbehagens und einer leisen Verachtung nicht hätte erwehren können, wenn ihm derartige Vorgänge zu Gehör gekommen wären, verschwand mit dem Mädchen, mit einer Fremden, über deren Herkunft und deren Bildungsgrad er nicht das geringste wußte, durch die offene Seitentür einer Scheune. Es war hellichter Tag, vielleicht waren sogar Leute im Hofe, aber das alles war für ihn ohne Bedeutung. Er war blind für seine Umgebung, taub für alle störenden Geräusche. Er muß von einem Ungestüm gewesen sein, das nahe an Brutalität heranreichte, denn er mußte das Mädchen stützen, als sie endlich voneinander abließen und den Heimweg antraten. Es war etwas Schreckeinflößendes und etwas Schönes auf seinem Gesicht. Doch selbst nach diesem Feuerregen der Leidenschaft hatte er noch nicht genug. Der Wald reichte an einer Stelle bis dicht an die Straße, die sie benutzen mußten, um zur Postmeisterei zu gelangen. Dort hob er sie plötzlich vom Erdboden auf und trug sie in das verschneite Tannendickicht. Und zwischen Schnee und Geäst, unter offenem Himmel, der seine strahlende, kalte Bläue über das Gebirge spannte, war sie noch einmal sein. Es war, als wollte er all die furchtbaren Freuden, die er in seiner langweiligen Ehe versäumt, in kürzester Frist nachholen. Er geleitete das Mädchen nach Hause, wo man sich bereits über das ungewöhnlich lange Ausbleiben des Pärchens gewundert hatte. Doch die Flasche, die bald oft die Runde machte, zerstreute alle Bedenken der harmlosen Posthalterleute. Nur das Mädchen war still und starr und verrichtete ihre Handgriffe mit der leblosen Genauigkeit einer Puppe.

Sanetra machte sich noch für eine Weile im Hofe zu schaffen, dann verschwand er. Er konnte selber nicht mehr angeben, was er in den nun folgenden Stunden getrieben hatte. Erst gegen Abend kehrte er in die Pension zurück. Die Briefe, die er im Morgengrauen zu sich gesteckt hatte – einer von ihnen war an seine Frau gerichtet –, trug er noch immer in der Tasche. Er hatte sie einfach vergessen. Beim Ausziehen seines Rockes fielen sie ihm in die Hand. Die kräftige, ebenmäßige Schrift auf den leicht zerknitterten Umschlägen kam ihm unsäglich fremd vor. Er starrte darauf nieder, als wären es Schriftzüge, die er noch niemals gesehen und deren rätselhafte Bedeutung er erst entziffern müßte. Dabei fielen ihm die Augen zu, seine Denkkraft versagte, die Müdigkeit zog ihn zum Bett, und zum erstenmal in seinem Leben legte er sich in den Kleidern schlafen. Die Qual des Nachdenkens blieb ihm an jenem Abend erspart. Er fiel in einen tiefen, traumlosen Schlaf. Nach einigen Stunden wachte er auf. Der Morgen war noch fern, im Zimmer herrschte undurchdringliche Dunkelheit. Die Stille hockte wie ein Gespenst auf seiner Brust. Es war eine Last, unter der ihm der Atem verging. Er fühlte sich matt, elend und krank. Seine Füße waren schwer wie Bleiklötze, aber das mochte daher rühren, daß er vergessen hatte, sich der schweren Schuhe zu entledigen, die er sich kurz vor dem Antritt seiner Reise gekauft. Er kam sich wie ein Verdammter vor. Ohne daß er es verhindern konnte, stiegen die Ereignisse des vergangenen Tages vor ihm auf. Ihn schauderte. Die Begier, die ihn in die Arme des fremden Mädchens getrieben, war einer kaum erträglichen Erschlaffung und einem moralischen Elend gewichen, das entsetzlich war. Scham, Reue, Selbstverachtung bohrten ihre Stacheln in sein Herz. Er sah jetzt alles mit den Augen seines früheren Selbst, und vielleicht hätte er es leichter gehabt, wenn er nicht zu belesen und zu gebildet gewesen wäre und an Zauberei hätte glauben können. Aber diesen Ausweg gab es für ihn nicht. Er wußte, daß er zu seiner Tat stehen würde. Sein Verantwortungsgefühl verlangte diesen Schritt von ihm. Er besaß nicht einmal den Trost, sich bis zuletzt mit allen Fasern seines Wesens gegen das Unbegreifliche gewehrt zu haben. Wenn er es recht bedachte, konnte er sich nicht einmal als Opfer bezeichnen, sondern konnte nur vor seiner sittlichen Schwäche erschrecken.

Der nächste Tag verging, ohne daß er den Mut fand, sein Zimmer zu verlassen. Er scheute das Tageslicht, und vor allem war ihm der Gedanke an eine Begegnung mit jenem Mädchen grauenhaft. Die Vorstellung, sie könnte eine Fortsetzung der gestrigen Geschehnisse von ihm erwarten und in ihm ihren neuen Liebhaber erblicken, verursachte ihm Übelkeit. Er fühlte sich einem Zusammentreffen mit ihr nicht gewachsen. Und je länger er ihr fernblieb, um so größer wurde seine Furcht, daß sie selbst vielleicht etwas unternehmen würde, um eine Aussprache herbeizuführen. Er malte sich aus, wie sie sich an ihn hängen und sich verzweifelt an ihn klammern würde, wie seine Ehe unter dieser Belastung zusammenbrechen und wie sein berufliches Leben darunter leiden würde. Seine Zukunft erschien ihm im schwärzesten, düstersten Licht. Und wie sollte er seiner Frau unter die Augen treten, die ihm blindlings vertraute und die nie begreifen würde, wie er die Herrschaft über sich selbst bis zu einem solchen verdammungswürdigen Grade hatte verlieren können. Er begriff es ja selber nicht mehr – wie sollte er bei ihr auf Verständnis hoffen? Trotz all ihrer Vorzüge nahm sie das Geschlechtliche nur als eine Art lästiger Beigabe zur Ehe in Kauf, und auch er wünschte sehnlichst, daß er es nie in anderer Form kennengelernt hätte. Es erschien ihm herabsetzend, eines Menschen mit Kultur geradezu unwürdig. Er grübelte und kam doch zu keiner Lösung. Schon hatte er einen Brief an seine Frau begonnen, um ihr alles zu beichten. Doch bereits nach den ersten Sätzen stockte er und fand die Worte nicht, das auszudrükken, was er sagen wollte. Auch wußte er genau, daß das, was er ihr mitzuteilen hatte, sie so tief enttäuschen, sie an allem derart irremachen würde, daß ein Verschweigen der Vorgänge das Beste war, was man ihr antun konnte. Nie durfte sich etwas davon über seine Lippen stehlen, weder bei Tag noch im Traum. Ich glaube nicht, daß er sich darüber klar war, was er sich damit zumutete und welch ein Zeugnis menschlicher Unreife er ihr damit ausstellte. Denn es ist zwar das Recht der Frauen, von ihren Männern Treue zu verlangen, ihre Größe aber liegt im Verzeihen, in der Milde und in der Nachsicht. Er scheint gewußt zu haben, daß er bei seiner Frau mit diesen Tugenden nicht rechnen durfte. Wie alle Wesen, die das Leben fürchten, klammerte sie sich unnachgiebig an das Gesetz und bestand darauf, daß man es als Richtschnur anerkenne. Was seiner Frau fehlte, das war jener hohe, undefinierbare Adel der Weiblichkeit, den man sogar manchmal in den verworfensten Geschöpfen findet. Sie besaß nichts weiter als ein paar mechanisierte Begriffe von Gut und Böse, gerade soviel davon, um sich selbst besser als andere vorzukommen und einen pharisäerhaften Hochmut in ihrem Herzen zu nähren. Glauben Sie nicht, daß ich ihr die Schuld an den Vorgängen mit Hilfe dialektischer Kunstgriffe zuschieben möchte. Kein Mensch kann über sich hinaus, im normalen Leben, meine ich, und für alles Normale war sie vorzüglich geeignet. Wen es aber aus der Bahn schleudert wie Sanetra, der darf von solchen Alltagsgeistern kein Entgegenkommen erwarten. Der muß sich ächten lassen von ihnen – oder schweigen.

Sanetra entschloß sich, zu schweigen. Er wollte die bürgerlichen Illusionen seiner Frau retten. Nach seinem Sündenfall – ist es nicht recht merkwürdig, daß er gerade diesen Ausdruck dafür gebrauchte? – erschien ihm ihre kühle, jeder Unbesonnenheit abholde Natur als der Gipfel weiblicher Vollkommenheit. Er kehrte zu ihr zurück, um sie vor allen Anfechtungen und allem Schmutz der Welt zu schützen. Doch vorher mußte er mit dem Mädchen – immer nannte er sie nur: das Mädchen, nie sprach er ihren Namen aus – ins reine kommen. Das war die schwerste und schwierigste Aufgabe, die ihm zu bewältigen blieb. Vielleicht wäre es klüger von ihm gewesen, wenn er in seiner Angst Hals über Kopf abgereist wäre und dem Mädchen damit Gelegenheit gegeben hätte, das übliche Klagegeschrei der Hintergangenen und Verlassenen anzustimmen, Nachforschungen über seinen Verbleib anzustellen und alles öffentlich zur Sprache und damit in Ordnung zu bringen. Es hätte wohl etwas unliebsames Aufsehen, einige bittere Worte, Selbstvorwürfe auf seiner und Tränen auf der Seite seiner Frau gegeben, und ich müßte mich sehr täuschen, wenn damit nicht der eigentliche Konflikt beigelegt gewesen wäre. Aber er tat nichts dergleichen. Es fehlte ihm an der psychologischen Einsicht, daß es nicht immer das Rechte zu sein braucht, als Ehrenmann und untadelhaft zu handeln. Er setzte sich mit dem Mädchen in Verbindung und versicherte sich ihrer Verschwiegenheit. Als Gegenleistung erklärte er sich bereit, für etwaige Folgen einzustehen und die Kosten zu tragen. Er versuchte, sich mit Geld von seiner eingebildeten Schuld loszukaufen, und verhökerte gleichsam den größten und besten Tag, den das Leben ihm beschert hatte. Das Mädchen ging auf seine Vorschläge ein. Wahrscheinlich hatte sie gar nicht erwartet, so gut dabei wegzukommen. Ich bin überzeugt, daß sie sich mit dem Kinde, das zu erwarten war, auch allein durchgeschlagen hätte. Wer weiß, wie viele ihrer Vorfahren das selbe Los zu tragen hatten wie sie. Aber er wollte sie um keinen Preis in die Versuchung geraten lassen, gerichtlich gegen ihn vorzugehen, und lieferte sich ihr völlig aus. Wenn sie erpresserische Talente gehabt hätte, wäre es ihr ein leichtes gewesen, ihn in einem Vierteljahr zu ruinieren. Sie hätte nur ihre Forderungen von Zeit zu Zeit zu steigern brauchen – schon wäre es um ihn geschehen gewesen. Daß sie sich an die vereinbarte Summe hielt, ist ein Beweis für ihren inneren Anstand, aber es schützte sie nicht vor seinem Haß. Er verabscheute den bloßen Gedanken an sie. Wie ein böser Dämon schwebte sie bedrohlich über seiner Existenz. Während sie vielleicht so etwas wie Mitleid mit ihm hatte und durchaus nicht gesonnen war, ihm Schwierigkeiten zu bereiten, hätte er jeden Unfall, der sie hinweggerafft und ihn von ihr befreit hätte, als Schicksalsfügung begrüßt. So weit war es mit ihm.

Indessen ging seine Kur zu Ende, er kehrte zu seiner Frau und ins Geschäft zurück, und keiner von uns merkte ihm an, was ihm auf seiner Reise widerfahren war. Er bedankte sich bei mir, daß ich ihm eine so vortreffliche Pension empfohlen hätte, aber ich spürte nichts von der bitteren Ironie, die damals in seinen Worten mitgeschwungen haben mag. Alles in allem schien er sich über Erwarten gut erholt zu haben. Gelegentliches schroffes Benehmen Frauen gegenüber war zwar etwas Neues an ihm, doch dem maß niemand besondere Bedeutung bei. Bald schon war sein Urlaub bei mir und seinen Kollegen in Vergessenheit geraten. Auch er kam mit keinem Wort darauf zurück, sondern war schweigsamer, zurückhaltender und pflichtbewußter denn je und umgab sich mit Unnahbarkeit und Strenge – ein Verhalten, das in seiner leitenden Stellung nicht weiter auffiel und das höchstens seine Kollegenschaft während des Frühstücks beschäftigte. Nach Ablauf eines Dreivierteljahres ließ er sich eines Tages bei mir melden. Er war sehr blaß, sehr ernst und bediente sich einer steifen und förmlichen Redeweise, die man an ihm nicht gewöhnt war. Ich lächelte innerlich über die Floskeln und Phrasen, die er vorbrachte, um seinen Anspruch auf Gehaltserhöhung zu begründen, und ließ ihn für eine Weile im Ungewissen. Heute ist es mir leid um das, was ich ihm damals antat. Ich hatte ja keine Ahnung, was sich hinter den Kulissen seines Lebens abspielte. Das Mädchen hatte einen Knaben zur Welt gebracht, für dessen Unterhalt zu sorgen er sich verpflichtet hatte. Bei seinem knapp bemessenen Gehalt war das sehr schwierig. Nach einigem Hin und Her bekam er die gewünschte Zulage bewilligt, aber auch damit war es noch nicht getan. Er mußte sich noch andere Erwerbsquellen erschließen, um seine Verpflichtungen erfüllen zu können, und beteiligte sich, wie ich von einem befreundeten Verleger erfuhr, der mir das Versprechen abnahm, nie zu ihm davon zu reden, an der Übersetzung einer Reihe von minderwertigen Kriminalromanen, die ja, wie Sie wissen, immer ihre Leser finden. Er muß ziemlich verzweifelt gewesen sein, daß er selbst davor nicht zurückscheute; denn er hatte hohe Begriffe von der Literatur. Wie er seiner Frau diese

Tätigkeit begründete, weiß ich nicht. Jedenfalls erhielt jenes Mädchen, das inzwischen seine Stellung ein paarmal gewechselt hatte, pünktlich sein Geld. Das Kind wurde, soweit ich unterrichtet bin, von ihren Eltern erzogen, während sie weiter bei fremden Leuten Dienst tat und sich wahrscheinlich in ihren Kreisen nach einem Manne umsah, der sie einmal heiraten würde. Sie hätte bestimmt eine gute Ehefrau abgegeben, aber ihr war ein anderes Los beschieden.

Sie verlor kurz hintereinander ihre Eltern und mußte sich nach einer neuen Unterkunft für ihren Jungen umtun. Das Kind war zu dieser Zeit etwas über ein Jahr alt. Über alles, was sie und das Kind anging, hat Sanetra in seinem Brief nur Andeutungen gemacht, soviel jedoch habe ich daraus entnommen, daß das Mädchen eine einzige Schwester besaß, die mit einem Handwerker verheiratet war und die den Jungen gern großgezogen hätte, wenn nicht dieser Plan am Widerstand ihres Mannes gescheitert wäre. Der biedere Handwerker wehrte sich dagegen, einen fremden Vogel in sein Nest zu nehmen, er fürchtete sich vor dem Kukkucksei, zeigte sich starrköpfig und ließ sich weder durch Tränen noch durch Schmeicheleien zur Einwilligung bewegen. Er sah es überhaupt nicht gern, wenn seine Schwägerin bei ihnen auftauchte, und hatte ihr gegenüber das schlechte Gewissen, das viele Männer sitzengelassenen Frauen gegenüber haben. So mußte denn ein anderer Weg gefunden werden. Das Mädchen schrieb an Sanetra und bat um seinen Rat. Ihre Briefe wurden hier im Geschäft für ihn abgeliefert. Sie können sich denken, wie ihn das aufregte. Wenn Post für ihn eingetroffen war, war er den ganzen Tag über derart verstimmt und reizbar, daß von den Angestellten jeder seine Nähe nach Möglichkeit mied. Dann konnte er aus dem geringfügigsten Anlaß in eine so unbeherrschte Wut geraten, daß man sich verschiedentlich bei mir über sein Benehmen beschwerte. Die weiblichen Angestellten hatten besonders darunter zu leiden. Er legte ihnen gegenüber häufig eine Geringschätzung an den Tag, die nahe an Zynismus grenzte. Immer stand er dicht vor dem Zusammenbruch und fürchtete sich vor dem Augenblick, da er einmal die Gewalt über sich verlieren und sich die schreckliche Erleichterung verschaffen würde, alles zu gestehen. Seine Frau lebte ahnungslos neben ihm her. Sie las jede Woche mehrere Romane und quälte ihn mit Urteilen über erdichtete Fälle, die dem seinen in mehr als einer Hinsicht gleichkamen. So lernte er, ohne daß er es wollte, ihre Einstellung zu seiner eigenen unglückseligen Tat kennen und war erschüttert von ihrer Engstirnigkeit. Es muß oft hart für ihn gewesen sein, ihr nicht laut ins Gesicht zu lachen, wenn sie voller Entrüstung den Leichtsinn der Männer tadelte und ihre stärksten Triebe naserümpfend verdammte. Sie hatte gut reden. Aber so ist das Leben: die einen bringen Dinge hinter sich, an denen sie langsam zerbrechen, und die anderen schwatzen darüber. Er wurde mißtrauisch gegen die Bücher und gegen den ›Geist‹, auf den er sich früher soviel zugute getan, und der wie ein Nichts im ersten Ansturm dunkler Mächte zerstoben war. Aber gerade solche Schriften bevorzugte seine Frau. Sie verschafften ihr gewisse Sensationen und Schauer, denen sie in Wirklichkeit wie schmutzigen Regenpfützen aus dem Wege ging. Das alles trug sein Teil dazu bei, ihn immer mehr zu zermürben. Eines Tages erreichte ihn die Nachricht, daß jenes Mädchen mit dem Kinde zu einer Freundin unterwegs war, die sich bereit erklärt hatte, den Jungen in Pflege zu nehmen. Sie teilte ihm diese für sie so bedeutungsvolle Neuigkeit mit naiver Freude mit und äußerte den Wunsch, daß er sie auf dem Bahnhof abholen möge, um ihr die Durchreise zu erleichtern. Es war eine Bitte, die er ihr nicht abschlagen konnte, ohne die Gefahr heraufzubeschwören, daß sie ihn aufsuchte und sich auf die unangenehmste Weise in Erinnerung brachte. Wer konnte wissen, wessen sie fähig war, wenn er ihr die erbetene Gefälligkeit verweigerte und sie merken ließ, daß seine Angst vor einem Zusammentreffen mit ihr größer war als seine Hilfsbereitschaft? Außerdem sagte er sich ganz richtig, es sei das einzig Vernünftige, sie so schnell wie möglich von einem Zug in den andern zu setzen und dafür zu sorgen, daß sich ihr hiesiger Aufenthalt nicht unnütz verlängere. Es hing viel davon ab, wie geschickt er sich benahm. Kühles Blut bewahren, war die einzige Parole.

Er ließ sich den Nachmittag, der für ihre Ankunft vorgesehen war, freigeben und begab sich in düsterer und gequälter Stimmung zum Bahnhof. Ich zweifle, daß ein anderer Gedanke in seinem Kopfe Platz fand als der, sie rasch wieder loszuwerden. Wie ich ihn kannte, hatte er die Fahrpläne vorher sorgfältig studiert und war sich seiner Sache sicher, aber eben nur bis zu dem gewissen Grade sicher, der wenig genug ausschlaggebend ist. Er hatte es sich wahrscheinlich auf die Sekunde ausgerechnet, wie lange er ihre Gegenwart höchstens würde ertragen müssen, und war wohl zu dem Ergebnis gekommen, daß es nicht über seine Kraft gehen würde. Aber da war das Kind, dieses kleine Menschlein voll unschuldigen Lebens, das mit seinem Dasein auf so seltsame Weise verwoben war. Es war der Anblick des Kindes, vor dem er hauptsächlich zurückschreckte. Das Kind war die lebendige Mahnung einer uneingelösten Schuld, die sich trotz pünktlicher monatlicher Zahlungen um nichts verringert hatte, sondern die, im Gegenteil, von Tag zu Tag in erdrückender Weise anwuchs. Ich glaube nicht, daß er auch nur im geringsten neugierig auf das Aussehen seines Söhnchens war. Vatergefühle kannte er nicht.

Und so stand er auf dem Bahnsteig, wartete auf das Eintreffen des Zuges und wünschte nichts so sehr, als daß alles schon vorüber sein möchte. Mit jeder Minute nahm seine Spannung zu. Endlich schob sich der schwarze Personenzug in die Halle. Er ließ seine Blicke umherschweifen und entdeckte das Mädchen zwischen den Fahrgästen, die auf die Sperre zudrängten. Sie trug das Kind auf dem einen Arm und schleppte in der andern Hand einen schweren Koffer. Auf ihrem Rücken hing außerdem ein vollgestopfter Rucksack. Sie hatte anscheinend ihre ganze geringe Habe bei sich. Doch obwohl sie von oben bis unten beladen war, ging sie aufrecht und sicher und kam ohne Scham auf ihn zu, das Gesicht stark gerötet – ob aus Anstrengung oder Stolz, ist schwer zu entscheiden. Er blickte weder sie noch das Kind an, sondern nahm ihr stillschweigend den Koffer ab und schlug, nachdem sie sich einen Augenblick verschnauft hatten, in eine energische Gangart verfallend, den Weg nach der nächsten Haltestelle irgendeines Verkehrsmittels ein.

Es war um die Zeit, da die Stadt von heimkehrenden Arbeitern und Angestellten belebt ist und die Fahrzeuge lebengefährdend durch überfüllte Straßen sausen. Seine verschlossene, kalte Höflichkeit, durch die nichts Warmes und Menschliches hindurchsikkerte, das Peinliche ihrer Lage, das Gefühl, neben ihm herzutrotten wie ein mißachteter Hund, den man schleunigst zu verfrachten sucht, die betäubende Fremdheit der Stadt, die den einfallenden Nebel des herbstlichen Abends mit ihrem grellen Lichterglanz bunt färbte, der Vorsatz, ja nichts falsch zu machen, die Aufmerksamkeit, die sie zwischen dem Kinde und ihm teilen mußte – all das verwirrte sie und raubte ihr die innere Ruhe, so daß sie keinen Schritt mehr unbefangen vor den andern setzen konnte. Ihr mag zumute gewesen sein, als würde sie in die bestrahlte Arena eines

Zirkusfeldes hinausgetrieben. Er schritt so rasch aus, daß sie ihm kaum zu folgen vermochte. Sie spürte den Haß, die Ablehnung, die er ausstrahlte. Sein Rücken war ihr verächtlich zugewandt. Vielleicht stiegen ihr sogar Tränen in die Augen und umhüllten ihren Blick mit Blindheit. Sie müssen bedenken, daß er nicht ein einziges freundliches Wort für sie übrig hatte und dem Kinde nicht die geringste Teilnahme entgegenbrachte. Sein Benehmen mußte kränkend und verletzend auf sie wirken, so daß sie nur Roheit und Grausamkeit spürte, wo Angst und schlechtes Gewissen die Zügel führten. Sie mag sich noch nie so gedemütigt, so ganz und gar verlassen vorgekommen sein wie an diesem Spätnachmittag, als sie hinter ihm über den großen Bahnhofsplatz schritt und das Weinen um ihre Mundwinkel zuckte. Ein Schleier lag vor ihren Augen, ein dumpfer Schmerz bohrte in ihrer Stirn. Nur schnell von ihm weg, so rasch wie möglich, damit die beschämende Szene ein Ende finde, ihn niemals wiedersehen, ihn vergessen und vielleicht sogar auf das Geld verzichten, das er ihr zukommen ließ und das doch keinen Segen bringen konnte, weil die Hand, die es hergab, sich nicht einmal zu einer Liebkosung, zu einer flüchtigen Zärtlichkeit für das Kind öffnete. So ähnlich mag es in ihr ausgesehen haben; aber er in seiner Selbsttäuschung merkte nichts davon. Sie beschleunigte ihren Schritt, um der Qual, die alles überstieg, was sie bisher erlitten hatte, zu entfliehen. Das Straßenbild geriet vor ihren erregten Sinnen ins Wanken. Für Sekunden verlor sie ihn aus dem Auge, zu der inneren Hoffnungslosigkeit gesellte sich die äußere Abgeschiedenheit. Um sie her nichts als fremde Gesichter, gleichgültige Menschen. Sie umklammerte das Kind, als müßte sie es vor großer Gefahr schützen. Halb betäubt, ohne um sich zu schauen, setzte sie den Fuß vom Bürgersteig aufs Pflaster und schickte sich an, die Straße zu überqueren. Ihr war es gleich, ob sie drüben auf der andern Seite wieder mit ihm zusammentraf oder nicht. Er sah dies alles aus einiger Entfernung mit an. Er sah auch ganz deutlich, in einer Art übernatürlichen magischen Lichtes, wie ein großer, schwerer Lastwagen sich unaufhaltsam der Stelle näherte, der sie mit dem Kinde auf dem Arm schwankend zusteuerte. Ein Sprung hätte ihn an ihre Seite gebracht, ein Griff genügt, sie zurückzureißen. Doch anstatt vorwärts zu springen, schloß er die Augen. Eine unsägliche Müdigkeit und Trostlosigkeit habe ihn durchrieselt, schrieb er mir. Er wußte, was geschehen werde, konnte sich aber nicht vom Fleck rühren.

Eine ganze Ewigkeit verging, ehe ihr letzter Schrei an seine Ohren drang, ehe das fürchterliche Geräusch hart angezogener Bremsen ihn aus seiner Erstarrung weckte und eine dunkle Menschenwoge dem Unfallort zustürzte und das Entsetzliche wie eine undurchdringliche Mauer seinen Blicken entzog.«

Busch lehnte sich in seinem Sessel zurück, die plötzliche Stille hatte etwas Greifbares, aber das Bild jenes Abends, die Menschenansammlung, die Neugier, das Grauen, das Mitleid und die Erschütterung auf den einzelnen Gesichtern, die Uniformen der Polizei, die gestreiften Kittel der Krankenträger und ganz im Hintergrund die zusammengesunkene, einsame Gestalt Sanetras, die gegen einen Laternenpfahl lehnte, das schwebte mir noch lange in aller Schärfe vor. Ich konnte es tagelang nicht vergessen. Noch heute schleicht es sich manchmal in meine Träume, und dann ist es nicht mehr jenes namenlose Mädchen mit dem Kinde, das unter den Rädern des Lastwagens liegt, sondern es sind Menschen, mit denen man lebt und die man wohl auch liebt.

Busch stand auf, trat neben den Sessel, in dem ich saß, und legte mir die Hand auf die Schulter. »Ist es Ihnen noch immer unbegreiflich, warum er sich erschoß?« fragte er mich leise. Ein Ausdruck von Milde und Güte lag auf seinem Gesicht. Er ging zu dem mächtigen Bücherschrank, öffnete ein Fach und entnahm ihm ein paar engbeschriebene Blätter.

»Dies ist Sanetras letzter Brief«, sagte er. Als ich ein wenig später auf die Straße trat, hatte es aufgehört zu regnen, das Pflaster glänzte vor Nässe, und die Mondsichel schwamm eingebettet zwischen großen, weißen Wolken über den Dächern der Stadt.

Biographie einer schüchternen Liebe

Damals war ich fünfzehn Jahre alt. Seit meiner Ankunft in Amerika waren kaum drei Monate vergangen. Ich trug eine Krankenkassenbrille und den Konfirmandenanzug, dem ich längst entwachsen war, und wohnte im Hause meiner Verwandten in Oakland. Obgleich ich in Deutschland bereits konfirmiert worden war, mußte ich hier noch einmal die Volksschule besuchen und täglich zwischen mir fremden Jungen und Mädchen sitzen. Ich kam aus dem Deutschland nach dem ersten Weltkriege, und man entdeckte fast stündlich neue Lächerlichkeiten an mir. Ich hatte Heimweh, war voller Unsicherheit und Mißtrauen, und es fiel mir schwer, mich den neuen Verhältnissen anzupassen.

Einmal in der Gesangstunde mußte ich aufstehen und sollte die Tonleiter vorsingen. Ich saß in der vordersten Reihe und spürte, wie sich die Blicke der ganzen Klasse in meinen Rücken bohrten. Vor mir stand die freundliche Lehrerin und wartete darauf, daß ich ihr und den andern meine Gesangskünste vorführte. Ich brachte jedoch keinen einzigen Ton über die Lippen; die Wände des Schulzimmers schienen zu schwanken, ich hatte das Gefühl, mich wieder auf dem Schiff zu befinden, mit dem ich über das Meer gekommen war, den Qualen der Seekrankheit noch einmal hilflos ausgeliefert. Hinter mir zischelte man und flüsterte einander Bemerkungen ins Ohr. Scham und Wut erstickten mich fast. In der nächsten Pause schlich sich einer der Jungen aus meiner Klasse von hinten an mich heran und schlug mir wie aus Vertraulichkeit mit seiner breiten Hand auf den Rücken. Ich schrak zusammen, worüber er unbändig lachte. Und diesmal ertrug ich das Lachen nicht. Mit beiden Fäusten drang ich auf ihn ein, es war mir völlig gleich, wohin ich traf. Auf einen solchen Angriff nicht vorbereitet, stürzte er zu Boden; ich warf mich auf ihn, und erst als einer von den Lehrern herbeieilte und uns trennte, kam ich wieder zu mir. Mir liefen die Tränen über das Gesicht, und ich klapperte mit den Zähnen. Von dieser Stunde an hänselte mich niemand mehr. Der Junge, mit dem ich mich geprügelt hatte, war der erste, mit dem ich Freundschaft schloß und kameradschaftlichen Umgang pflog.

Ich hatte meine Geige mitgebracht, auf der ich ein paar Volkslieder auswendig spielen konnte; mein Vetter, der um ein Jahr jünger war als ich, blies die Trompete. Er gehörte zu einem kleinen Kreise von jungen Leuten, die sich einmal wöchentlich trafen, um ihre Fertigkeit in der Instrumentalmusik zu üben und eine zwanglose Geselligkeit zu pflegen. Eines Tages überraschte er mich mit dem Vorschlag, daß er mich mit seinen Freunden bekannt machen wolle.

»Sie möchten dich alle gern kennenlernen«, sagte er, und auch meine Tante redete mir zu und meinte, es könne nichts schaden, wenn ich etwas mehr unter Menschen käme, so daß ich endlich einwilligte, mein Mißtrauen überwand und mich bereit erklärte, an den musikalischen Veranstaltungen teilzunehmen.

So zog ich denn an einem Abend wieder den Konfirmandenanzug an, dessen Ärmel mir längst zu kurz geworden waren, wie die Hosen zu eng, putzte die Krankenkassenbrille und bekam ein sauberes Taschentuch zugesteckt. Ich war viel zu früh fertig, stand im Zimmer herum und wußte nichts mit mir anzufangen. Endlich ertönte von der Straße die Hupe eines Autos. Das war das Signal zum Aufbruch. Ein Freund meines Vetters, in dessen elterlichem Hause das Treffen stattfinden sollte, holte uns in seinem Wagen ab. Ich klemmte die Geige unter den Arm, und wir fuhren los.

Während der Fahrt befiel mich noch einmal eine grundlose Angst vor den fremden Menschen, die mich erwarteten. Ich hatte den Wunsch, daß wir zumindest eine Panne haben oder uns sonst irgendwie verspäten möchten. Doch wir gelangten ohne Zwischenfälle an den Ort unserer Bestimmung und fanden, als wir ankamen, die musikalische Gesellschaft schon vollzählig versammelt vor. Sie bestand aus fünf jüngeren Leuten meines Alters und drei Mädchen. Ich wurde vorgestellt, und alle waren nett zu mir. Man nahm mich wie einen alten Bekannten auf, und ich hätte mich wohlfühlen müssen, wenn ich nicht so schrecklich befangen gewesen wäre. Dann sollte musiziert werden. Man legte mir Noten vor und erkundigte sich, ob ich die Stücke spielen könne. Es waren Schlagermelodien, die damals gerade populär waren; ich hatte schon ganz andere Sachen gespielt. Aber ich war die Synkopen nicht gewöhnt, der Rhythmus war mir fremd, und so legte ich statt einer Probe meines Könnens einen Beweis meiner Stümperhaftigkeit ab. Man hatte Geduld mit mir, es wollte aber auf keine Weise gehen, ich war zu unsicher und zu aufgeregt, und je mehr

Mühe man sich mit mir gab, um so verwirrter wurde ich. Die Sache endete damit, daß ich mich, während die andern lustig drauflosmusizierten, in eine Ecke setzte und mir überflüssig vorkam. Doch auch für die andern war es peinlich; meine Gegenwart beeinträchtigte ihre Fröhlichkeit, und es schien alles so eingerichtet, daß es ein verdorbener Abend werden mußte. Plötzlich legte eines der Mädchen die Geige beiseite und setzte sich zu mir, um mir Gesellschaft zu leisten. Ich empfand ihre Freundlichkeit als beschämend für mich, bekam einen roten Kopf und fühlte mich elend. Aber sie rückte unbefangen ganz dicht an mich heran, damit wir uns bei dem herrschenden Lärm unterhalten konnten, ohne die Stimme sonderlich heben zu müssen. Ich atmete den Duft ihres Haares und ihrer Kleidung. Wenn sie sprach, spürte ich den Hauch ihres Mundes auf meinem Gesicht. Der Ausschnitt ihres Kleides beunruhigte mich. Doch langsam löste sich meine Befangenheit, ich beantwortete ihre Fragen, stellte selbst welche, und schon nach kurzer Zeit waren wir in ein ungehemmt dahinfließendes Gespräch vertieft. In den Pausen gab es Tee und Gebäck. Sie versorgte mich damit, und als die andern dann ihre Instrumente einpackten, kam eine allgemeine Unterhaltung in Gang, in die sie mich so geschickt hineinzuziehen verstand, daß kein Gefühl der Fremdheit und des Trotzes in mir aufkam. Sie sprühte von Übermut und guter Laune, sagte treffende Dinge und gab schlagfertige Antworten, so daß sie bald den Mittelpunkt der Gesellschaft bildete. Neben ihr fühlte ich mich nicht mehr einsam, und auf dem Nachhausewege behauptete ich, es sei ein sehr schöner Abend gewesen.

Etwa vierzehn Tage später begegnete ich ihr zufällig auf der Straße. Sie sah sehr elegant aus, eine richtige junge Dame, ich nahm die Mütze ab und stotterte ein paar nichtssagende Redensarten.

»Haben Sie es besonders eilig?« fragte sie mich. Und bevor mir noch eine Ausrede einfiel, fuhr sie fort: »Wir könnten sonst noch einen kleinen Spaziergang zusammen machen. Der Abend ist so schön.«

Vom Goldenen Tor wehte ein sanfter Wind herüber, es roch nach Wasser und Tang, eine zarte Dunkelheit lag über der Stadt. Ich lief gehorsam neben ihr her. Sie wußte viel zu erzählen von Schule, Freundinnen, Kleidern und Vorkommnissen aus ihrem Bekanntenkreise. Plötzlich lachte sie auf und rief: »Sie kennen doch George O'Brian? Er hatte mich für heute Abend zu einer Autofahrt eingeladen, aber ich hatte keine Lust, mir von ihm jede einzelne Schraube seines Wagens erklären zu lassen, und habe mich damit herausgeredet, daß ich mit einer Freundin verabredet sei. Wenn er uns jetzt zufällig träfe ...«

Ich kannte George O'Brian und wußte, daß mein abendlicher Spaziergang an Ruths Seite kaum seinen Beifall finden würde. Er besaß einen Dodge-Roadster, einen kleinen, hübschen Wagen, und Ruth war ein nettes Mädchen und trug feine Kleider. Die beiden waren wie geschaffen für einander. Und doch zog Ruth es vor, mit mir durch die dunklen Straßen der Vorstadt zu wandern, anstatt sich von ihm in eins der teuren und vornehmen Lokale am Broadway führen zu lassen. Es war erregend, abenteuerlich und tief befriedigend. Die Straßen lagen einsam und waren nur dürftig erhellt. Wenn wir an einer Laterne vorbeigegangen waren, tauchten unsere Schatten plötzlich vor uns auf, zitterten über den Weg und wuchsen zu Gebilden von unheimlicher Größe an. Ich machte Ruth darauf aufmerksam. Und als die Schattenbilder einmal so lagen, daß unsere Köpfe sich auf dem Pflaster fast berührten, blieb Ruth stehen, und wir verharrten regungslos, bis der Lichtkegel eines Autos uns streifte und uns weiter trieb. Ruth hatte sich in meinen Arm geschmiegt. Wir schlenderten ziellos dahin. Ich forderte sie auf, eine Eiskonditorei mit mir zu besuchen, und sie nahm den Vorschlag entzückt an. Ich hatte noch ein paar Geldstücke in meiner Tasche entdeckt, und mir war, als müsse ich ihr zeigen, daß ich wußte, was sich schickt, wenn man eine junge Dame ausführt.

Wir schlugen den nächsten Weg nach der Konditorei ein. Das kleine Lokal war dicht besetzt. Unter den Gästen befanden sich viele Bekannte von Ruth. Man umdrängte sie und musterte mich mit einer aufdringlichen Neugierde, die mir an diesem Abend besonders widerwärtig war. Die Jungen, die sämtlich für Ruth schwärmten, fühlten sich dadurch zurückgesetzt, daß ich als Fremder allein mit ihr zusammengewesen war. Das stand mir nicht zu; es war eine Übertretung jenes ungeschriebenen Gesetzes, das unter der Jugend in aller Welt Gültigkeit hat.

Als Ruth sich an einer Debatte über einen neuen Film leidenschaftlich beteiligte und meine Gegenwart vergessen zu haben schien, hielt ich es für angebracht, mich zu entfernen. Unbemerkt schlich ich mich hinaus. Noch auf der Straße unterschied ich ihr helles Lachen. Aber die gleiche Nacht, die vorhin wie verzaubert gewesen, war jetzt nichts als abscheuliche Finsternis, unter deren

Schutz jede Gemeinheit und jede Niederträchtigkeit geschehen durfte. Ich irrte umher, kam spät nach Haus und mußte eine Flut von Fragen über mich ergehen lassen, die ich, mit der Welt und mir selbst zerfallen, mürrisch und unzureichend beantwortete.

Ein paar Wochen danach unternahm der kleine Klub an einem Sonntag eine Autopartie. Meine Verwandten hatten sich entschlossen, daran teilzunehmen. Vor ihrem Hause war der Treffpunkt. In der Frühe kamen die Wagen aus den verschiedenen Richtungen angerollt. Man begrüßte sich, und die noch kaum belebte Straße hallte wider von Scherz und Gelächter. Es war herrliches, klares Sommerwetter. Die Sonne schien, und die Schatten lagen scharf wie Scherenschnitte auf dem Boden. Endlich waren die Teilnehmer vollzählig versammelt. Wir brachen auf. Ich fuhr mit meinen Verwandten; Ruth saß im Wagen eines Freundes. Sie hatte mir zum Gruß nur flüchtig die Hand gedrückt und mich angelächelt. Ich sah ihre Gestalt dauernd vor mir. Ihr Bild hatte sich mir unauslöschlich eingeprägt. Sie trug Sporthosen und eine weiße Bluse, und darin sah sie viel kameradschaftlicher aus als in den feinen Kleidern, die sie bei unseren früheren Zusammenkünften angehabt hatte. Obgleich wir getrennt fuhren, war sie mir näher denn je.

Die Wagen flogen auf der glatten Landstraße dahin. Bald schon befanden wir uns außerhalb der Stadt. Hier war das Land in Parzellen aufgeteilt, und große bunte Plakate, von Grundstücksmaklern aufgestellt, schrien es in den Morgen, daß man hier draußen bauen müsse, weil das zukünftige Zentrum der Stadt ... Aber ehe man den Reklametext zu Ende gelesen hatte, war man schon daran vorbei. Zu beiden Seiten des Weges dehnten sich große, gut kultivierte Obstgärten aus. Zwischen den Stämmen der Bäume, die, geradlinig ausgerichtet, Reihe an Reihe standen, hing dünner Nebel. Später hatten wir unbewachsenes Hügelland zur Linken, die verebbenden Wellen eines Gebirgszuges, der blau und verschwommen am Horizont dämmerte und den wir überqueren mußten. Kleine Farmhäuser lagen an den Abhängen. Der Zustand der Straße, die sich, sorgfältig geglättet und eben, meilenweit hinstreckte, erlaubte eine hohe Geschwindigkeit. In kurzer Zeit hatten wir das Gebirge erreicht. Die Steigung war beträchtlich, so daß es aus den Kühlern dampfte. In Kurven und Windungen ging es dahin. Dauernd boten sich neue Ausblicke. Das Auge, an das Lineare amerikanischer Straßenzüge gewöhnt, wurde nicht müde, diese zerklüftete, ursprüngliche Schönheit in sich hineinzutrinken.

Es gab Stellen, wo man am liebsten hätte aussteigen mögen, um in den strahlenden Morgen zu wandern und seine Kräfte in den Bergen zu erproben und zu ermüden. Jetzt, im späten Frühling, war noch alles grün, Matten, Strauchwerk und Bäume. In wenigen Wochen würde hier alles verdorrt sein, ein ödes Braun würde über dem Lande liegen, und nur abends würden die Berge, von der späten Sonne getroffen, wie flüssiges Metall glühen. Davon hätte ich zu Ruth sprechen mögen; ich bedauerte, daß sie nicht neben mir saß, vielleicht wußte sie noch gar nicht, wie schön dieses Land war. Wenn sie meine Zuhörerin gewesen wäre, hätte ich ganz gewiß die Worte gefunden, die ihr die Schönheit des Gebirges bewußt gemacht hätten.

Nach etwa zweistündiger Fahrt gelangten wir nach Livermore, wo wir zu kurzer Rast anhielten und einige Erfrischungen zu uns nahmen. Das kleine Landstädtchen lag wie ausgestorben unter einem heißen, graublauen Himmel. Meine Verwandten waren mit einem Farmer befreundet, dessen Besitztum in der Nähe dieser Ortschaft lag. Sie wollten ihm einen Besuch abstatten, und die jungen Leute sollten weiterfahren nach Cresta Blanca, das, zwischen den Bergen an einem Flüßchen gelegen, ein unvergleichlicher Ort für einen Sonntagsausflug war.

Auf der Farm unseres Bekannten stieg Ruth aus dem Wagen ihres Freundes und zog mich beiseite. »Ich habe gehört, daß du hierbleiben willst. Warum willst du nicht mit uns kommen? Du bist noch kein alter Mann, und schließlich gehörst du zu uns.«

Ihre Augen funkelten mich antwortheischend an. Ich wußte nicht, was ich erwidern sollte, und fand nicht die Worte, das auszudrücken, was meinen Entschluß bestimmt hatte.

»Du bist der eigensinnigste Mensch, dem ich je begegnet bin«, sagte sie und wandte sich gekränkt von mir ab. Wollte sie nicht begreifen, daß es nicht nur Eigensinn war, was mich dazu bewog, auf der Farm zurückzubleiben? Fühlte sie nicht, wie sehr es mich zu ihr hinzog, wie es mich nach ihrer Nähe verlangte? Spürte sie nicht, wie ich darunter litt, daß andere ein ebensolches Anrecht auf ihre Gesellschaft glaubten geltend machen zu können wie ich? Ich blieb im unklaren darüber, wie weit sie die Beweggründe meines Handelns durchschaute, und unternahm keinen Versuch, mich ihr zu erklären. Als man aufbrach, hielt ich mich abseits, spielte mit dem Hunde, der mich freudig bellend umsprang, und zwang meine Blicke in eine andere Richtung. Jetzt war es Trotz, was in mir brannte, es tat mir weh, und als die Wagen verschwunden waren und nur noch eine Staubwolke auf dem Wege lag, bereute ich bereits, nicht an dem Ausflug teilgenommen zu haben.

Die Farm lag einsam zwischen Feldern und Weingärten. Um mir die Zeit zu vertreiben, bat ich den Farmer, mir seine Flinte zu leihen, mit der ich mich bei anderer Gelegenheit bereits eingeschossen hatte. Es war eine große, altmodische Schrotflinte, mit der man nur selten etwas traf.

Hinten im Garten sangen die großen, gelbgesprenkelten Wiesenlerchen; ein Hase, der Witterung bekommen hatte, suchte in einer Furche Deckung. Das Gewehr schußfertig in den Händen, pürschte ich eine Baumreihe entlang. Zwei Wildtauben gingen aus den Wipfeln hoch. Ich legte an und schoß, fast ohne zu zielen, schnell und unüberlegt. Die Tauben flogen heil und unversehrt von dem spritzenden Schrot ins Gebüsch der angrenzenden Weingärten. Ich setzte mich unter einen Mandelbaum und lud das Gewehr aufs neue. Beim Öffnen des Verschlusses stieg mir der Geruch des Pulvers in die Nase, und ein Wölkchen graublauen Rauches zerging in der Luft. Der Garten lag im grellen Sonnenlicht. Die Gräser zitterten vor Hitze. Als ich nach einer Weile aufschaute, sah ich, daß ein Hühnerhabicht über der Farm seine Kreise zog. Ich rührte mich nicht und ließ ihn nicht aus dem Auge. Endlich kam er langsam in spiralförmigem Fluge tiefer und immer näher. Vorsichtig erhob ich mich aus meiner sitzenden Lage und ging in eine knieende Stellung über. Plötzlich stand der Vogel flügelschlagend still, wie an einen unsichtbaren Pflock gebunden. Jetzt war der günstigste Augenblick gekommen. Ich zielte sorgfältig, drückte ab, und noch im Donner des Schusses sauste der Räuber fast senkrecht aus der Höhe herab und landete mitten unter den erschreckten Hühnern, die gackernd auseinanderstoben.

Als ich auf den Hof zurückkehrte, rief Mister Brand, ein benachbarter Farmer, der von unserer Ankunft gehört hatte und herübergekommen war, um mit meinem Onkel die neuesten politischen Ereignisse zu besprechen, schon von weitem: »Recht ordentlich, mein Junge, recht ordentlich!« Aber da Ruth nicht zugegen war, nahm ich das Lob ohne besondere Gefühlsreaktion entgegen und überließ meine Beute den Katzen, die sich darum balgten.

Ein wenig später fand sich noch ein zweiter Nachbar ein und mischte sich mit kurzem Gruß unter uns. Man trat zu einer Partie *horse-shoe* zusammen. Das Spiel erfreute sich bei den Farmern großer Beliebtheit. Fast jeder von ihnen war ein Meister in dieser Kunst. Das Spiel erforderte eine nur durch Übung zu erlernende Geschicklichkeit. Es bestand darin, ein Hufeisen so zu werfen, daß es an einem auf etwa dreißig Schritt Entfernung in den Erdboden gerammten Holzstab hängen blieb. Gewöhnlich schätzt man im Anfang die Entfernung und die Schwere des Hufeisens falsch ein und bringt es zu keinen Punkten. Die beiden Farmer hatten eine endlose Ausdauer und begannen immer wieder von neuem. Nach einer Stunde etwa schmerzten mich die Arme derart, daß ich aufhörte, nicht ohne vorher noch tüchtig wegen meiner Niederlage verspottet worden zu sein.

Nach dem Essen pfiff ich dem Hunde und lief hinaus auf die Felder. Ruth, Cresta Blanca – das lag da drüben irgendwo, wo die Berge begannen, die bläulich in der heißen Mittagsluft flimmerten. Der Hund verfolgte einen aufgescheuchten Hasen und verschwand. Ich hörte sein heiseres Gekläff, das sich immer weiter von mir entfernte. Ringsumher war eine unglaubliche Stille. Ich war müde von dem vorangegangenen Spiel. Ein staubiger Weg schlängelte sich durch die Felder. Diesen Weg waren sie heute morgen entlanggefahren, sie alle und Ruth. Ich fühlte das Bedürfnis, mich auszustrecken und die Augen zu schließen. An einer Stelle traten die Bäume eines halbverwilderten Obstgartens bis dicht an den Straßenrand. Da war weiches Gras und Schatten. In den Zweigen einer mächtigen alleinstehenden Eiche lärmte ein Vogelschwarm, der sich wild krächzend in die Lüfte erhob, als ich mich so ganz in der Nähe niederließ. Ich legte mich ins Gras und atmete den warmen Mittag und seine Trägheit ein. Und ich träumte von Ruth und sah ihre Gestalt, ihr Gesicht so deutlich vor mir, als beuge sie sich über mich. Das Blut pochte heiß und heftig in meinen Adern.

Plötzlich schreckte ich auf. Ein Auto kam den Weg entlang gesaust, der Takt des Motors fuhr mir in die Glieder, so daß ich mich unwillkürlich aufrichtete. Schon von weitem erkannte ich den Wagen: es war derselbe, in dem Ruth auf der Herfahrt gesessen hatte. Sie selbst saß am Steuer, die übrigen Sitze waren leer. Im Augenblick war ich auf den Füßen. Sie bemerkte mich und brachte das Fahrzeug zum Stehen. Ihr Gesicht war heiß von der wilden Fahrt, die sie hinter sich hatte, und noch war Wind in ihrem zerzausten Haar. Ich war wie mit Stummheit geschlagen vor Überraschung und Freude, und nur in meinen Augen mochte sich etwas von dem Aufruhr meiner Gefühle über das unerwartete Wiedersehen spiegeln.

»Du siehst ganz dumm und verschlafen aus«, lachte sie.

»Ja, ich glaube, ich war eingeschlafen. Aber was bringt dich her? Hast du etwas vergessen?«

Ich fühlte bereits, wie die schreckliche Blödigkeit, deren Opfer ich immer dann wurde, wenn ich sie am wenigsten herbeiwünschte, wieder Besitz von mir ergriff, wie ich mich gleichsam selbst verlor, ohne mich dagegen wehren zu können. Ich wußte genau, daß Ruth meinetwegen gekommen war, doch wagte ich nicht, ihr zu gestehen, daß ich vorhin und eigentlich den ganzen Tag nur an sie gedacht hatte. Sie spürte meine Verlegenheit.

»Rip van Winkle«, sagte sie plötzlich. »Du wirst noch dein Glück verschlafen. – Aber weißt du«, fuhr sie nach einer Weile fort, »bei den andern war es nicht auszuhalten, die Mädchen fingen an eifersüchtig auf mich zu sein, weil die Jungen sich der Reihe nach in mich verliebten. Und da bin ich einfach ausgekniffen. Ich weiß ein schönes Plätzchen drüben in den Bergen, komm, steig ein, wir wollen hinfahren.«

Sie saß schon wieder am Steuer, während ich noch immer auf der Straße stand, als sei ich gelähmt und hätte die Herrschaft über meine Gliedmaßen verloren. Dabei war ich nur von einem Freudenrausch überwältigt, der mich derart gepackt hatte, daß mich alle Entschlußfähigkeit verließ.

»Sei nicht so langweilig!« rief sie mir zu. Ich stieg ein, sie wendete, und wir brausten mit höchster Geschwindigkeit davon. Ihre feinen Gelenke vibrierten mit der Steuerung, auf ihren nackten Unterarmen spannten sich die Muskeln. Die Landschaft flog vorüber, in der Tiefe rauschte ein Wildwasser, auf der anderen Seite stiegen die Berge himmelan, und ich wünschte, diese Fahrt möge kein Ende nehmen. Da zog sie die Bremsen an. Der Wagen kam mit einem Ruck zum Stehen, sie schwang sich vom Sitz, und ich tat ein gleiches. Der Duft von Kräutern und Büschen war um uns. Weiter oben auf einem kahlen Hügel hockten ein paar graue Erdhörnchen im Geröll und äugten mißtrauisch zu uns herüber. Ruth drehte sich scharf zu mir um, die Tiere erschraken und verschwanden in ihren Löchern. Wir waren nun ganz allein und unbeobachtet in dieser weiten Bergeinsamkeit. Ein fernes Summen hing in der heißen Luft. Über den Bergen lag der frühe Sommer. Langsam wanderten wir in die grüne Wildnis hinein. Alles Laute und Lebhafte fiel von dem Mädchen ab. Ich hatte sie noch nie so sanft und zärtlich erlebt. Während ich schweigend neben ihr herschritt, überkam mich das Verlangen, mich neben sie ins Gras zu legen und mit meinen Fingern durch ihr Haar zu fahren.

Mit einemmal riß sie sich von mir los und enteilte. Die Büsche schlugen hinter ihr zusammen, ich sah nur ihre weiße Bluse noch einige Male zwischen dem Blattwerk aufleuchten. Obwohl ich die Verfolgung sofort aufnahm, verlor ich sie dennoch für kurze Zeit aus dem Auge. Als ich sie wiederfand, lag sie lang ausgestreckt im Gras, die Hände unter dem Kopf verschränkt. Noch brannte die Glut vom Laufen auf ihrem Gesicht. Den Blick zum Himmel emporgerichtet, lag sie ganz still. Dann schloß sie die Augen, und ich wagte nicht, mich der holden Erscheinung zu nähern. Es sah aus, als gehöre sie zu dem jungen Sommer und den wilden Blumen, die den Boden bedeckten. Ich vermochte nichts zu sagen und dachte vor lauter Verlegenheit an die Rückfahrt. Alles, wovon ich in meinen Knabenträumen nur jemals geträumt hatte, war nah, und gleichzeitig war es ferner denn je, war beseligend und furchteinflößend und machte mich zum Narren und die Welt zu einem Rätsel.

»Ob niemand das Auto stehlen wird?« fragte ich endlich, als ich das Schweigen nicht mehr ertrug. Die dummen Worte fielen schwer wie Steine in die Stille. Ich spürte, wie der Zauberspiegel der Stunde unter ihnen splitternd zersprang. Ruth zuckte zusammen und richtete sich auf. Sie tat, als müsse sie ihr Haar in Ordnung bringen. Mir war unsäglich elend zumute.

»Hier ist es wirklich schön«, sagte ich, und wieder war es ein anderer, der aus mir sprach.

»So?« erwiderte sie mit beißendem Hohn. »Du meinst wohl die Landschaft?«

Die Landschaft – die Landschaft – das Wort nahm riesenhafte Dimensionen in meinem Kopfe an, es flimmerte mir mit seinen einzelnen Buchstaben vor den Augen, und ehe ich zu fassen vermochte, was geschehen war, hatte Ruth sich erhoben und war vorausgeschritten, der Straße zu, wo der Wagen stand. In dumpfer Befangenheit lief ich hinter ihr her und verspürte nur einen unsäglichen Ekel vor mir selber.

»Du siehst, es ist noch da«, sagte Ruth, auf das Auto deutend. »Keiner hat es gestohlen.« Sie sprach die wenigen Worte mit grausamer Betonung aus, als gebe es kein größeres Vergnügen für sie, als mich zu quälen.

Wir fuhren die selben Wege zurück, auf denen wir hergekommen waren; Ruth brachte es sogar fertig, mich auf gewisse Besonderheiten des Berglandes aufmerksam zu machen und mir die Namen von Höhenzügen aufzuzählen. Ihr ganzes Wesen war plötzlich Kühle und Sachlichkeit. Ich fühlte zwar, daß ich eine bessere Behandlung nicht verdient hatte, aber die Art, wie sie mir eine Verletzung nach der andern beibrachte, machte mich langsam rasend. Ich verlangte, sie möge anhalten und mich aussteigen lassen. Sie kam meinem Wunsche sofort nach, als fände sie ihn höchst natürlich und begreiflich.

»Der Weg nach der Farm ist leicht zu finden«, sagte sie. »Verlaufen kannst du dich gar nicht.«

Wieder war es mir, als erhielte ich einen Schlag ins Gesicht. Ruth saß am Steuer und lächelte das jahrtausendealte ägyptische Lächeln, lächelte und wartete, ob ich nicht doch noch den Weg zu ihr finden würde. Aber ich brachte es nicht über mich, wieder an ihrer Seite Platz zu nehmen, obgleich ich dunkel fühlte, daß es das einzig richtige gewesen wäre. Doch damit hätte ich mich aufs neue vor ihr gedemütigt. Mit kurzem Gruß verabschiedete ich mich von ihr und setzte mich in Bewegung. Ich hörte, wie sie den Motor anließ, und dann mußte ich zur Seite springen, sonst hätte sie mich überfahren. Ich brauchte fast zwei Stunden, um auf die Farm zurückzugelangen, und der Nachmittag verlängerte bereits die Schatten der Bäume, als ich dort ankam.

Am Abend kehrte Ruth mit den anderen aus Cresta Blanca zurück. Ihre Gesichter waren von der Sonne gerötet und ihre Körper geschwellt von der Energie, die sie in den Bergen eingeatmet hatten. Alle waren fröhlich und ausgelassen. Auf der kleinen Veranda an der Vorderfront des Wohnhauses schluchzte ein Grammophon einen sentimentalen Walzer. Die Paare fanden sich zum Tanz. Ruth tanzte mit Ausdauer und Hingabe. Ich stand steif und dumm in einer Ecke. Die Kluft zwischen den übrigen und mir wurde immer größer und machte mich immer verzweifelter. Mister Brand trat an mich heran, stieß mir die Faust sanft in die Rippen und erkundigte sich, ob ich kein Mädchen habe und nicht auch tanzen wolle. Dazu blinzelte er verschmitzt und raunte mir im Flüsterton kaum verständliche Worte zu, von denen ich nicht wußte, ob sie einen Ratschlag oder einen Trost enthalten sollten. Ich würdigte ihn keiner Antwort und begab mich hinaus auf den dunklen Hof.

Es wurde Nacht, und man rüstete zum Aufbruch. Ruth bestand darauf, daß man ihr einen Platz im Wagen meiner Verwandten einräume. Ich freute und fürchtete mich, als ich davon erfuhr. Sie ging mir bis zuletzt aus dem Wege. Endlich kam der Augenblick der Abfahrt. Ruth und ich saßen dicht nebeneinander unter der selben Decke. Ich fühlte die Wärme, die von ihrem Körper ausging. Nach einer Weile lehnte sie sich leicht gegen meine Schulter. Der Wagen glitt schnell und ruhig dahin. Als ich unter dem Schutz der Decke ihre Hand ergriff, ließ sie mich gewähren. Der Druck ihrer Finger gab mir Sicherheit und Mut. Ihr Haar duftete nach Kräutern; manchmal wehten einzelne Strähnen, vom Luftzug bewegt, mir angenehm ins Gesicht. Sehnsucht und Erfüllung waren keine Gegensätze mehr. Es gab nichts Feindliches zwischen uns. Alles schien ausgeglichen und von einem schönen Gleichgewicht getragen. Ich war glücklich.

Wieder kletterten die Autos über das Gebirge. In den Kurven schwebten die Lichtkegel der Scheinwerfer über Abhängen, erhellten Unbekanntes und fanden ungern auf den Weg zurück. Während ich das Spiel der Lichter beobachtete, sagte Ruth, deren Nähe ich ohne Argwohn genoß, zu meiner Tante, die neben mir saß: »Aus Ihrem Neffen wird einmal ein großer Filmheld werden. Sehen Sie nur, wie er meine Hand festhält.« Und ehe ich es verhindern konnte, hatte sie bereits die Decke gelüftet und unser Geheimnis preisgegeben. Meine Tante lachte.

»Bei seinem Alter gehörte ihm was auf die Finger!« Vorbei war der Zauber der nächtlichen Fahrt. Lange verstand ich nicht, was Ruth zu jener Äußerung, durch die alles zerstört wurde, bewogen haben mochte. Es war doch eben noch alles in Ordnung gewesen. Aber Ruth war klüger als ich, und vielleicht ahnte sie oder wußte sogar, daß dies keine Ordnung war. Und so ließ sie jene Bemerkung fallen, die alles von Grund auf ändern mußte. Den Rest der Fahrt brachten wir damit zu, uns von dem Zwang, der auf uns lastete, zu befreien. Wir entwürdigten uns und unsere Erlebnisse. Es war der einzige Ausweg. Zu Haus, beim Aussteigen, küßte ich sogar Ruths Hand; ich wurde sehr rot dabei, aber das verdeckte die Dunkelheit; später kamen dann die erlösenden Tränen. Doch auch das geschah nur ein einziges Mal.

Als ich Ruth nach mehreren Monaten wiedersah, war sie mit George O'Brian verlobt. Ich grüßte sie, zog meinen Hut vor ihr, sie ging ihres Wegs, ich des meinen, und nur noch manchmal, in seltsamen, von Traum und Bangigkeit überschatteten Stunden, überfiel mich die Erinnerung an sie wie ein Schmerz.

Der Muche Franz

Schon als Kinder wußten wir, daß mit dem Muche Franz etwas nicht in Ordnung war, und nahmen uns die billige Freiheit, ihn zu verspotten, wo wir ihn trafen. Er war eine lächerliche Gestalt; ihm fehlte das Würdevolle und Amtliche, das im Gang des Lehrers lag und das wie ein Stempel auf das ernste Gesicht des Pastors gedrückt war. Jeder im Dorfe kannte ihn. Wenn er seine große, breitschultrige Gestalt, den Körper eines Hünen, unsicher Schritt vor Schritt setzend und mit den tatzigen Armen schlenkernd, durch die Straßen schob, rief alles: »Da kommt der Muche Franz.« Und aus irgendeinem Grunde war dieser Ausruf immer von einem Gelächter begleitet, das etwas Herabsetzendes hatte. Es fiel niemandem ein, ihn einmal ›Herr Muche‹ zu nennen. Selbst auf den amtlichen Schriftstücken kann das nicht gestanden haben. Einen Herrn Muche gab es nicht; es gab nur einen Muche Franz. Er gehörte zu dem kleinen Industrieort am Rande der Heide wie die Glashütten mit ihren rauchenden Schüttungen und glühenden Schmelzfeuern, wie der alte Kirchturm und der Fluß mit den verkrüppelten Weiden. Man wußte nicht, wie alt er eigentlich war. Er veränderte sich nie, und solange wir ihn kannten, sah er immer wie ein Bär aus, der an einer unsichtbaren Kette liegt und von fernen Wäldern träumt. Manche meinten auch, daß er einem Orang-Utan gleiche, und wiesen auf seine langen, schlenkernden Arme hin, die ihm etwas Affenartiges verliehen – ihre Umklammerung mußte tödlich sein. Auf seiner Oberlippe sproßte ein weizengelber Bart, dessen Enden über die Mundwinkel herabhingen. Die Backenknochen standen vor, der Mund zog sich von einem Ohr zum andern, und das ganze Gesicht war eckig und kantig, die Augen von einem wässerigen Blau und nicht ohne eine gewisse Verschmitztheit. Eine sibirische Steppe hätte seine Heimat sein können. In unseren Ort paßte er eigentlich nur an trüben Novembertagen. Aber hier war er geboren und aufgewachsen, und seine Geburt stand sogar im Kirchenbuch verzeichnet. Ob er einen rechtmäßigen Vater gehabt hat, weiß man nicht. Ein Vater hat auch in seinem Leben nie eine Rolle gespielt. Jedermann wußte, daß der Franz mit seiner Mutter lebte, immer schon, und daß sie gelegentlich ihre Not mit ihm hatte. Seine Mutter arbeitete als Packerin in einer Glashütte und war eine kleine, energische Frau, vor welcher der Franz Respekt hatte. Die Mutter behandelte ihn wie ein kleines Kind, auch als er schon längst erwachsen war und Bier trank. Sie schimpfte mit ihm, ohne Rücksicht darauf, wer es gerade hörte, ob andere Weiber oder Mädchen in der Nähe waren, und verbot ihm Dinge wie das Rauchen und Trinken, und wenn er nicht sofort gehorchte, zerrte sie ihn an der Jacke in eine Ecke und hieß ihn stillsitzen. Sie wußte, daß ihm eine gewisse Selbständigkeit, eine gewisse Männlichkeit fehlte. Trotz seiner riesigen Körperstärke und Bärenkraft war er etwas zurückgeblieben, und da sie ihn liebte, war es ihr nicht gleichgültig, daß die Schuljugend ihn verlachte und die jungen Herren aus den Büros ihre Witze über ihn machten.

Franz hatte Maurer gelernt, und wo im Ort selbst oder in den Dörfern der Umgebung ein Haus oder eine Scheune gebaut wurde, war er dabei. Aber es wurde trotzdem nie ein richtiger vollwertiger Maurer aus ihm. Er verrichtete dauernd nur Handlangerdienste, und so sehr der Ehrgeiz seiner Mutter dadurch gekränkt wurde, so gab sie sich doch endlich zufrieden und war froh, daß er überhaupt Arbeit hatte. Mit seinen Muskeln, die wie Baumwurzeln über seine Arme krochen, leistete er das Doppelte eines gewöhnlichen Arbeiters. Ein Scheltwort oder ein Versprechen, je nachdem, genügte, um ihn zu noch größerer Tätigkeit anzuspornen, und es gab eine Menge Kollegen, die diese seine Schwäche ausnutzten. Er hatte etwas von einem gutmütigen Tier; wenn er einmal knurrte und aufbegehrte, drohte man ihm mit der Mutter, und dann kroch er verlegen lächelnd in eine schweigsame Unterwürfigkeit zurück. Von seinen Kollegen nahm ihn keiner für vollwertig, man machte sich gern einen Spaß auf seine Kosten. Sein Rücken war gewissermaßen breit genug, um den rohen, ungeschliffenen Übermut, der manchmal in den Frühstückspausen herrschte, darauf abzuwälzen. Seine groteske Gestalt forderte förmlich dazu heraus. Für Außenstehende sah es mitunter so aus, als ob seine Kollegen ihn aus Bosheit quälten und sich das Gehirn darüber zermarterten, wie sie durch ihn zu einem schadenfrohen Gelächter kommen könnten. Die Späße, die man sich auf dem Bau mit ihm erlaubte, waren indes harmloser Natur. Man lachte nur gern einmal herzlich, wenn einer von den Kollegen ihm eine Flasche Bier anbot, die der Franz, da er sich kaum jemals eine kaufen konnte, gierig an die Lippen setzte, als wolle er sie auf einen Zug leeren, und wenn er dann spuckte und fluchte, weil sie mit Wasser nachgefüllt war. Oder sie versteckten sein Frühstück und ließen ihn suchen, erst nachdenklich werden, ob er seine Brote vergessen habe, und dann in Wut geraten, der sie ein erheucheltes Erstaunen entgegensetzten, bis der Franz unsicher wurde, seine Anschuldigungen zurücknahm und verlegen grinste. Das Paket mit den Frühstücksbroten fand sich dann meistens gegen Ende der Pause auf Franzens Platz ein, so daß er noch ein paarmal hineinbeißen konnte, ehe die Arbeit wieder aufgenommen wurde. »Ihr Hunde, verfluchten«, sagte er dann gutmütig mit kauenden Backen und ließ die andern merken, daß er ihnen den Spaß nicht weiter verübele. Wenn einer von den Kollegen einen Witz erzählte, über den man lachte, stimmte auch der Franz in ihr Gelächter mit ein, obwohl er nicht immer verstand, worum es ging. Und dabei riß er den Mund so weit auf, daß eine Männerfaust darin Platz gehabt hätte. Und es war dann bestimmt immer einer unter den Männern, der den Franz plötzlich ganz ernsthaft fragte, warum er lache. Da saß er dann gewöhnlich wieder hilflos und erschrocken da und wußte nichts zu erwidern, während die Runde sich vor Heiterkeit ausschütten wollte. So war der Franz. Er tat keinem Menschen etwas zuleide und schleppte eine merkwürdige Dankbarkeit gegen Leute mit sich herum, die einmal gut zu ihm gewesen waren. Dem Polier schenkte er eines Tages eine Zigarre, weil er ihn einmal, als einige Gerätschaften abhanden gekommen waren und man den Franz verdächtigte, in Schutz genommen hatte.

Es fehlte nicht viel und der Franz wäre zwei Meter groß gewesen. Er hatte einen Brustkasten wie ein Pferd – ein Fremder wäre nie auf den Gedanken gekommen, daß man ihm an den Zahltagen den Lohn nicht aushändigte. So sah er nicht aus. Er sah vielmehr danach aus, als ob er mit der Lohntüte gleich in die nächste Kneipe steuern und dann nach einigen Gläsern alles kurz und klein schlagen würde. Das war auch schon wiederholt geschehen; Gläser, Flaschen, mehrere Stühle und ein Teil des Büfetts waren dabei in Trümmer gegangen, und der Franz hatte Schadenersatz leisten müssen. Seitdem bekam er nur noch ein paar Pfennige Taschengeld, den Lohn jedoch holte seine Mutter dort ab, wo er jeweilig arbeitete, und bestätigte den Empfang. Damit hänselte man ihn auch immer, und er hörte es nicht gern. Es lag etwas Entwürdigendes für ihn darin, als sei er schon halb entmündigt; aber er mußte sich damit abfinden, seine Mutter hatte es so angeordnet und duldete keinen Widerspruch. Sie kannte ihren Franz. Einmal in der Kneipe, kam er so leicht nicht wieder heraus. Erst vor kurzem hatten ihn ein paar Kollegen nach Feierabend mitgeschleift. Er hatte sich zwar zuerst geweigert und versucht, standhaft zu bleiben, weil die Mutter ihm eingeschärft hatte, keine Kneipe mehr zu betreten. Aber da hatten sie angefangen zu sticheln und hatten Worte gebraucht, die sich wie mit Widerhaken in ihm festhakten. »Na, du wirst doch wohl noch ein Glas Bier trinken dürfen. Bist doch ein Mann. Oder siehst du bloß so aus?« Da war er wankelmütig geworden, in seinem Stolz getroffen. Zuerst hatte der Polier eine Runde Schnaps geschmissen, und dann hatten sie einen Stiefel ausgewürfelt. Und dabei war es nicht geblieben. Immer wieder standen volle Gläser auf dem Tisch, und der Franz hatte als erster starre Augen gekriegt und war über Worte und Satzteile gestolpert. Dann hatte jemand ein Lied angestimmt, von Liebe und Sterben. Den Franz lösten solche Lieder ganz auf. Er riß das Maul weit auf und sang mit am lautesten, und wer ihm gerade in den Weg kam, den umarmte er und erdrückte ihn fast. Das war das Leben, nach dem er sich sehnte; er saß mit den Männern an einem Tisch und fühlte sich gleichberechtigt unter ihnen. Die Wellen des Rausches hoben ihn empor, es war herrlich; aber plötzlich ging es in die Tiefe, und etwas schlug schlammig und schwarz über ihm zusammen. Von weither klang eine Stimme an sein Ohr. »Deine Mutter kommt, Franz, warte nur!« Die Männer wurden still und warteten ab, was er tun würde. Sein Gesicht zerfiel in ein schiefes Gebilde wie ein zerquetschter abnehmender Mond, und ein flehentlicher Ausdruck trat in seine wässerig blauen Augen. Und die Stimme fuhr fort: »Deine Mutter kommt, Franz, deine Mutter. Sie kommt mit einem Stock und sieht böse aus. Sollst du saufen? Sollst du? Das schöne Geld! Na warte, Franz! Sie wird dich windelweich hauen.« Der Franz verstand nicht alles, was die Stimme redete. Er machte eine abwehrende Bewegung mit der großen tatzigen Hand, in der eine furchtbare Kraft schlummerte. »Ihr Hu-unde!« sagte er und lachte. »Ach, ihr Hu-unde!« Die Stimme bohrte weiter. Sie gehörte einem kleinen buckligen Glasmacher; er spielte auf dem Franz wie auf einem Instrument. Immer wieder kündigte er das Kommen der Mutter, der Vergeltung, in hochgeschraubten, unnatürlichen Tönen an.

Alle wußten: das hält der Franz nicht lange aus, und wenn er vorher zehnmal kühn behauptet hat, er mache, was er wolle. Um seine Mundwinkel zuckte es bereits, und in seinen Augen spiegelte sich die Angst. Nicht lange würde es dauern, bis dem bärenhaften Kerl die Tränen über die Backen liefen und er wie ein Schuljunge dasitzen würde, der etwas ausgefressen hat und sich vor der Strafe fürchtet. Auf diesen Augenblick warteten sie, es war der Höhepunkt; was danach kam, war nicht mehr interessant und des Zuschauens wert. Sie ließen den Franz sitzen und wandten sich neuen Zerstreuungen zu. Der bucklige Glasmacher konnte wie ein Hahn krähen; er stellte sich auf den Tisch dazu, verdrehte seinen schiefen Hals und schlug mit den Händen wie mit Flügeln um sich. Doch davon nahm der Franz nichts mehr wahr. Fast unfähig, sich zu bewegen, hockte er mit schlechtem Gewissen in einer Ecke und lallte ab und zu ein Wort vor sich hin. »Die Hu-unde!« Es klang wie ein Knurren, und die Männer vermieden es, in seine Nähe zu kommen. »Nun los, heim mit dir, Franz«, sagte der Wirt, wenn er mit den Gläsern an der gewaltigen Gestalt vorbeihuschte. Aber Franz blieb sitzen. Der schläft doch bald ein, davon vergeht der Rausch, dachte der Wirt, und später wird sich schon jemand finden, der ihn mitnimmt. Inzwischen suchte seine Mutter überall nach ihm. Wenn er nicht gleich nach Feierabend nach Hause kam, war das ein schlechtes Zeichen. Sie band sich ein altes Kopftuch um, und auf den Straßen ging sie dort, wo es am dunkelsten war. Sie schämte sich vor den Leuten. Warum ließ man den Franz nicht in Ruhe? Er belästigte keinen Menschen, und was ging es die andern an, daß er ein wenig sonderbar war? Sie hatte ihren Sohn nicht zum Gespött zur Welt gebracht. Tiefe Falten hatten sich in ihr Gesicht gegraben, Armeleutefalten, vom Kummer gemeißelt. Sie führte den Franz heim und brachte ihn zu Bett. Das letzte, was er sagte, ehe er einschlief, war: »Diese Hu-unde!«

Es war indes noch mehr Sonderbares und Merkwürdiges um den Muche Franz. Eine Einsamkeit umgab ihn, die schrecklich sein mußte, wenn sie ihm bewußt war. Nie sah man ihn in Gesellschaft, er hatte keine Freunde. Es gab kein Haus, in dem er besuchsweise ein und aus ging. Er war viel auf der Straße, aber immer allein. Tag für Tag, ganz gleich, wie die Witterung war, ob es regnete oder stürmte, erschien er zu den beiden Abendzügen, die kurz hintereinander aus entgegengesetzten Richtungen einliefen, auf dem Bahnhof. Er stand am Drahtzaun, die Arme auf die Brüstung gestützt, und schaute sich das Treiben an. Mit unbeweglichem Gesicht, wie einer, dem die Hast der Reisenden unverständlich ist, stand er da, Abend für Abend, so daß die Leute witzelten, ohne den Franz würde wohl der Zugverkehr ins Stocken geraten. Er wartete jedesmal, bis die beiden Züge abgefahren waren und die Sperre geschlossen wurde. Regungslos verharrte er am Zaun und blickte mit einer fast idiotischen Gleichmütigkeit ins Leere, irgendwohin, in eine Weite, wo seine Sehnsucht vielleicht Wunschschlösser stehen sah. In ihm mußte mancherlei sein von den Dingen, die in der Einsamkeit des Herzens wachsen. Oder war sein ganzes Dasein wirklich nur ein Dämmerzustand ohne Glück und ohne Leid, aufgehellt durch einen gelegentlichen Rausch? Niemand hätte es sagen können, denn niemand wußte, was er dachte oder fühlte. Hing er vielleicht an einer Blume – man sah ihn oft an einem Stengel kauen –, an einem Kleidungsstück oder einem Laster? Was mochten seine Träume sein? Frauen? Die Mädchen kicherten, wenn sie ihn sahen, doch wenn er betrunken war, gab es immer einige, die sich vor dem Fenster der Kneipe versammelten und mit lüsternen Blicken zuschauten, wie der Franz, einem Tanzbär ähnlich, sich knurrend um sich selber drehte. Aber sonst gingen die Mädchen ihm aus dem Wege, und auch er schlug einen Bogen um sie. Deshalb surrte auch der ganze Ort plötzlich wie ein Bienenstock, als es eines Tages hieß, der Franz habe einem Mädchen ein Kind gemacht. In den Büros, den Werkstätten, auf den Straßen sprach man von nichts anderem. Nur der Franz selbst wußte nichts davon. Er erschien wie immer zu den Zügen und ahnte nicht, daß er im Mittelpunkt des Interesses stand. Der Hintergrund zu der Geschichte aber war folgender:

Zu einer Zeit, als die Löhne niedrig waren und das Geld knapp, geschah es, daß eines von den Mädchen, die im Packschuppen der Viktoria-Hütte arbeiteten, sich schwanger fühlte. Aus verschiedenen Gründen, seelischer und wirtschaftlicher Art, zögerte sie die Abtreibung solange hinaus, bis niemand mehr einen Eingriff vorzunehmen wagte. Sie war weder verlobt noch an einen bestimmten Mann gebunden und wußte selbst nicht genau, wer der Vater des zu erwartenden Kindes sei. Da war, unter anderen, der Hüttenmeister Robitschek. Er galt als ein Weiberheld, und sie wußte, daß er diesen Namen nicht zu Unrecht trug. Sie traf sich unauffällig mit ihm und eröffnete ihm, wie es um sie stehe. Ob er bereit sei, zu zahlen, fragte sie ihn geradezu. »Nun hör zu, Anna«, sagte er, »und sei vernünftig, dir kommt's doch nur auf das Geld an.« Hier brach die Anna in Tränen aus, sie fühlte sich moralisch gekränkt. Aber der Hüttenmeister nahm keine Rücksicht auf ihre zarteren Gefühle und fuhr unbeirrt fort: »Was mit Geld zu machen ist, werde ich tun, ich bin nicht kleinlich; aber sonst möchte ich in die Geschichte nicht weiter verwickelt werden. Ich zahle nur unter der Bedingung, daß mein Name aus dem Spiele bleibt, verstehst du? Unter Ausschluß der Öffentlichkeit sozusagen.« Das sah die Anna ein. Ein Hüttenmeister, der mit Direktoren und anderen vornehmen Leuten Umgang hatte, konnte kaum anders handeln. Sie verlangte es auch gar nicht, daß er Vatergefühle an den Tag lege, und gab sich zufrieden mit der Lösung, die er vorschlug. Und dann sagte er zum Abschluß noch etwas – mehr im Scherz als aus Bösartigkeit –, was von der anonymen Phantasie des Glasmacherstädtchens auf dem geheimnisvollen Wege des Gerüchts sofort aufgegriffen und zu einer Geschichte verarbeitet wurde. Er sagte: »Wenn sie dich fragen, wer der Vater ist, brauchst du nur zu lachen und zu sagen: Ihr habt eben alle keine Ahnung, was der Muche Franz für ein Kerl ist.« Er selbst warf noch am gleichen Abend am Stammtisch eine diesbezügliche Bemerkung hin. Und so kam es, daß es sich im Orte herumsprach, das mit der Packerin Anna sei der Muche Franz gewesen. Man lachte und machte Witze darüber. Der Franz, nein, wer hätte das gedacht! So redeten die Leute, und der Hüttenmeister freute sich, daß er einen so guten Einfall gehabt hatte. Unterdes stand der Franz, wie immer, auf dem Bahnhof und blickte den abfahrenden Zügen nach. Noch war ihm nichts von der Geschichte zu Ohren gekommen, er hatte keinen Anteil an dem Klatsch, der das Städtchen abwässergleich durchsickerte. Aber dafür hatte seine Mutter um so schärfere Ohren, war es ihr doch aufgegeben, für den Franz mitzudenken und zu sorgen. Sie sagte kein Wort, als sie die Leute lachen hörte, obwohl es ihr weh tat und sie sich am liebsten auf die schwatzenden Kleinbürgerweiber gestürzt haben würde. Als der Franz nach Feierabend heimkam, nahm sie sich ihn vor. Er stand am Waschfaß, mit entblößtem Oberkörper, prustend und schnaufend. Sie stemmte die Arme in die Hüften und sah ihn böse an. »Ist das wahr, Franz, was die Leute reden?« – »Die Hu-unde«, knurrte er freundlich; wer konnte wissen, was sie wieder hatten, aber was ging ihn das an? Er steckte den Kopf ins Wasser, um den Seifenschaum aus den Haaren zu spülen, und spuckte. Die Mutter ergriff ihn bei den Haaren und riß ihn hoch. »Bist du närrisch, dich mit Weibern einzulassen!« schrie sie ihn an. Sein Gesicht blieb leer wie ein Stoppelfeld, und sie merkte sofort, daß er nicht begriff, wovon sie redete. Während er sich das Gesicht umständlich abtrocknete, sprach sie weiter auf ihn ein. »Hast du wirklich nichts mit ihr gehabt? Auch im Suff nicht? Überleg's dir, du! Sonst kommt sie noch und will Geld von dir haben!« – »Die Hu-unde«, erwiderte er nur, »jetzt kommen sie so«, und es klang eine tiefe Bitterkeit aus seiner Stimme.

Das Weitere unternahm die Mutter allein. Sie ging zu dem Mädchen, unaufgefordert und resolut, und redete eine halbe Stunde mit ihr. Und sie war derb und deutlich und nahm auf ihren Zustand weiter keine Rücksicht. Zuerst war die Packerin frech und blieb dabei, der Franz sei es gewesen. Doch als die Mutter nicht locker ließ, fing sie endlich an zu heulen und jammerte, mit einem Hüttenmädel könne man eben alles machen, nein, der Franz habe nichts damit zu tun, der Hüttenmeister habe sich einen Spaß machen wollen und die Geschichte erfunden. Und so gab es im Ort wieder einmal einem Skandal, von dem man in allen Nachbardörfern sprach. Die Hüttenmeisterin verreiste und wollte sich scheiden lassen, aber nach ein paar Wochen kehrte sie zurück. Die Leute hatten neuen Gesprächsstoff, und die Packerin Anna und ihr Kind gerieten in Vergessenheit. Nur in der Mutter blieb viel Erbitterung zurück. Was sollte aus dem Franz werden, wenn sie einmal die Augen für immer schloß? Das fragte sie sich oft. Er war so hilflos, dann konnten sie mit ihm machen, was sie wollten. Sie war eine alte Frau, und sie wußte, daß niemand Mitleid mit ihm haben würde. Sie hätte gern noch ein paar Jahre gelebt, bloß wegen dem Franz. Doch der Tod hatte kein Einsehen. Sie starb ganz plötzlich, nachdem sie kaum drei Tage bettlägerig gewesen war und die Nachbarn, die einen Arzt holen wollten, ausgelacht hatte. Die Fabrik widmete ihr den üblichen Nachruf, der im lokalen Anzeiger erschien und worin sie eine fleißige und treue Arbeiterin genannt wurde. Zu ihrem Begräbnis stiftete die Firma einen Kranz mit einer Schleife. Der Franz lief in einem schwarzen Anzug, der ihm viel zu eng war, hinter dem Sarge her und trug sogar einen Zylinder. Die Lächerlichkeit verließ ihn auch in diesem Augenblick nicht, er merkte indes nichts davon. Am Abend nach der Beerdigung stand er in seinen alten Kleidern, wie immer, am Bahnhof. Ein paar Leute, die ihn anzureden versuchten, um ihm ein Wort des Trostes zu sagen, wußten später zu berichten, daß er sie mit seiner Bärentatze zurückgestoßen habe wie etwas Lästiges, Aufdringliches. Er ließ niemanden in die Wohnung, wo er solange mit seiner Mutter zusammen gelebt hatte. Manchmal sah man ihn am Fenster zwischen den Blumenstöcken sitzen, die langsam verwelkten. Und dann ging er plötzlich nicht mehr auf Arbeit, und damit schnitt er den letzten Faden entzwei, der ihn noch mit der Welt verbunden hatte. Nur den beiden Abendzügen blieb er treu und versäumte weder ihre Ankunft noch ihre Abfahrt. Er sah genau so aus, wie früher, etwas verwahrloster vielleicht, aber das verwunderte niemanden. Und eines Abends, etliche Wochen nach dem Begräbnis seiner Mutter, beobachteten einige halbwüchsige Burschen, die vom Angeln kamen, wie der Franz an der Steinbrücke stand, unter welcher der Bach in den Fluß mündet. Er stand in genau der selben lässigen Haltung da, in der er auf dem Bahnhof zu stehen pflegte, wo an diesem Tage die Züge ohne ihn ein- und ausliefen. Und dann sahen die Burschen aus der Ferne, wie der Franz über die steile Böschung zum Fluß hinunterkletterte und, ohne auch nur den Hut abzunehmen oder sonst ein Kleidungsstück abzulegen, in das strömende Wasser hineinstieg. Sie riefen ihn an, aber entweder war die Entfernung zu groß, die sie von ihm trennte, oder er wollte sie nicht hören – jedenfalls watete er immer tiefer in den Fluß hinein, und ehe den Burschen die Tatsache bewußt wurde, daß sie Zeugen eines lautlosen, absonderlichen Selbstmordes, eines Sterbens aus Einsamkeit und Überdruß am Leben waren, war der Franz bereits untergegangen. Die Burschen riefen um Hilfe, eine Menschenmenge versammelte sich an der Brücke, und ein paar beherzte Schwimmer holten den Franz heraus. Man stellte die üblichen Wiederbelebungsversuche an, jedoch ohne Erfolg. Die Männer schüttelten den Kopf, und ein paar Frauen weinten. »Wer hätte gedacht, daß der Franz ein so weiches Herz hatte! Er hat den Tod seiner Mutter nicht überstanden«, sagte man. Aber wer weiß, ob die Leute recht hatten? Vielleicht hatte der Franz nur einmal in seinem Leben selbständig handeln wollen. Fragen konnte ihn keiner mehr danach. Er wurde auf Gemeindekosten beerdigt. Der Hausrat aus der kleinen Wohnung wurde öffentlich versteigert.

Bootsfahrten

Essays

Vorwort

Im Dezember 1939, als die totale Verdunklung unseres Lebens einsetzte, schrieb ich in der Zeitschrift »Die Hilfe«:

»Die Nacht kann den Geist ebensowenig verdunkeln, wie die Sonne ihn überstrahlen kann; er ist und bleibt das Hellste und Reinste, das wir Menschen kennen. Und er erstickt zuletzt immer nur an der Kleinmütigkeit und Feigheit in unseren Herzen ... Mag sich die Finsternis noch verdoppeln, sein Licht bleibt uns. Und wir haben die Wahl: uns entweder wie eine Horde Schafe zusammenzupferchen und mit dumpfem Geblök auf das geheimnisvolle Wehen des Nachtwindes zu reagieren, oder den Stolz und den Mut zum Alleinsein zu finden, hinauszutreten in die unendliche Nacht, und zu spüren, wie der Fluch, den wir auf den Lippen haben, sich in einen Gruß verwandelt.

Alle Stärke und alle Finsternis ist in uns, die Außenwelt ist nur der untrügliche Spiegel unseres jeweiligen Versagens oder Bewährens. Nicht zufällig tritt die Dunkelheit heute als Realität in Erscheinung. Auch wenn wir morgen wieder die Lampen anzünden würden, um sie zu vertreiben, bliebe sie bestehen. Der Mensch erhält immer genau die Welt, die er verdient. Ich, für meinen Teil, nehme die Schuld auf mich; denn wenn ich mich heute in der Dunkelheit beobachte und sehe, wie vieles kleinlich, feig und zerknickt an mir ist, und wie mir in der Nacht manchmal ein Gefühl im Halse würgt, als müßte ich ersticken, dann weiß ich, daß es die Nacht in mir ist, die Nacht ohne Sterne, die mich quält und die ich stündlich bekämpfe.«

Diese Worte kamen mir bei der Zusammenstellung der in diesem Band vereinten Essays wieder ins Gedächtnis; sie sind in ihrer Mehrzahl zu der Zeit entstanden, als Herr Josef Goebbels die Oberaufsicht über das deutsche »Schrifttum« führte, und zwar aus ebenso instinktiver wie bewußter Opposition gegen dieses »Schrifttum«. Einige haben sogar damals den Weg in die Öffentlichkeit gefunden und sind in gerade noch geduldeten Zeitschriften erschienen. Sie fanden den Beifall einer sehr hellhörigen kleinen Minderheit, die diese Zeitschriften bezog und sie weiterverbreitete, und es kam damals keinem von uns in den Sinn, daß wir uns mit »Blut und Schande« besudeln könnten, wie es uns von Thomas Mann vorgeworfen worden ist, indem wir, stets der Verhaftung gewärtig, uns um begriffliche Klarheit und sprachliche Sauberkeit bemühten. Diese Arbeiten gehören zu mir und zu meinem Leben. Ich hänge besonders an ihnen, gerade weil ich sie damals geschrieben habe, als wir von der Welt abgeschnitten waren und jenes Alleinsein mit dem eigenen Gewissen lernen mußten, von dem ich in dem oben zitierten Aufsatz gesprochen habe.

Was den Titel »Bootsfahrten« betrifft, so habe ich ihn gewählt, weil ich das Essayschreiben als eine Art geistigen Bootfahrens auffasse. Gern hätte ich zur Abrundung des Ganzen noch andere Arbeiten und Tagebuchaufzeichnungen in den Band aufgenommen; aber das Bündel mit diesen Manuskripten liegt in einem Keller jenseits der Neiße. Ich hatte es vor der Gestapo dorthin in Sicherheit gebracht.

Ich freue mich, daß die Fernsteuerung der Literatur nun endlich aufgehoben ist und daß wir wieder auf Wassern fahren können, die uns solange versperrt waren.

Berlin, im Juni 1947 — Herbert Roch

Bootsfahrten

Ich kenne keinen angenehmeren Reiz, als in ein Boot zu steigen und vom Lande abzustoßen. In dem Augenblick, da sich das Fahrzeug vom Ufer löst, fallen tausend Beschwerlichkeiten von mir ab. Ich bin schon oft verstimmt und mißvergnügt hinausgefahren, aber noch nie anders als froh und glücklich zurückgekehrt. Manchmal nimmt man einige besonders finstere und traurige Gedanken ein Stück mit hinaus aufs Wasser. Aber wenn erst die Wellen anfangen, um den Kiel zu singen, wenn der Wind um Kopf und Brust weht, fühlt man immer deutlicher, wie sie zu wesenlosen Phantomen zusammenschrumpfen. Ihre Giftstacheln trocknen ein, und meistens vergeht keine halbe Stunde, ohne daß sie ganz von selbst über Bord springen und Selbstmord verüben. Das ist der Moment, in dem die Fahrt erst richtig beginnt. Es kommt nicht auf die Größe oder die Eleganz des Bootes, das einem gerade zur Verfügung steht, an, sondern auf den Menschen, der sich hineinsetzt. Das beste Rennpferd nützt einem nichts, wenn man nicht reiten kann, und das schönste Boot bleibt eine Fähre menschlicher Torheiten, wenn es von einem Narren gelenkt wird. Wer nicht intensiver hört, sieht und schmeckt, sobald er hineinsteigt, ist nicht zum Bootfahren geschaffen. Der Blick muß schärfer, der Pulsschlag schneller, der Geist freier werden. Man muß dahintreiben wie in der Strömung eines tiefen und starken Gefühls. Oft schon hat mir eine solche Bootsfahrt Befreiung und Erlösung von quälenden Gedanken gebracht. Man fühlt, wie das Wasser den Bootskörper trägt, und nimmt voller Entzücken wahr, wie er, der auf dem Lande plump und unbeholfen auf hölzernen Böcken ruhte, sich in ein Ding voller Leichtigkeit, in ein schönes Spielzeug der Wellen verwandelt. Der häßlichste Schwan, der schwerfälligste Kahn sind auf dem Wasser schön. Deshalb gibt es auch für mich kaum einen traurigeren Anblick als den eines Bootshauses oder einer kleinen Bootswerft im Winter, wenn sich ein freudloser Himmel niedrig über zugefrorenen und verschneiten Seen ausbreitet und die Boote, in graues Segeltuch gehüllt, tot auf dem Lande liegen. Der Anblick eines gesunkenen Schiffes könnte mich nie so tief schmerzen wie der Anblick eines Bootes an Land. Nichts wirkt so bedrückend auf das Gemüt wie Dinge, die in einem ihnen fremden Element langsam verkommen. Mir ist es immer gewesen, als beginge ich etwas Unrechtes, wenn ich ein Boot aus dem Wasser zog, und nie war ich mit reinerem Gewissen und mit mehr Freude bei der Sache, als wenn es galt, ein Boot ins Wasser zu lassen.

Erst auf dem Wasser entfaltet sich die Seele eines Bootes, und es hat etwas Rührendes, wenn es auf der ersten Ausfahrt, nach langer winterlicher Gefangenschaft, anfängt, gleichsam Atem zu schöpfen. Es ist, als ob es aus Schlaf und Verzauberung erwachte. Der erste schöne Frühlingstag gibt es seinem Element zurück. Festlich flattern die bunten Wimpel, festlich leuchten die frisch aufgelegten Farben. Hinter den Wäldern, die die Ufer umsäumen, wartet der junge Sommer auf die Ankunft des ersten Bootes. Wasserhühner und Enten tummeln sich zwischen den grünen Bambussprossen des Schilfes, und Taucher stecken ihre blanken, nackten Köpfe aus der Flut. Überall herrscht eine glückliche Unruhe, drängt es sich jauchzend zum Licht. Schön sind diese Tage des Aufbruchs, da jeder Sonnenstrahl ein Geschenk ist, und man von den Göttern nichts weiter verlangt als beständiges Wetter. Man muß sie in einem Boot erleben, wenn man sie voll und ganz genießen will. Noch hat die Sonne nichts von der brennenden und sengenden Glut des Hochsommers. Ihre Strahlen verletzen nicht, sie wärmen nur. Man legt die Kleider ab und badet in der milden köstlichen Luft, die nur einmal im Jahr so erquickend und belebend auf Körper und Geist wirkt. Der Tag ist so ruhig, ausgeglichen und still, so vollkommen in der Schwebe, daß Bewegung und Stillstand aufhören, Gegensätze zu sein. In diesem kaum spürbaren Dahingleiten ist beides enthalten, und alles ist so richtig verteilt, daß selbst das häßliche Schnarren und Plärren eines Grammophons, ohne das sich manche Leute nicht aufs Wasser begeben können, kaum das Gleichgewicht stört. Das junge Grün an den Ufern tut den Augen wohl. Man ist nie so weit entfernt vom Land, daß man seine Schönheiten nicht mit allen Sinnen wahrnehmen könnte. Wie eine Schutzmauer halten die Wälder alles Laute und Lärmende ab. Alles neigt sich dem Wasser zu. Das Land steigt zu den Seen nieder, die Berge zum Meer. Jeder See hat etwas von der Ruhe und Selbstsicherheit eines Gesetzgebers, von der unfaßbaren Weisheit, die Landschaften plant und baut. Deswegen ziehe ich Fahrten über Seen den Fahrten auf Flüssen vor.

Es liegt mir nichts daran, lange Strecken möglichst rasch zurückzulegen; wenn ich in einem Boot sitze, neige ich mehr zur Beschaulichkeit als zur Hast und schwimme lieber auf stillen Wassern, als daß ich durch Stromschnellen schieße. Ich will nicht alte Kräfte verschwenden, sondern neue sammeln. Ich weiß, daß eines durch das andere geschieht, und rede, wenn ich von Beschaulichkeit spreche, nicht jener verächtlichen Trägheit das Wort, die sich kaum zehn Meter vom Ufer entfernt und dort wie eine Sumpfblume auf den Wellen liegt. Ich finde das ebenso entwürdigend wie das andere Extrem, die blinde Rekordraserei über das Wasser. Es mag für das Selbstgefühl mancher Menschen unentbehrlich sein, andere bei jeder Gelegenheit zu überholen, aber der Schweiß, den man nur aus Minderwertigkeitsgefühlen vergießt, hat für mich immer einen besonders üblen Geruch gehabt. Auch auf dem Wasser weht er einem manchmal ins Gesicht. Ich habe Leute rudern sehen, als wären sie die Galeerensklaven irgendeines machthungrigen Königs und als stände ein Aufseher mit geschwungener Peitsche hinter ihnen. Mit zusammengebissenen Lippen und verzerrten Gesichtern saßen sie auf den Ruderbänken, und ihr ganzes Bestreben war darauf gerichtet, schneller als andere zu sein. Ich, für mein Teil, habe für diese Art von *Wassersport* wenig Verständnis, sondern bin mehr für Wasserspiel und Wasserfreude.

Auch ich rudere gern einmal aus vollen Kräften, wie ich gern einmal renne, aber nicht um den Ruhm zu ernten, eine Sekunde früher an das Ziel zu gelangen als irgendein Mitbewerber, sondern aus Vergnügen an der Anspannung aller Muskeln. Nie habe ich das Rudern oder das Segeln als einen Sport betrieben und die Riemen auf Kommando in das Wasser getaucht. Es war immer eine Atmosphäre von Freiheit, die ich auf dem Wasser suchte. Nicht auf das Ziel, auf den Weg kam es mir an, auf das gleichmäßige Dahintreiben unter sommerlichen Himmeln, das viele und feine unaussprechliche Freuden birgt. Für mich ist das Bootfahren stets mit einer gewissen Nachdenklichkeit verbunden. Ich bin dabei vielleicht noch schweigsamer als sonst, weil ich die Gedanken, die mir zuströmen, während ich die Paddel ins Wasser tauche, nicht gern durch Worte ersticken möchte. Es sind meistens solche Gedanken, die gerade erst aus den Eierschalen eines Gefühls ausgekrochen sind, kleine flaumige Gedankengeschöpfe, die noch der Pflege bedürfen und ins Nest und nicht in die Öffentlichkeit gehören, wie sie an einem Tage im Frühsommer manchmal aus dem Wasser steigen, das sich gerade erst so weit erwärmt hat, daß man der Versuchung, ein Bad zu nehmen, kaum widerstehen kann.

Man ist glücklich zu preisen, wenn man einen Gefährten bei sich hat, der zu schweigen versteht und dessen Zunge nicht unaufhörlich Kluges und Banales durcheinander schwatzt. Man sollte sich nie mit Leuten aufs Wasser wagen, die, sobald das Bootshaus aus dem Gesichtskreis entschwunden ist, einen Anfall von Langeweile bekommen. Sie können einem den schönsten Tag verderben. Bei ihnen ist alles Sinnen auf Zeitvertreib gerichtet, und es ist ihnen selten wohl, ehe sie nicht den magischen Spiegel einer Mittagsstunde zertrümmert, den See entzaubert und ihre eigene Flachheit und Leere an den Ufern aufgepflanzt haben. Sie nehmen von einer stillen Bucht ebenso uneingeschränkt Besitz wie von einem Platz in der Straßenbahn. Wo sie in Massen auftreten, können sie einen See in kürzester Zeit in einen Hinterhof der Natur verwandeln. Da gibt es Streit, Klatschsucht, Zank, Niedertracht und Bosheit, und es bleibt dem Sucher von Stille und Schönheit nichts übrig, als weiterzufahren, an bewaldeten Landzungen vorbei und flachen, weithin sich ausdehnenden Wiesen, auf denen das Heu trocknet und duftet, bis nichts mehr von ihnen zu hören ist und nur noch ein Kuckucksschrei aus fernem Gehölz über das Wasser tönt.

Die ersten Erfahrungen mit Booten sammelte ich auf einem Teich, der in der Nähe jener Ortschaft lag, in welcher ich aufwuchs. Es war ein zahmer, harmloser Teich, kaum größer als ein Ententümpel, aber ich werde ihn nie vergessen, denn einmal besaß er die Unbegrenztheit und Wildheit des Weltmeeres für mich. Mehrere Wochen hindurch, so oft das Wetter es erlaubte, verbrachte ich fast jeden schulfreien Nachmittag auf seinen Wassern. Abseits vom Dorf, von einer Berglehne geschützt, auf der einen Seite von Weidensträuchern umgeben, zum großen Teil verschilft, nach den Wiesen zu offen, erstreckte er sich, nur für den Eingeweihten leicht auffindbar, ins Land. Ein Geruch von Moder und Schlamm umgab ihn besonders an windstillen Tagen. Noch heute weht mich dieser Geruch manchmal an und bringt mir alles vor Augen und ins Gedächtnis, was ich damals mit der Leidenschaft des Knaben trieb. Ich spüre das heiße Holz des Bootssteges unter meinen Füßen und sehe die morschen, schwerfälligen Kähne, um deretwillen ich hauptsächlich hinzog, auf dem flachen Wasser liegen. Es war eine traurige und verwahrloste Flotte, aber für mein

Gefühl wurde sie von keinem Geschwader der Welt übertroffen. Die Farben der einzelnen Kähne, die einst vor langer Zeit frisch und leuchtend gewesen sein mochten, waren längst verblichen. Eine grünliche Schimmelschicht bedeckte ihr Äußeres und kennzeichnete sie besser als jede Flagge. Keiner war völlig wasserdicht, und einige waren bereits halb gesunken. Wrackartig versperrten sie die Ausfahrt und bohrten sich von Tag zu Tag tiefer in den Sand. Niemand steuerte diesen Verfall. Der Besitzer des kleinen Wirtshauses, zu dem der Teich gehörte, schien ihr Dasein vergessen zu haben und machte sich nicht einmal die Mühe, sie zu Brennholz zu zerhacken. Für den Groschen, den ich meiner Mutter abzuschmeicheln verstand, gelangte ich täglich ohne Umstände aufs neue in ihren Besitz. Ich mußte immer erst eine gewaltige Schöpfarbeit leisten, ehe ich ein Boot so weit klar hatte, daß ich mich auf das Wasser wagen konnte. Aber der Schweiß, den es mich kostete, war nicht umsonst vergossen. Außer einer lebhaften Phantasie, die dort, wo ich mit dem Herzen beteiligt bin, gern alle Mängel in Vorzüge umdichtet, während sie im entgegengesetzten Falle jeden Vorzug in einen Mangel verwandelt, brachte ich ein natürliches Talent zum Rudern mit, das sich hier frei und ohne Aufsicht entwickeln konnte. Und da mir die Sache Freude bereitete und eine wirkliche Liebe mich mit den alten Kähnen verband, lernte ich spielend, was ich unter Zwang und Bevormundung vielleicht nur mit Widerwillen gelernt hätte. Ich lernte dem Wasser vertrauen und mit Booten umgehen. Es gab bald keinen Ruderstil, den ich nicht beherrschte. Die Sommernachmittage auf dem Teich waren fruchtbar und reich an Erlebnissen. Da mir jeder Nachmittag, den ich nicht auf dem Wasser zubrachte, verloren erschien, fing ich an, auf die Anzeichen zu achten, die einen Witterungsumschlag ankünden. Mit geschärftem Ohr und wachem Sinn lauschte ich dem Konzert der Frösche und dem Gesang der Vögel. Ich achtete darauf, ob die Fische aus der Flut schnellten oder ob sie es vorzogen, träge auf dem Grund zu ruhen. Der niedrige oder hohe Flug der Schwalben wurde mir bedeutsam. Ich sah Dinge, an denen ich früher achtlos vorübergegangen war. Der Teich und seine Umgebung hatten täglich ein anderes Gesicht. Im Boot liegend, blickte ich in den Himmel und verfolgte die großen, weißen Sommerwolken auf ihrer Reise über das Land. Ich kam der Natur so nahe, wie ich ihr noch nie gewesen war. Aber ich brachte es auch fertig, sie völlig zu ignorieren und nur aus der Phantasie zu leben. Dann wurde der Kahn zu einem Schiff von ungeahnter Schnelligkeit. Innerhalb einer halben Stunde hatte ich Weltteile mit ihm umsegelt, fremde Küsten angelaufen, Piraten in die Flucht geschlagen und meine Einbildungskraft erschöpft. Nicht nur mein Blick für die Wirklichkeit, auch meine Träume wurden intensiver. Die alten Kähne belohnten mich auf viele Arten für die Treue, die ich ihnen hielt. Sie gaben mir die Kraft doppelt und dreifach zurück, die ich anwenden mußte, um sie von der Stelle zu bewegen. Sie machten meinen Geist lebendiger und meinen Körper geschmeidiger. Meine Eltern waren so klug, mich gewähren zu lassen. Sie wußten, daß eines Tages auch diese Verzauberung ihr Ende erreichen würde. Und so kam es auch. Mein Interesse wandte sich neuen Objekten zu, ich zog vom Teich zum Fluß, von den ruhenden Gewässern zu den fließenden, den lebendigen Spiegeln meiner aufkeimenden Sehnsucht nach Ferne und Weite. Der enge Umkreis des Teiches wurde mir zu klein, ich strebte größeren Räumen zu. Von Bootsfahrten reden, heißt für mich die Erinnerung an Tage heraufbeschwören, die sich von anderen durch einen besonderen Glanz abheben. Wasser und Boote waren immer so etwas wie Heimat für mich. Das wurde mir nie so deutlich bewußt wie in den Jahren, die ich in der Fremde verbrachte. Wenn mich die Erde nicht mehr tragen wollte, wenn ich vor Einsamkeit zu ersticken drohte, flüchtete ich stets, von einem starken und richtigen Instinkt getrieben, auf das Wasser. Ich habe vieles vergessen, was sehenswert und eigenartig war an Städten, in denen ich arbeitete oder die ich bereiste; aber die Wasserläufe, von denen sie ihre Namen bezogen oder die ihren Charakter bestimmten, sind meinem Gedächtnis unauslöschlich eingeprägt. Ein See besonders ist mir in diesem Zusammenhang teuer, weil er eng mit den Gefahren und Schwierigkeiten verknüpft ist, die Jugend und Fremde mir bereiteten. Er ist einer der schönsten, die ich kenne, obwohl ich zugebe, daß ich ihn mit den Augen eines Verliebten sehe. Er liegt mitten in einer von den größten und modernsten Städten Kaliforniens. Der Verkehr braust an seinen Ufern entlang, aber trotz der unmittelbaren Nähe von Häusern und Automobilen haftet ihm etwas Unberührtes und Abgeschiedenes an, das mich in meinem damaligen Zustand tief ergriff. Oft, wenn ich müde von der Arbeit kam oder enttäuscht von vergeblichen Streifzügen durch die Stadt zurückkehrte, auf denen ich etwas suchte, für das ich keinen Namen wußte und das ich nirgends fand, war er meine einzige Zuflucht.

Dann mietete ich ein Boot und ruderte hinaus, durchmaß den See in rascher, sinnloser Fahrt und in verzweifelter Stimmung und fühlte plötzlich eine heitere Ruhe in mir aufsteigen, die mir unsäglich wohltat und die das Angesicht der Stadt völlig veränderte. Vom Wasser und vom Boot aus sah ich meine Umgebung, die mich zu anderen Zeiten bedrückte und mich zum Widerstand herausforderte, in einem versöhnlichen Licht. Ich sah die fernen Hügel, die wie eine Schutzmauer am Horizont aufgetürmt waren, im Abendschein erglühen und unterschied zum erstenmal seit Monaten selbstgeschaffene Schreckbilder und Wirklichkeit. Ich starrte nicht mehr gebannt in den Abgrund der eigenen Brust, sondern spürte etwas von der Harmonie, die Stadt und Landschaft zu einem Ganzen formte. An manchen Sonntagen war ich schon so früh am Bootshaus, daß ich warten mußte, bis es geöffnet wurde. Selten zog es andere Leute so zeitig zum See hinunter. Dann gehörte er mir ganz allein, niemand störte mich, und ich brauchte auf niemanden Rücksicht zu nehmen. Aus wunderlicher Scheu davor, daß ich etwas zerstören oder zerbrechen könnte, tauchte ich die Riemen behutsam in die klare, kaum gekräuselte Flut, in welcher sich der strahlende Sommertag mit allen Lichtern spiegelte. Während die endlose Kolonne der Stadtflüchtlinge auf Motorrädern und in Kraftwagen gepfercht am See vorüberglitt, ruhte ich allein im Boot, ein losgesplittertes Atom aus dem Gefüge des Lebens und doch in einer Welt, die ganz mein eigen war. Das war Seligkeit und Verdammnis zugleich. Manchmal schmerzte mich ein Mädchenlachen, das vom Ufer herüberklang, doch ohne diesen Schmerz hätte die Stunde des feinsten Reizes entbehrt. Sehnsucht und Stolz waren meine einzigen Begleiter auf diesen Fahrten, und um ihretwillen denke ich gern an die kalifornische Stadt.

Einmal war ich hoch oben im kalifornischen Gebirge an einem See, der damals noch wenig von Sommergästen überlaufen war. Dichte Wälder umgaben ihn, und die hohen, nackten Bergkuppen schauten auf ihn nieder. In seiner Nähe befand sich ein Kinderlager, und ich hatte mich einem Bekannten, der seinen dort weilenden Sohn besuchen wollte, angeschlossen, um meinem möblierten Zimmer auf kurze Zeit zu entgehen. Während jener sich mit seinem Jungen beschäftigte und sich über die Zustände im Lager unterrichten ließ, ging ich zum See hinunter und begab mich aufs Wasser. Ich hatte niemandem etwas von meinem Vorhaben mitgeteilt und genoß die Freiheit und Ungebundenheit der Stunde in vollen Zügen. Da ich niemanden danach gefragt hatte, hatte mich auch niemand vor den Tücken des Sees gewarnt. Leichten Herzens und völlig unvorbereitet auf einen Kampf mit Sturm und Wellen fuhr ich hinaus. Das Boot schoß schnell und mühelos dahin. Ich entfernte mich immer weiter von dem Ufer, von dem ich abgestoßen war, ohne dem jenseitigen sichtlich näher zu kommen. Der See war viel größer, als er dem Auge auf den ersten Blick erschien. Die Wälder rückten zu undurchdringlichen dunklen Massen zusammen, und die zerklüftete Pracht des Felsengebirges flimmerte in der heißen Luft. Kein Laut vom Land erreichte mich mehr. Ich lehnte mich über den Rand des Bootes und schaute lange in das klare, durchsichtige Wasser. Es war von einer wunderbaren, hellgrünen Farbe, und die Sonne brach sich mit solcher Kraft darin, daß ich geblendet die Augen schließen mußte. Als ich sie wieder öffnete, war ich erstaunt über die Veränderung, die im Wasser und am Himmel stattgefunden hatte. Das Wasser hatte seinen Glanz verloren, der Himmel seine Reinheit und seine Bläue. Innerhalb weniger Sekunden war der Sonnenball wie weggezaubert. Die Finsternis nahm zu, die Hitze ließ nach. Ich begann zu frieren. Aus allen Ecken und Richtungen erhob sich ein unheimliches Brausen. Ehe ich noch überlegen konnte, was zu tun wäre, stürzte sich der Sturm mit aller Wildheit über den See. Die feste Welt versank gleichsam vor meinen Blicken. Berge, Wälder, Ufer, alles war verschwunden. Aus den schwarzen Wolken prasselte ein eisiger Regen nieder. Die Tropfen schlugen mir mit derartiger Heftigkeit ins Gesicht, daß ich glaubte, jemand schlüge mit einer Peitsche auf mich los. Ich fühlte mich gezüchtigt und der Vernichtung preisgegeben. Gischtsprühende Wellenberge hoben das Boot empor und schleuderten es hin und her. Sturm und Wasser ließen ihre ganze Wut an ihm aus. Außer dem Boot, das mich trug, existierte im weitesten Umkreis nichts, worauf sie sich hätten werfen können. Vom Regen bis auf die Haut durchnäßt, vom Wind halb betäubt, bis über die Knöchel im Wasser sitzend, das von Minute zu Minute höher stieg, klammerte ich mich an die Riemen und ruderte ununterbrochen. Ich wußte, daß ich mich von dem Augenblick an für verloren betrachten konnte, da ich aufhörte zu rudern oder einen von den Riemen über Bord gehen ließ. Solange ich sie in der Hand hatte, war ich Meister des Bootes. Meine Lage blieb trotzdem unangenehm und gefahrvoll genug. Es war ausgeschlossen, irgendeinen Kurs einzuhalten oder irgendeine Himmelsrichtung festzustellen. Nach einem Schiffbruch hätte ich nicht hilfloser dahintreiben können. Ich wußte nichts von der Beschaffenheit des gegenüberliegenden Ufers. Wenn es felsig war und ich lief mit der Geschwindigkeit, in welche mich der Sturm versetzte, dagegen an, so würde das Boot in Trümmer gehen. War es voller Untiefen, würde ich kentern. Keines von beiden war eine besonders verlockende Aussicht. Ich konnte nur noch meinem Glück vertrauen und bis zuletzt einen klaren Kopf behalten. Ich machte die Erfahrung dabei, daß die Genußfähigkeit des Geistes und der Sinne selbst in Todesgefahr nicht aufhört. Ich schmeckte das Regenwasser, das mir über das Gesicht lief und sich mit dem Schweiß vermischte, der mir trotz der empfindlichen Kälte aus allen Poren drang. Er verlieh dem Wasser einen salzigen Beigeschmack. So sehr ich vom Aufruhr der Elemente betroffen war, so sehr blieb alles Schauspiel für mich. Ich fühlte weder Schmerzen noch Angst, sondern nur einen ungeheuren Druck. Manchmal war ich nahe daran, in schallendes Gelächter auszubrechen, obwohl mein Gesicht sicherlich starr wie eine Maske war. Das Boot füllte sich zusehends mit Wasser. Bald, so gestand ich mir, würde es seeuntüchtig sein. Ich traf diese Feststellung, wie man vom Überlaufen eines Gefäßes redet. Ich wußte, daß ich nichts verhindern und nichts aufhalten konnte. Ohne eine Sekunde auszusetzen, tauchte ich die Riemen immer wieder von neuem ins Wasser. Aus dieser Tätigkeit schöpfte ich Gleichmut und Geduld. Es war wie eine Probe. Hätte ich mich zu einer einzigen unüberlegten Bewegung, zu einem einzigen sinnlosen Handgriff verleiten lassen, so hätte diese Bootsfahrt bald ein schlimmes Ende gefunden. Aber als einzelner ist man jenem merkwürdigen Verlust der Selbstkontrolle, der einer Panik vorausgeht und sie begleitet, kaum ausgesetzt. Eine Panik entsteht nur unter einer Vielzahl von Menschen. Je kleiner die Gruppe ist, um so leichter ist es, eine gewisse Disziplin aufrechtzuerhalten. Endlich klärte es sich auf. Der Wind wehte mit unveränderter Heftigkeit weiter, aber es fiel plötzlich Licht in den dunklen Schacht, der mich so lange umgeben hatte, und ich konnte mich orientieren. Ich vermochte die Umrisse des Ufers wahrzunehmen. Die Welt bekam wieder Kontur und Farbe. Nach einer mit gewaltigen Anstrengungen verbundenen Fahrt gelangte ich endlich in die Nähe des Anlegesteges. Man hatte mich vermißt und hielt bereits Ausschau nach mir. Der Sturm, gegen den ich noch immer anrudern mußte, trug mir die Stimmen der Rufenden in voller Lautstärke zu. Jetzt erst, als ich mich schon für geborgen halten konnte, versagten meine Kräfte. Ich fühlte, wie sich meine Hände mit Blasen bedeckten und wie mir die Sinne zu schwinden drohten. Ich zitterte am ganzen Körper. Man hob mich aus dem Boot. Jemand flößte mir etwas zu trinken ein. Ich glaube, es war Kaffee. Ich war so erschöpft, daß ich keinen Geschmack mehr hatte. Aber ich erholte mich schnell. Und an den Verwüstungen, die der Sturm am Ufer angerichtet hatte, konnte ich seine Stärke ablesen. Das Unwetter verzog sich so schnell, wie es gekommen war. Als ich, bevor wir abfuhren, noch einmal zum See hinunterging, lag er ruhig und still unter einem abendlich blauen Himmel. Die Indianer hatten ihn einst den See mit den zwei Gesichtern genannt. Und ein alter Holzfäller, mit dem wir zum Abschied einen Schnaps tranken, erzählte uns, daß das Wild bei den großen Waldbränden, die in dieser Gegend häufig ausbrachen, aus einem merkwürdigen Instinkt lieber den Flammentod wählte, als Rettung in diesem See zu suchen.

Zu den schönsten Erlebnissen in einem Boot rechne ich die Fahrten, die als ich Küchenjunge über die Bucht von Pebble Beach unternahm. Sie waren in einem hohen Sinn romantisch und trugen viel zur Entstehung einer Jünglingsfreundschaft zwischen mir und einem fast gleichaltrigen Albanier bei, der wie ich an Heimweh litt und mir in der Liebe zur Musik, zur Dichtung und zum Meer in nichts nachstand. Wir hatten beide große Pläne, was unsere Zukunft betraf, und keiner von uns nahm die Küchenarbeit, durch die wir unsern Lebensunterhalt verdienten, übertrieben wichtig. Er verfügte über eine außergewöhnlich schöne Stimme, der es nur an Schulung fehlte, und wollte Sänger werden, während ich Gedichte und Dramen schrieb, von denen ich hoffte, daß sie mir Ruhm und Geld eintragen würden. Es war eine herrliche Zeit für uns beide. Kein Problem war zu groß für uns, keine Frage zu schwierig. Alles war Erwartung und durchpulst von einer Kraft, die vor keinem Unternehmen zurückschreckte. Fast jede freie Stunde benützten wir zu einem Ausflug auf das Meer, das unsere Hoffnungen und Träume nährte und uns für vieles entschädigte, auf das wir notgedrungen verzichten mußten. Oft wagten wir uns in unserem Boot so weit hinaus, daß wir in das Kielwasser der großen, zwischen San Franzisko und Los Angeles verkehrenden Dampfer gerieten. Und einmal widerfuhr es uns sogar, daß man uns für Schiffbrüchige hielt und Anstalten traf, uns aus einer Lage, die den

Leuten auf dem Schiff höchst beklagenswert erscheinen mochte, zu befreien. Mit einer Arie, die ihm Gelegenheit bot, seine ganze Kunst zu entfalten, klärte mein Freund Kapitän und Passagiere des Dampfers über den Irrtum auf, in dem sie sich befanden, und wohl selten ist ein Sänger unter seltsameren Umständen zum erstenmal vor ein größeres Publikum getreten. Er sang, als hinge ein Engagement an die Große Oper in New York davon ab. Der Kapitän und die Matrosen fluchten, während einige Fahrgäste, die Humor genug besaßen, das Komische der Situation zu würdigen, Beifall klatschten und uns durch Zeichen und Gesten zu verstehen gaben, daß wir sie auf der Rückreise wieder so gut unterhalten sollten. Aber wir waren unfreiwillig in dieses Abenteuer hineingeraten und hatten nicht die Absicht, ein Gewerbe daraus zu machen, das uns wohl bald in empfindlichen Konflikt mit den Behörden gebracht haben würde. Von nun an vermieden wir es, von größeren Schiffen entdeckt zu werden, und schlossen uns mit unserem Ruderboot nur manchmal für eine Weile den ausziehenden Fischern aus Monterey an, unter denen sich viele Italiener befanden, die ebenso sangeslustig waren wie mein albanischer Freund und unter seiner Leitung ein Ensemble bildeten, auf das jede Opernbühne hätte neidisch sein dürfen. Meistens jedoch stiegen wir in das Boot, um ganz für uns zu sein und mit den Menschen für eine kurze Zeit nicht in Berührung zu kommen. Das Ziel unserer Fahrten war fast ausschließlich Carmel by the sea, jene kleine Künstlerkolonie, die sich an einem flachen sandigen Strand beschaulich zwischen bewaldeten Hügeln hinstreckt. Wir träumten beide häufig davon, uns später einmal dort niederzulassen, und vom Meere aus, in einem Boote dahintreibend, das uns nicht selbst gehörte, arm, jung und namenlos, suchten wir den Platz aus, auf dem einst unser Haus stehen sollte. Unsere Phantasie eilte dem Gang der Jahre voraus, und keiner von uns zweifelte an der Erfüllung seiner kühnsten Wünsche. Die Bucht von Pebble Beach und weite Strecken des Meeres gehörten uns bereits. Warum sollte uns nicht einmal ein Stück Land am Strand von Carmel gehören? Wenn ich ein Wahrbild meiner Jugend suche, brauche ich mich nur an diese Fahrten zu erinnern. Bedürfnislos bis zum äußersten in manchen Dingen und in anderen anspruchsvoll bis zum letzten, arm an Erfahrungen und reich an Träumen, begeisterungsfähig für alles Schöne, vom Zauber der See ergriffen, die Kunst in der Natur und die Natur in der Kunst suchend, so waren wir in diesen fernen Tagen, als unser Leben begann und ein Boot der Inbegriff aller Herrlichkeit für uns war. Es war das goldene Zeitalter der Freundschaft, des unerschütterlichen Glaubens in die eigenen Fähigkeiten und einer reinen und keuschen Liebe zum eigenen Schicksal. Einen ganzen Sommer hindurch setzten wir diese Fahrten fort und gelangten durch das Boot in ein so intimes Verhältnis zum Meer, wie man es vom Strand oder von Bord eines Schiffes aus nie erreichen kann. Ich entsinne mich windstiller, heißer Tage, an denen die Bucht von Pebble Beach reglos unter hohen Himmeln lag und an denen das Wasser schwerflüssig wie geschmolzenes Metall von den Riemen troff. Die See schien zu schlafen, und selbst draußen am Vorgebirge, wo der Wind selten in anderer Form denn als Sturm in Erscheinung trat, war das Wasser von einer Glätte, die dem Wesen des offenen Meeres geradezu widersprach und uns an Zauberei und Beschwörung denken ließ. An solchen Tagen, umgeben von der unheimlichen Mittagsstille, die über den weiten Wassern lastete, kamen wir uns selbst verzaubert vor und fürchteten, daß der schimmernde, gleißende Spiegel der See mit einem Klirren zerbrechen und wir in ungeahnte Tiefen abstürzen könnten. Die Wasserfläche sah aus wie geschliffenes und poliertes Glas; man hatte manchmal das Gefühl, als könnte man sich die Hand zerschneiden, wenn man sie hineinsteckte. Vom Horizont bis zu den Kiefern längs der Küste war nicht die Spur einer Welle zu entdecken. Die Riesenglocke des Himmels schien jeden Luftzug abzuhalten. Während wir schweißüberströmten Angesichts dahinfuhren, keinen Fisch, keinen Seehund, keinen Vogel sahen, während das Wasser sich lautlos und schnell hinter unserm Kiel zu einer magischen Einheit zusammenfügte, erstarb unser Geschwätz, und wir fanden uns plötzlich einer Natur gegenüber, die von einer großartigen Gleichgültigkeit gegen alles Lebendige war und unsere Seelen in Schrecken versetzte. Nie war sie uns so fremd, gleich alten Götterbildern aus versunkenen Tagen so mit Geheimnis umwittert wie in solchen Augenblicken. Sie schaute auf uns mit dem Lächeln einer Sphinx, das niemand ertragen und niemand deuten kann. Grausam, mitleidslos und kalt war dieses Lächeln. Es tötete den Spieltrieb der Delphine, an deren munterem Treiben wir uns oft ergötzten, und es verschlug meinem Freunde die Stimme. Ich bat ihn einmal, er möchte doch etwas singen. Er öffnete den Mund, brachte jedoch keinen Ton über die Lippen und schaute mich mit unaussprechlichem Entsetzen an.

Wir waren wie mit Stummheit geschlagen, und erst auf der Heimfahrt, als ein kühler Wind von den Bergen wehte, löste sich der Bann. Wir stimmten ein Danklied an, ausziehende Fischer fielen ein, und so tönte bald ein vielstimmiger Wechselgesang über das atmende Meer, der uns selbst und alle Kreaturen erquickte.

Selten ließen wir uns durch die Ungunst des Wetters von unseren gewohnten Fahrten abschrecken. Die See mußte schon nahe daran sein, Vernichtung und Tod zu speien, wenn sie uns zum Verzicht zwingen wollte. Je aufgeregter das Wasser war, um so mehr Vergnügen bereitete es uns, unsere Kräfte mit der Stärke der Wellen zu messen. Man schaute uns oft mit Kopfschütteln nach und sparte nicht mit Warnungen und düsteren Prophezeiungen, wenn wir, die wohlbekannten Anzeichen eines heraufziehenden Unwetters mißachtend, dennoch losfuhren, unsere Kleidungsstücke unter die Bänke stopften, um sie vor der Nässe zu schützen, und, aus vollen Kräften rudernd, hinter den von weißen Gischtwolken umsprühten Felsen verschwanden, die der Bucht vorgelagert waren. Wir kannten die Stelle, wo der Sturm auf uns lauerte, um uns mit aller Heftigkeit zu packen und uns auf die Probe zu stellen, ob wir etwa inzwischen weich und schwächlich geworden wären. Mit Geheul trieben wir das Boot ihm entgegen. Weiße Wellenkämme hoben sich gespenstisch vom dunklen Hintergrund der Felsen ab. Wir mußten rudern, was wir nur konnten, sonst bestand die Gefahr, daß wir gegen die Klippen geworfen wurden und unrühmlichst wirklich Schiffbruch erlitten. Aber wir lernten bald, daß ein stürmisches Wasser nie ganz so gefährlich ist, als es auf den ersten Anblick erscheint. Es kann gar nicht anders, als daß es einen trägt. Unser kleines Boot hüpfte zwar beängstigend auf und ab, die Wellen gingen ziemlich willkürlich mit ihm um, als ob sie uns grollten, aber nachdem wir uns aus der gefahrvollen Nähe der Klippen entfernt hatten, trugen sie das Boot bei allem Zorn, der sie bewegte, mit einer Liebe, die wir aus tiefstem Herzen erwiderten. Wir gaben ihnen Namen und kannten bald alle ihre Eigenarten. Manche waren von einer Feinheit und Eleganz, daß es eine Lust war, sich mit ihnen einzulassen, während andere ihre Heimtücke und ihre Bosheit dauernd gegen uns ins Treffen führten und uns viel zu schaffen machten. Unter ihrer Herrschaft schlugen Spritzer ins Boot, schienen Kobolde durch das Wasser zu huschen und von allen Seiten Hindernisse aufzutürmen. Sie waren plump, roh und ungeschliffen. Wir sangen Spottlieder auf ihre Rüpelhaftigkeit und lachten ihnen ins Gesicht. Sie waren die freien Schwestern unserer freien Seelen. Sie stürmten, schäumten und wogten mit uns. Wir jagten auf ihren Rücken dahin, fernen, unbekannten Zielen zu, und ließen uns an stillen Abenden sanft von ihnen schaukeln. Sie ersetzten uns die Geliebte, die keiner von uns besaß und nach der jeder sich heimlich sehnte. In ihrer Gegenwart konnten wir aussprechen, was wir sonst scheu vor den Menschen verschwiegen. In ihren Strudeln unterzugehen, war, als hätten wir uns in eine große Leidenschaft verstrickt und kämen dem Geheimnis des Lebens näher. In jenem Sommer war das Meer der Gegenstand unserer Liebe und ein Boot der Schauplatz unseres Glücks. Die Göttinnen der Dichtung und des Gesanges nahmen die bescheidenen Opfer an, die wir ihnen in heidnischer Unbefangenheit darbrachten, und die unermeßlichen Räume der Zukunft füllten sich mit Musik. Es war die Zeit, da wir ohne Wein trunken waren und, ohne die Frauen zu kennen, alle Wunder und Erschütterungen der Liebe ahnend erlebten.

Später war es die Adria, die mich aufs neue zu Bootsfahrten verlockte, jenes Meer, das die Alten das wunderbare nannten. Wir befanden uns gerade erst einen einzigen Tag auf der Insel, auf welcher wir unsere Ferien verbringen wollten, und kamen uns in der neuen Umgebung noch ziemlich als Fremdlinge vor. Die Steine des Landes hatten sich uns noch nicht in Brot verwandelt. Das Meer lag vor uns, die alte Stadt, von der zerfallenen Zitadelle gekrönt, türmte sich vor uns auf, fremde Laute klangen an unser Ohr, ungewohnte Gerüche drangen auf uns ein, und Marktplatz, Hafen, Schenke und Kathedrale bildeten die auffallendsten Bruchstücke eines Ganzen, dessen Zusammenhänge wir noch nicht zu überschauen vermochten und das daher eher unheimlich als freundlich auf uns wirkte. Vom Meere her waren einst die Eroberer auf diese Insel gekommen, und gegen das Meer war alles, was es an alten Befestigungsanlagen in der Stadt gab, gerichtet. Auch wir mußten, so schien es uns, vom Meere her in ihren Besitz zu gelangen versuchen. Wir gehorchten mehr einem rätselhaften Instinkt als einem klaren Gedanken, als wir uns entschlossen, ein Boot zu mieten, um eine lebendige Beziehung zu Stadt und Landschaft herzustellen. Ich weiß nicht, ob dem Fischer, mit dem wir uns durch Vermittlung eines Hotelportiers verabredet hatten und der uns, die Mütze ins Genick geschoben, mit einer Zigarette im Mundwinkel, unter einer Karbidlampe am Kai erwartete, die tieferen Beweggründe unseres Handelns bewußt waren. Ich nehme vielmehr an, daß er sich über unseren Einfall, nachts mit einem Ruderboot hinauszufahren, insgeheim lustig machte und nichts weiter darin erblickte als einen exzentrischen Akt, wie man ihn von Reisenden gewöhnt ist. Wir kümmerten uns jedoch nicht weiter um das, was in ihm vorgehen mochte, sondern nahmen in seinem Boote Platz, dessen Vorzüge er uns mit vielen Gesten, die wir sehr wohl begriffen, und mit ebenso vielen Worten, deren Sinn uns nicht immer deutlich wurde, anpries. Er war ein kleiner, lebhafter Mann, aus dessen Benehmen man fühlbar spürte, daß er nervös war und seinen Beruf als Gondoliere vielleicht zum erstenmal ausübte. Er glaubte, uns unterhalten zu müssen, und redete ununterbrochen. Seine südländische Wichtigtuerei, die in vielen kleinen Einzelheiten zum Ausdruck kam, bereitete uns großes Vergnügen. Wir machten ihm die Freude, ihn ernst zu nehmen. Und bald herrschte eine Vertraulichkeit zwischen uns, als wären wir alte Bekannte. Der Mond kam zwischen zerrissenem Gewölk zum Vorschein und überschüttete Stadt und Hafen mit seinem Licht. Zwischen hohen Zypressen, über denen sich ein Stück nachtklaren Himmels ausspannte, lag weiß und still, von Mauern umgeben, das Kloster. Und hoch über der Stadt, geheimnisvoll im Mondschein schimmernd, Wahrzeichen ihrer einstigen Unabhängigkeit und Stärke, ragte die Ruine der Burg in die Nacht. Dort blieb der Blick haften; von dort erklärte sich Anlage und Charakter des Städtchens, das einst im Schutz dieser Wehr, die die Einfahrt zum Hafen beherrschte, seinen Verrichtungen und Geschäften nachgegangen war. Seine Lichter flimmerten, und, im Boote dahintreibend, wurde uns ihr Blinken zur Sprache, die Dinge redeten mit uns, und von diesem Augenblick an waren uns Meer und Landschaft wunderbar vertraut. Als wir nach langer Fahrt zu vorgerückter Stunde endlich in dem kleinen steinernen Hafenbekken anlegten, stiegen wir mit neuen Sinnen für alles, was die Dunkelheit unseren Blicken entzog, ans Land. Lachend verabschiedeten wir uns von unserm Gondoliere und gingen durch den duftenden Pinienwald nach Hause.

Den Menschen, der auf einem Segelboot nicht besser und schöner wird, halte ich für krank oder verdorben. Für mich haben Segelboote etwas Unwiderstehliches; sie sind verkörperte Musik, sichtbar gewordener Klang. Das Auge ruht mit Wohlgefallen auf ihren schlanken, feinen Linien, auf der unvergleichlichen Harmonie ihrer Körper. Ihr Anblick erfreut das Herz. Es liegt etwas Ästhetisches, Aristokratisches in ihrem Wesen, eine Weisheit und eine Schönheit, die man sonst nirgends in dieser ausbalancierten Form findet. In ihrem Bau paart sich die höchste Einfachheit mit der höchsten Kunst. Sie verlangen wache Sinne und einen wachen Geist, Raffinement und Primitivität. Die Summe aller Erfahrungen, die die Menschen der verschiedensten Zeiten auf Binnengewässern und auf offenem Meer gesammelt haben, ist in einem Segelboot enthalten. In seinen Planken vibrieren alle Glücksschauer und unpervertierten Lustgefühle, die mit einem Dahinschießen unter geschwellten Segeln verbunden sind. Die weiße Farbe, in die man sie kleidet, zeugt von der Freude, die man auf ihnen zu finden hofft. Sie sind Todfeinde des Stumpfsinns, durch sie kommt man mit den Elementen in Berührung.

Ich gestehe, daß ich selten Gelegenheit hatte, den Reiz des Segelns voll auszukosten. Es hat mich manchmal mit Bitterkeit erfüllt, aber heute bin ich dem Schicksal dankbar für die Mäßigung, die es mir auferlegte. Es bewahrte mich vor der Übersättigung, vor jenem Zustand des Überdrusses, der vielen Naturen zum Verhängnis wird. Ich kann die Schönheiten eines Segelbootes noch heute mit unverbrauchten Sinnen genießen. Ich bin nie Besitzer geworden, sondern immer Liebhaber geblieben. Das Leben hat mich nie sonderlich verwöhnt, aber das Glück und der Zufall, die beiden Mächte, die über uns herrschen, schütteten all die Dinge über mich aus, die ich lange genug unbeirrt ersehnt hatte. Auf der Adria, der ich so vieles verdanke, bot sich uns zum erstenmal die Gelegenheit zum Segeln, die sich bisher nicht wiederholt hat. Ich bin recht froh darüber; denn neue Erlebnisse löschen alte Erinnerungen aus, und gerade diese möchte ich nicht gern verlieren. Es sind Erinnerungen an ein paar Stunden reinsten und tiefsten Aufgeschlossenseins für alle Wunder des Daseins. Die Segel, die wie die Schwingen fremder Vögel uns zu Häupten rauschten und flatterten, erfüllten uns zuerst mit Bangigkeit. Die Sonne stach nach uns, das Wasser sprühte Funken. Doch langsam löste sich von innen her, aus den verschlossenen Kammern der Seele, ein Echo auf die Stimmen, mit denen Licht, Wind und Meer zu uns sprachen. Langsam erwachten wir aus unserer Erstarrung und fingen an, mit den Sinnen zu denken, mit dem Geist zu fühlen. Es geschahen wunderbare Dinge mit uns. Wir wurden eins mit dem Boot, und als wir die kleine Weininsel anliefen, das Ziel unseres

Ausfluges, wo auf den zum Strand abfallenden Terrassen eine besonders köstliche Traubensorte gedieh, hatten wir bereits soviel Zivilisationsballast abgeworfen, hatte soviel Krampfartiges sich gelöst, daß wir unsere Gestalten erstaunt im Spiegel des flachen Wassers betrachteten und uns wie das erste Menschenpaar vorkamen. Wir nahmen eine Flasche feurigen Weines zu uns auf das Boot und kreuzten noch lange auf den mittäglichen Gewässern. Es wehte ein stetiger, nicht allzu heftiger Wind, und nichts verdarb uns den ruhigen Genuß der Fahrt. Wir kamen ins Gespräch mit den beiden Bootsleuten, teilten unsere Zigaretten mit ihnen, und kosteten von dem Wein. Und erst, als der schwere, süße Trank durch unsere Adern rollte, merkten wir, wie leicht wir inzwischen geworden waren.

Auf Korcula lernten wir einen jungen Offizier aus der jugoslawischen Kriegsmarine kennen, der seinen Urlaub dort verbrachte und in dessen Segelboot wir eines Nachmittags von einem schweren Gewitter überrascht wurden. Wir waren sieben Personen im Boot und kehrten von einem Ausflug nach dem Festland zurück. Bei strahlendem Sonnenschein waren wir aufgebrochen und hatten einen vergnügten Nachmittag verlebt. Als wir uns zur verabredeten Zeit alle wieder am Boot einfanden, hatte der Himmel sich mit düsteren Wolken bedeckt, und längs der Küste zerbrachen die Wellen aufschäumend am Gestein. Wir glaubten, den Hafen von Korcula, den wir samt Stadt wie eine Fata Morgana unberührt von dem Unwetter, das sich über uns zusammenzog, in der Ferne liegen sahen, noch vor Ausbruch des Sturmes erreichen zu können. Der junge Offizier, der die Verantwortung für die bunt zusammengewürfelte Gesellschaft trug, gab nur widerwillig unserm Drängen nach. Er wußte, daß es schwierig sein würde, das dichtbesetzte Boot durch die heraufkommenden Windböen zu manövrieren. Für eine Weile schwankte er, und auf seinem schönen, gebräunten Gesicht spiegelte sich deutlich ein Abglanz jenes Kampfes, der sich in seinem Inneren zwischen besserer Einsicht, Eitelkeit und Geltungstrieb abspielte. Der Kampf endete, wie fast immer in solchen Fällen, mit einem Sieg der Eitelkeit. Die Versuchung, uns zu zeigen, was er gegen Sturm und Wellen auszurichten vermochte, war so groß, daß er nicht länger widerstehen konnte. Er gab uns einige Verhaltungsmaßregeln, setzte sich an das Ruder, und in bester Stimmung, gewillt, uns diese Stimmung durch nichts verderben zu lassen, fuhren wir los. Ein unheimliches Zwielicht lag über dem Meer. Der Wind fiel uns bald aus dieser, bald aus jener Richtung an. Mit kurzen, harten Stößen rüttelte er an dem Boot, als wollte er sich von seiner Widerstandskraft überzeugen. Es war unmöglich, einen bestimmten Kurs innezuhalten, und des Kreuzens und Wendens war kein Ende. Die Miene unseres Steuermannes wurde immer ernster, die See ging immer höher, und die Lustigkeit im Boot bekam etwas Erzwungenes. Inzwischen waren wir bis ungefähr in die Mitte der schmalen Wasserstraße gelangt, die sich zwischen Insel und Festland hinzieht. Es fing an zu regnen. Der Sturm blies jetzt mit voller Stärke, und jedes Wenden des Bootes wurde lebensgefährlich. Unser junge Offizier zeigte Anzeichen von Nervosität und wollte beidrehen. Er mochte insgeheim fürchten, seinen Ruf und seine Ehre zu verlieren, wenn uns etwas zustoßen sollte. Auch schien es mir, daß er nahe daran war, die Herrschaft über das Boot einzubüßen. Seine sonst freien und offenen Züge waren verzerrt und boten ein vollkommenes Abbild seiner inneren Verwirrung. Umzukehren war indes sinnlos. Die Brandung an der Festlandküste verbot jeden Landeversuch. Wir mußten durchhalten, durchnäßt waren wir einmal, und wenn wir nicht gerade kenterten, mußten wir früher oder später die Insel erreichen. Ich teilte ihm meine Meinung brüllend mit und war ein wenig wütend auf ihn, da er es so schlecht verstand, seine durchaus begründeten Besorgnisse zu verbergen. Der Ausdruck seiner Augen hatte eine schlechte Wirkung auf die übrigen Insassen des Bootes. Man fühlte jetzt plötzlich, daß eine gewisse Gefahr bestand, und das Benehmen der einzelnen wurde nicht vernünftiger dadurch. Aber die Situation entbehrte auch des Humors nicht. Zu den Gästen, die sich uns auf dieser Ausfahrt angeschlossen hatten, gehörte auch ein englisches Pärchen, das uns bereits vorher durch seine komische Steifheit und Pedanterie aufgefallen war. Es hielt an den guten Umgangsformen auf eine Art und Weise fest, die schon das Groteske streifte. Obwohl sich die beiden Menschen zu lieben schienen, bewohnten sie getrennte Zimmer; er durfte das ihre, wie wir beobachtet hatten, nie betreten, weil dadurch wahrscheinlich ein altes, puritanisches Anstandsgesetz verletzt worden wäre, und wir hatten ihn oft, mit einem Buch in der Hand oder mit dem Ausklopfen seiner Pfeife beschäftigt, vor der verschlossenen Tür zu ihrem Zimmer stehen sehen, wo er geduldig wartete, bis die Dame seines Herzens, eine jener kühlen, selbstbewußten und, zumindest äußerlich, jeder Erotik abgeneigten Inselfrauen, zu erscheinen geruhte. Sie entkleideten sich nie und badeten nie. Nie zeigten sie sich anders als in *full-dress*. Er hatte seinen Überrock, wie wir nicht ohne Grund vermuteten, in Gegenwart eines zweiten wohl noch nie abgelegt. Nun war es seltsam und rührend mitanzusehen, wie der Sturm und die Gefahr diesen beiden Menschen eine gewisse Natürlichkeit zurückgaben. Wenigstens einmal in ihrem Leben vergaßen sie, daß sie nicht nur auf der Welt waren, um England zu repräsentieren. Die Fassade, mit welcher sie sich umgeben hatten, zerbröckelte unter den Stößen des Windes und den niederprasselnden Regenschauern. Er zog seinen Rock aus und deckte seine Lady damit zu. Dann bettete er sich neben sie. Er lag vielleicht zum erstenmal ausgestreckt an ihrer Seite. Er schloß die Frau, die er liebte und die ihm noch nie gestattet hatte, ihr Zimmer zu betreten, vor unser aller Augen in die Arme. Und sie zierte und schämte sich nicht, und vielleicht bedauerte sie es ein wenig, daß wir endlich doch in eine geschützte Bucht gelangten, daß jene stürmische Fahrt ein Ende nahm und Sitte und Herkommen ihre Rechte erneut geltend machten.

Am Tage unserer Abreise fuhren wir mit demselben Boote und mit demselben jungen Offizier, der sich inzwischen von seinem Schreck erholt hatte und wieder sein lächelndes, unbekümmertes Gesicht zeigte, noch einmal hinaus. Die Götter waren uns wohlgesonnen und füllten unsere Segel bis zum Bersten mit Wind. Es war heiß, ohne schwül zu sein, der Himmel war tiefblau, und die Wellen rollten in einem beinah feierlichen Rhythmus ins Unendliche fort. Sie wuchsen zu Wasserbergen von beträchtlicher Größe an und trugen das Boot spielzeuggleich auf ihren breiten Schultern. Die straff gespannten Taue knarrten unter dem Ansturm des Windes, der sich tief in die Schaummähnen der Wellen hineinwühlte. Die Planken bogen sich unter dem Anprall des Wassers. Es war eine wunderbare Fahrt. Das Boot schien zu leben. Ich lag mit aufgestützten Ellbogen unter dem Bugsegel und genoß das rhythmische Steigen und Fallen seines bis in die feinsten Fasern gespannten Körpers. Neben mir, schlank wie der Mast, gegen welchen sie sich lehnte, stand das junge Mädchen, dessen Bekanntschaft wir erst vor kurzem in Lumbarda beim Wein gemacht hatten. Sie stammte aus Brünn und reiste unter der Aufsicht ihrer Mutter, einer ziemlich korpulenten Dame, die sich zum Ergötzen des jungen Offiziers und zum Kopfschütteln ihrer

Tochter bei jedem Absturz in eines von den sich fortbewegenden Wellentälern auf die Knie warf und sämtliche Heiligen um Schutz und Beistand anrief. Der junge Offizier machte sich, im geheimen Einverständnis mit der Tochter, die für die Klagen ihrer Mutter taub blieb, ein diabolisches Vergnügen daraus, das atembeklemmende Hinabtauchen des Bootes so oft wie möglich absichtlich herbeizuführen. Zuletzt wagte die alte Dame überhaupt nicht mehr, sich zu erheben. Sie verharrte einfach in kniender Stellung, und ihr Anblick, der einen Heiligen vielleicht gerührt hätte, weckte in den Göttern, denen diese Fahrt geweiht war, nichts als Lachlust und Heiterkeit. Jede neue sich heranwälzende Welle entlockte ihr einen anderen komischen Ausruf des Entsetzens. Es fiel uns allen schwer, die erforderliche Würde und den nötigen Ernst zu bewahren. Aber sie verübelte uns unsere Respektlosigkeit nicht im geringsten, und sobald wir ruhigeres Fahrwasser vor uns hatten und im Schutze der kleinen Leuchtturminsel dahinsegelten, war sie die erste, die nach den mitgenommenen Vorräten griff, um sich nach den ausgestandenen Ängsten an einer Wassermelone gütlich zu tun. Sie bewirtete uns alle auf die liebenswürdigste Weise, und wir folgten dem Beispiel des jungen Offiziers, der seine Melone, ehe er sie verzehrte, mit Salzwasser benetzte, um ihr die rechte Würze zu verleihen. Nachdem wir uns gestärkt hatten, badeten wir. Mit schlaffen Segeln lag das Boot in einer kleinen, bis auf den Grund durchsichtigen Lagune vor Anker. Es schien auszuruhen nach der wilden, herrlichen Fahrt, ich umschwamm es ein paarmal, und ich wußte, daß dies ein Abschied für immer war.

Die Schönheiten märkischer Seen sind oft gepriesen worden, und ich kann nur miteinstimmen in dieses Lob. Sie von einem Boot aus kennenzulernen, mit dem man vertraut ist, ganze Tage auf ihrer Mitte oder an ihren schattigen Ufern zu verbringen, gehört zu den Erlebnissen, durch die man sich als Fremder Heimatrechte in dieser Landschaft erwirbt, die Berlin von allen Seiten umschließt. Von der Kargheit dieser Landschaft ist viel gesprochen worden, ihr Sand hat sprichwörtliche Berühmtheit erlangt. Aber sie wäre nichts ohne ihre Seen. Man entwässere die Mark, und was übrigbliebe, wäre eine Staubfuhre, eine Art von Exerzierplatz für Aufklärer und platte Rationalisten. Es ist die anmutige Mischung von Wasser und Wald, die immer wieder neu und reizvoll auf die Sinne wirkt. Diese Landschaft kennt keine Extreme.

Es geht etwas Geschwisterliches durch dieses Zusammenspiel von Baum und Welle, etwas Aufgelockertes, das von verzehrender Leidenschaftlichkeit ebenso weit entfernt ist wie von dummer und kraftloser Friedfertigkeit. Hier ist der Trotz nicht zu Fels erstarrt, die Enttäuschung nicht zur Wüste geworden. Das Land flieht nicht steil vor der Zerstörung durch das Wasser zurück. Es kommt zutraulich wie ein Tier zur Tränke, und in seinen Hügeln und Tälern ist etwas von einem einfachen Hirtenlied. Das Wasser hat etwas Schmeichelndes, Warmes und Weibliches. Ruhig breitet es sich im Schutze der Wälder aus und spendet ihnen Kühlung und Nahrung. Alles Aufpeitschende und Gewalttätige fehlt. Eine Fahrt über einen märkischen See beruhigt das Herz. Mild steht der Abend an seinen Ufern, und noch lange liegt der Widerschein der Sonne auf den schlanken, braunen Stämmen der Kiefern, den Säulen, unter denen man seiner Weisheit am besten lauschen kann.

Einer dieser Seen aus der näheren Umgebung Berlins ist mir besonders lieb geworden. Seit zwei Sommern bildet er das Ziel fast aller unserer Fahrten, und unzählige Male schon glitt unser Boot unter dem hochgewölbten Laubdach des alten Grabens dahin, der den See mit der Havel verbindet. Diese natürliche Durchfahrt gleicht einem Tempelgang, den man durchschreiten muß, ehe man in das Innere des Heiligtums gelangt. Das gedämpft hereinfallende Licht verleiht dem stillstehenden Wasser eine merkwürdige und geheimnisvolle Farbe. Man wird unwillkürlich erwartungsvoll gestimmt und taucht Paddel oder Ruder behutsamer in die Flut als draußen auf dem offenen See. Denn jedes überflüssige Geräusch hat hier etwas Entweihendes. Die alten, mächtigen Bäume, die sich mit starken, bloßliegenden Wurzeln, deren Anblick urweltlich anmutet, an die niedrigen Ufer klammern, halten die vordringlichsten Sonnenstrahlen zurück und gestatten nur einigen wenigen den Eintritt in dieses von der umliegenden heiteren Landschaft wie durch eine Klostermauer abgeschlossene düstere Grabengewölbe. Hier herrschen Strenge und Ernst, Kühle und Schatten, und je höher das Jahr in den Sommer steigt, je sehnsüchtiger der Kuckuck ruft, je gelber die Ähren des Korns sich färben, um so stiller und dunkler wird es hier, um so knorriger und knotiger tritt das verworrene Wurzelgeflecht zutage, das wie die nächtliche Arbeit von Gnomen und Zwergen aussieht, die darunter hausen könnten. Wo die Bäume zurücktreten und Lücken bilden, schiebt das Schilf sich mit hohen, schlanken Halmen vor, und die glasig schillernden Flügel von unzähligen Libellenpärchen auf dem Hochzeitsflug füllen die Luft mit einem feinen, lieblichen Klingen. Und plötzlich überwältigt das Licht die Finsternis, und das Boot schießt aus dem dämmernden Halbdunkel des Grabens hinaus auf die helle Fläche des Sees, dessen Wasser tief und grün leuchten. Ein ganz neues Landschaftsbild bietet sich einem dar. Man hat wieder Himmel über sich und Raum und Weite um sich. Man fühlt sich dem Raubvogel verwandt, der hoch über dem See seine Kreise und Schleifen zieht. Man weiß wieder, was Leben ist und was Ehrfurcht vor der Natur bedeutet. Und man steigt seltsam gelöst aus dem Boot an das Land und trägt ein Stück Sommer auf den Schultern. Und kein Gewitter und kein Regen vermögen die Ruhe in uns in Unruhe zu verwandeln. Und die Wolken wandern weiter, und die Sonne sinkt tiefer, aber das Wasser bleibt. Und dann badet man und rüstet endlich zur Heimfahrt. Und wieder nimmt das dunkle Gewölbe des Grabens das Boot auf. Hier ist der Abend bereits eingekehrt, er wartet hinter den Erlen und Rüstern, doch wir fahren an ihm vorbei, bald liegt der breite Arm der Havel vor uns, und mit kräftigen, Ruderstößen geht es nach Haus.

Wer niemals an einer nächtlichen Bootsfahrt über einen dunklen oder vom Mond erhellten See teilgenommen hat, wird kaum je spüren, wie schön und wie wahr die Legende ist, die sich um den Tod des Litaipe gebildet hat. Ich kann den Taumel nachempfinden, der den leicht berauschten, in einer Barke über den schwarzen Spiegel des Sees dahintreibenden Dichter plötzlich unter dem Einfluß der Sterne, des Weines und der geheimnisvollen Stimmen des Wassers und der Nacht befallen haben mag. Ein Lied, das nicht mehr in Worte zu kleiden war, auf den Lippen, ein Lächeln um den Mund und ein großes Zutrauen zu der Dunkelheit und dem Wasser im Herzen, so ließ er sich über den Rand des Bootes gleiten, und leise schlug die Flut über ihm zusammen. »Das unendliche Sehnen nach dem Abgrund hin«, an dem auch er gelitten hatte, fand endlich seine Erfüllung. Ich wüßte keinen Tod, der schöner sein könnte. Und immer, wenn ich auf dem kleinen Wannsee an jener Stelle vorüberfahre, wo hinter den Eichen das Grab Heinrich von Kleists liegt, wird mir der Unterschied zwischen dem Sterben eines Weisen und der Selbstvernichtung eines Verzweifelten bewußt.

Brief über die Freiheit

Lieber Freund, mitten in Deinem Briefe unter gesunden Urteilen und kritischen Vorbehalten stoße ich auf die von tiefer Hoffnungslosigkeit und bitterer Verzweiflung eingegebene Frage: ob nicht all das Gerede um die Freiheit nur ein Schwall von volltönenden und wohlklingenden Phrasen sei, denen man nur allzu deutlich anmerke, daß sie mehr dem schwärmerischen Herzen als dem klaren Verstande ihren Ursprung verdanken. Du knüpfst an diese Frage in einem Nebensatz außerdem die Bemerkung, daß es Dir aufgefallen wäre, wie jeder sich etwas anderes darunter vorstelle, und daß gerade mit jenen Begriffen, die so groß und so vieldeutig seien wie der Begriff Freiheit, der ärgste Mißbrauch getrieben werde. Das ist ohne Zweifel richtig, und wenn Du genau hinhorchst, wirst Du finden, daß der Begriff der Demokratie auf ähnliche Weise mißbraucht und selbst von den Mitgliedern ein und derselben Partei oft verschiedenartig ausgelegt wird. Und doch, glaube ich, würde es Dir niemals einfallen, von der Demokratie in derselben skeptischen Art zu sprechen, in welcher Du von der Freiheit sprichst; das eine ist Dir als Ziel begreiflich, als Verwirklichung bestimmter Grundsätze innerhalb der Gesellschaft verständlich; Du weißt, daß es als politische Realität vorhanden ist; wenn auch nicht bei uns, so doch in der Welt; die Freiheit aber hat für Dich diese Wirklichkeit nicht. Sie ist Dir als Idee lebendig, als Ideal durchaus willkommen, aber wenn Du sie zum »täglichen Lebensgebrauch«, wie Lichtenberg sagen würde, heranziehen willst, erleidest Du jedesmal die Enttäuschung, daß die besondere Freiheit, die Du als Individuum verlangst, mit den Freiheiten, die Dir von der Gesellschaft und vom Staat zugebilligt werden, in Konflikt gerät. Du fühlst Dich eingeengt und in Deinen Erwartungen betrogen. Was Du fordern zu dürfen glaubst, wird Dir nicht gewährt. Dein Stolz erfährt eine erste Demütigung, Dein Drang nach unbeschränkter Selbstverwirklichung eine erste Einschränkung. Du fühlst Dich in Deinem Selbstgefühl verletzt. Dein Trotz erwacht. Wie Du Dich eben noch unbefangen der Welt in die Arme geworfen hast, so ziehst Du Dich jetzt grollend in Dich selbst zurück. Freiheit! sagst Du und begleitest den Ausspruch des Wortes mit einer verächtlichen Handbewegung. Nichts als Phrasen! Für niemanden von Nutzen außer für die Verführer, um damit die Jugend und das Volk zu umnebeln und für ihre Zwecke willfährig zu machen. Du steigerst Deinen Zorn bis zur moralischen Entrüstung und begnügst Dich, nachdem Du ausgiebig über die Sache geschimpft hast, mit der billigen Schulmeisterweisheit, daß es die Freiheit vielleicht einmal im goldenen Zeitalter der Völker gegeben habe, daß sie aber inzwischen längst von der Erde verschwunden sei.

Verzeih, daß ich Dir hier Gedanken in den Mund lege, die Du in dieser schroffen Form wahrscheinlich nie aussprechen würdest. Aber ich habe die Dinge bewußt in überspitzter Form ausgedrückt, um eine Grundlage für die Diskussion über die Freiheit zu schaffen, zu der ich diesen Brief benützen will. Ich weiß, daß sich hinter Deinem Zweifel an der Freiheit eine tiefe Sehnsucht nach Freiheit verbirgt. Daß sie Dir fragwürdig geworden ist, beweist, wie sehr sie Dich beschäftigt. Und wer für die Probleme der Gegenwart überhaupt einen Sinn und ein Ohr hat, wird damit beginnen müssen, seine Begriffe alles Romantischen und Irrationalen zu entkleiden und sich über ihre Bedingtheit klar zu werden versuchen.

Lassen wir deshalb die Metaphysik und die Begriffsspalterei beiseite. Ich weiß, Du bist wie ich der Meinung, daß sich der Deutsche gar nicht fest genug auf den Boden der Tatsachen stellen kann. Und von den Tatsachen her ist Dir wohl auch der Begriff Freiheit fragwürdig geworden. Ich erinnere mich Deines bitteren Verstummens, als unter dem Ansturm von Propaganda und Lüge die Mehrzahl des deutschen Volkes seine Freiheit des Denkens so willig preisgab, als würde ihr eine Bürde abgenommen. Noch klingen mir die Worte im Ohr, die Du einst während eines nächtlichen Gespräches über die Gewissensfreiheit ausgesprochen hast, das wir auf Deinem Zimmer führten. Du sagtest: man muß wenig Gewissen und wenig Freiheit in sich haben, wenn man dem Gewissenszwang, der von den Nationalsozialisten ausgeübt wird, so leicht erliegt, wie wir es bei vielen heute erleben. Du sprachst davon, daß man die Freiheit »in sich« haben müsse. Das war ein schönes und tiefes Wort und ich habe es nicht vergessen. Und trugst Du sie nicht in Dir, als man Dich von der Schule weg in eine Kaserne steckte, als der Unteroffizier Dir den »inneren Schweinehund« austreiben wollte, was ja nur eine Umschreibung für den so oft erprobten und so oft gelungenen Versuch war, dem Menschen das moralische Rückgrat zu brechen, damit er Kandare und Maulkorb fromm und ergeben trage? Hielt sie Dich nicht davon ab, den Einflüsterungen Gehör zu schenken, mit denen man, indem man Dir »rassische Überlegenheit« zusprach und Dich von der Seite des geringsten psychologischen Widerstandes packte, Dich für den nationalen Größenwahn reif machen und jenen Blutrausch und Machtrausch in Dir erzeugen wollte, dem so viele Deiner Kameraden zum Opfer gefallen sind? War es nicht die innere Freiheit, die Dich vor der Versklavung mit Haut und Haar bewahrte, durch die Dein Anstand erhalten blieb? War sie es nicht, die Dir die Kraft gab, inmitten einer Schar von Rasenden, Dir mit Tod und Vernichtung Drohenden, die Ruhe und die Besonnenheit nicht zu verlieren und überall dort, wo sich eine Gelegenheit dazu bot, diesen finsteren und bösen Mächten entgegenzutreten? Glaubst Du im Ernst, daß all dies möglich gewesen wäre, ohne einen festen Halt in jener Freiheit, die wir in uns tragen und die unsere letzte Zuflucht bleibt, wenn uns ihre äußeren Stützen geraubt werden? Durch Dein Handeln und Dein Tun hast Du bereits alle Einwände widerlegt, die Du gegen mein Argument vorbringen könntest. Ich weiß, wie wenig Du dazu neigst, Dir als Verdienst anzurechnen, was Dir die Pflicht eines jeden anständigen Menschen zu sein schien. Und ich glaube, Dir ist die Freiheit nur deshalb fragwürdig geworden, weil sie Dir nach Beendigung des Krieges und nach dem Zusammenbruch der faschistischen Diktatur nicht gleich überall sichtbar entgegentrat. Du hattest gehofft, es werde ein großes befreiendes Aufatmen durch das Volk gehen. Und Du sahst nichts als eine stumme Angst vor dem Frieden. Du hörtest Parolen, die mit dem Wort Freiheit begannen und damit aufhörten. Aber diese Parolen hallten leer durch die Trümmer, aus denen unsere Städte bestehen, und die Menschen schlichen bedrückt und gebückt ihres Weges. Aber die Sonne erlischt nicht, wenn sich eine Wolke vor ihr Angesicht schiebt und sie unseren Blicken entzieht. Und die Sehnsucht nach ihrem Lichte und ihrer Wärme bleibt.

Doch genug der Bilder und Gleichnisse. Spürst Du, worauf ich hinaus will? Auf die Realität der Freiheit, auf ihre Anwendbarkeit im »täglichen Lebensgebrauch«. Was nützt mir eine schwärmerische, verschwommene Idee von der Freiheit, wenn mich diese Idee nur in Konflikte mit der Wirklichkeit bringt? Daß die wirkliche Freiheit erst im Himmel zu finden sein soll, wie manche sagen, läßt sie mich auf der Erde um so stärker vermissen; denn wir brauchen sie. Du, ich, wir insgesamt. Wo ein Volk hingerät, dem sie geraubt wird, haben wir erlebt. Es gerät ins Verderben, sittlich, geistig, wirtschaftlich. Und der einzelne Mensch, an dessen Bildung und Erziehung sie keinen Anteil hat, verkümmert. Seine Urteilskraft schwindet, seine Denkorgane schrumpfen ein, er wird zum Heuchler und endet damit, daß er sich alles aus der Hand nehmen läßt und so tief sinkt, daß er den Mord als Krönung seiner politischen Existenz empfindet. Doch ich schweife ab. Und vielleicht wirst Du an dieser Stelle die Bemerkung nicht unterdrücken können, ob nicht alles Reden um die Freiheit auf ein solches Abschweifen hinauslaufe? Ich gebe zu, daß man nicht sagen kann: dies oder das ist Freiheit, wie man sagen kann, dies ist Dummheit. Eben weil die Freiheit etwas Lebendiges ist, sollte man sich hüten, sie auf eine Formel bringen zu wollen. In dem Augenblick würde sie zum Dogma werden, und wir müßten uns mit einer rezeptmäßigen, verordneten Freiheit begnügen, die keine Freiheit mehr wäre, weil ein Wille dahinter stände, der sie mir aufzwingen will. So behaupteten die Nationalsozialisten, dem deutschen Volke und anderen Völkern die Freiheit zu bringen, und brachten ihnen den Tod. Auch uns kann niemand die Freiheit bringen. Wer heute noch an Adolf Hitler glaubt, der – »bei aller Bescheidenheit« – von sich behauptete, der größte Mann des Jahrhunderts zu sein, ist entweder irre oder eben im tiefsten Grunde seines Wesens unfrei. Und unfrei nenne ich: an lebenfeindliche Mächte oder Wahnvorstellungen gebunden sein. Während frei sein sich mir als Gebundenheit an alles darstellt, was Leben weckt, fördert und zur höchsten sittlichen und geistigen Entfaltung treibt.

Nun wirst Du fragen, ob ich mir nicht bewußt sei, daß Freiheit und Gebundenheit Widersprüche sind. Und ich antworte Dir: sie sind es nur in unserem Denken. Eine Freiheit an sich gibt es ebensowenig wie das berühmte »Ding an sich«. Und wenn es die absolute Freiheit ist, gegen die Deine Zweifel sich richten, so kann ich Dir nur sagen, daß diese absolute Freiheit für mich überhaupt nicht existiert; daß ich den Glauben an sie für verderblich halte und mit Dir vor diesem Phantom im leeren Raum warnen möchte. Dieser Freiheitsbegriff, der besonders sehr jungen und unerfahrenen Menschen verlockend erscheint, weil er das innerste Wesen der Freiheit auszudrücken scheint und doch nur ein dürftiger Allgemeinplatz ist, führt, auf das Leben angewendet, zur Anarchie, zur Aufhebung und Verneinung von jedem Gesetz und zur Zerstörung von jeglicher Ordnung. Er ist der Keim, aus dem das Chaotische emporsteigt. Man darf ihn in den Sturm- und Drangjahren ruhig als schöpferischen, die Schalen des eigenen Ich sprengenden Impuls verspüren, aber wer ihn nicht zu überwinden vermag, ist verloren.

Mir scheint, daß nur jene Freiheit, die sich selber Grenzen zieht und setzt, einen wirklichen Kulturwert besitze. Ich bin tief durchdrungen von dem Gedanken, daß die Freiheit sich in den Grenzen der großen Lebensgesetze halten muß, wenn sie einen ethischen und politischen Sinn haben soll. Wo eine Verletzung dieser Gesetze erfolgt, wird der freie Mensch, der wirklich innerlich freie Mensch, sich ganz von selbst auflehnen. Er wird weder die Vergewaltigung seiner Person noch seiner Gedanken auf die Dauer ertragen und, wo keine anderen Mittel mehr helfen, zur Waffe greifen, um sich aus den schmachvollen Fesseln zu befreien; denn mit der Gedanken- und Gewissensfreiheit, die sich die Völker in langen, schweren Kämpfen haben erobern müssen, und auf denen alle anderen staatsbürgerlichen Freiheiten beruhen, ohne welche das Leben zwar denkbar, aber kaum lebenswert ist, fällt und stürzt alles, was uns heilig und teuer ist. Wer sie uns nehmen will, ist unser Feind; er strebt nichts geringeres an, als uns in die Barbarei zurückzustoßen. Wer sie uns einschränken will, verfolgt damit fast stets dunkle Absichten und Zwecke. Man kann sie nur ganz und ungeteilt haben oder gar nicht. Sie ist die Luft, von der wir leben. Wo Freiheit des Denkens ist, ist Leben des Geistes; wo Gewissenszwang herrscht, machen sich Heuchelei, Scheinfrömmigkeit und Tücke und Hinterlist alsbald breit. Ich glaube, darüber bedarf es zwischen uns weiter keiner Worte, und ich weiß: Du wärst der letzte, der diese Freiheit antasten ließe, ohne einen Finger zu ihrer Verteidigung zu rühren. Und die Geschichte ist für mein Gefühl nur dort groß, wo sie dieser Freiheit entweder zur Geburt oder zur Verwurzelung in Recht und Gesetz verhilft.

Gedankenfreiheit und Gewissensfreiheit lassen sich proklamieren; die Gesellschaft kann unter sich zu der Übereinkunft gelangen, daß jeder Mensch denken und glauben dürfe, was er für richtig halte. Sie kann den Grundsatz aufstellen und daran festhalten, daß jeder Mensch das Recht haben müsse, Kritik zu üben, und daß sein Glaube oder Unglaube niemanden etwas angehe. Sie kann der Freiheit Boden und Raum gewähren, auf welchem die Freiheit wachsen und in dem sie sich entfalten kann. Aber sie kann die Freiheit nicht schaffen. Auch in demokratischen Staaten gibt es Unfreie, Menschen, die Sklaven ihrer Leidenschaften sind und die zeit ihres Lebens von der Mode, der öffentlichen Meinung oder ihren Brotgebern abhängig bleiben. Denn die Freiheit liegt in uns. Wir müssen sie aus uns selbst entwickeln. Staat und Gesellschaft können diesen Prozeß fördern, und je kultivierter ein Staat oder eine Gesellschaft ist, um so stärker wird dieser Gedanke im Vordergrund all seiner Bestrebungen stehen. Und so möchte ich sagen, das eigentliche Problem der Freiheit beginne erst in der Freiheit. Ein Sklave, der nach Freiheit strebt und an seinen Ketten rüttelt, besitzt unser ganzes Mitgefühl, und derjenige, der ihm Hilfe und Beistand in seinem Kampf versagt, ist ein Schuft. Aber höher steht der Mensch, der in der Freiheit sich zum Wohle des Ganzen freiwillig Einschränkungen auferlegt und in dieser Gebundenheit frei bleibt. Daß wir danach trachten sollten, diesen Zustand zu erreichen, ist, glaube ich, für unsere unmittelbare Gegenwart von der größten Bedeutung. Aber noch sind die Menschen selten, die das erkannt haben. Die meisten denken, die Freiheit könne ihnen gebracht werden wie eine Zeitung. Sie haben sich jahrelang nach ihr gesehnt, darum gelitten und ihre ganze Hoffnung darauf gesetzt. Und nun sind sie enttäuscht. Sie sind frei geworden, der Druck, unter welchem sie seufzten, ist gewichen, aber sie selbst fühlen sich nicht freier. Das große Wunder ist ausgeblieben.

Ich hatte neulich Besuch von einem Menschen, den ich seit mehreren Jahren nicht mehr gesehen hatte. Es ist schade, daß Du ihn nie kennengelernt hast, sonst könntest Du mir sagen, ob ich ihn richtig charakterisiere, wenn ich ihn einen freiheitlichen Menschen, nicht aber eine freie Natur nenne. Er gehört zu denen, für die es niemals genügend Freiheit in der Welt gibt. Kein Staat ist ihnen freiheitlich genug, und so fühlen sie sich immer eingeengt und sogar betrogen und gehen mißmutig ihren Geschäften nach, weil sie von äußeren Umständen zuviel erwarten und von sich selbst zuwenig verlangen. Sie sind immer unzufrieden. Das Wort Freiheit schwebt ihnen dauernd auf den Lippen, die Sache selbst ist ihnen fremd.

Ich erwähne diese Begegnung, weil es mir scheint, daß gerade dieser Menschentyp in unserer Gegenwart häufig anzutreffen sei. Er tritt im allgemeinen fordernd auf, und wenn man ihn hört, könnte man meinen, es sei für die Freiheit überhaupt nichts geschehen und sie werde ihm nach wie vor vorenthalten. Er merkt gar nicht, daß große und bedeutende Veränderungen stattgefunden haben, weil er selbst der gleiche geblieben ist. Und wie soll auch der Blinde merken, daß es Tag geworden ist? Wie kann der Unfreie die Freiheit empfinden? Wir müssen selbst frei sein, um dieses höchste Gut des Menschen voll und ganz würdigen zu können. Freiheit setzt aber nicht nur das Fehlen jeglicher Art von Unterdrückung voraus, sondern vor allem Selbständigkeit. Wer unselbständig denkt, unselbständig handelt und unselbständig urteilt, ist nicht frei. Alle äußere Freiheit, die man ihm gewährt, vermag nicht, ihn zu befreien. Er bleibt der Mensch, der, nach Theodor Storms schönem Wort, immer fragt: was kommt danach? und sich niemals damit begnügt, das Rechte ohne Neben- und Hintergedanken zu tun, einfach weil es das Rechte ist. Sein Verlangen nach Freiheit entspringt einer tiefen inneren Unfreiheit, und da er von der Demokratie immer mehr verlangt, als sie geben kann, wird er unter Umständen sogar zu einer Gefahr für die Demokratie und läuft den Leuten nach, die ihm, mit seiner Psychologie wohlvertraut, mehr Freiheit versprechen, um ihn am Ende aufs neue gründlich zu versklaven.

Ich sagte vorhin, daß für mich das eigentliche Problem der Freiheit erst in der Freiheit anfange. Der Mensch neigt dazu, alles zu mißbrauchen, nicht nur seine Macht, sondern auch seine Freiheit. Wenn er sie wirklich besitzen und genießen will, darf er sie nicht ins Grenzenlose erweitern wollen, sondern muß sie einschränken. Er darf nicht mit seinen Ketten zugleich die Vernunft verlieren. Ein freies Leben führen, heißt nicht: sich über jegliches Gesetz hinwegsetzen, heißt nicht, mit der Gesellschaft auf Kriegsfuß leben und alles, was uns in den Weg kommt, rücksichtslos niederreißen und niedertrampeln, sondern ein freies Leben führen heißt: die eigenen Vorurteile bekämpfen, die Wahrheit suchen, ihr auch dort dienen, wo es mit Gefahr verbunden ist, heißt, nicht jedem Gelüst nachgeben, nicht jeder Stimme, die uns Vorteile verspricht. Glauben schenken, nicht blind und urteilslos eine vorübergehende Notmaßnahme mit einem despotischen Gewaltakt verwechseln und nicht, die eigene Bequemlichkeit in den Mittelpunkt des Weltalls rücken. Frei sein bedeutet mehr als nur gewisser Fesseln und Einschnürungen ledig sein. Es ist für mich gleichbedeutend mit sittlicher Reife. Der wahrhaft freie Mensch verliert seine Freiheit auch dann nicht, wenn Despoten und Tyrannen über ihn herrschen, die nur den Unmündigen unterjochen, den Freien indes nur einkerkern oder töten können. Ich weiß nicht, ob es mir gelingt, mich verständlich zu machen. Und so will ich noch einmal aus einem anderen Punkte ansetzen.

Je mehr ich mich, durch Deinen Brief angeregt, mit dieser Frage befasse, um so mehr gelange ich zu der Überzeugung, daß die Freiheit erst in dem Augenblick anfängt, etwas wirklich Bewegendes und Schöpferisches zu sein, in dem sie sich mit der Selbstdisziplin durchdringt und vereint. Solange wir nicht fähig sind, uns selbst zu beherrschen, sind wir auch nicht frei. Solange die Mode uns in ihrer Gewalt hat, sind wir, weniger sichtbar zwar, aber nicht weniger tief versklavt, als es durch einen Despoten geschehen könnte. Solange wir an Gespensterfurcht leiden und abergläubisch sind, steht unsere Freiheit auf tönernen Füßen. Und erst wenn wir anfangen, uns selber vernünftige Gesetze aufzuerlegen, die nicht als Last empfunden, sondern als notwendig geachtet werden, sind wir jener Freiheit nahe, die mir vorschwebt. Denn das ist ja gerade das Verführerische an der Freiheit, daß die meisten meinen, sie habe mit Disziplin und Gesetz nichts zu schaffen. Sie gewinnt dadurch Anhänger und Mitläufer, die ihr Wesen gar nicht verstehen und die in den Ruf nach Freiheit nur deshalb so laut miteinstimmen, weil er ihnen die Herrschaft ihres eigenen Unterdrükkerwillens zu verheißen scheint. Wenn Du nicht verstehst, was ich meine, brauchst Du Dir nur das wahnsinnige »Heil«-Gebrüll zu vergegenwärtigen, das uns in den vergangenen Jahren aus gewissen Sälen über das Radio bis in unsere einsamen Zimmer verfolgte und das wir nicht mitanhören konnten, ohne ein Gefühl körperlicher Übelkeit zu empfinden. Das war nicht die Stimme der Freiheit, obwohl das Wort Freiheit an erster Stelle in diesen überhitzten Reden stand; es waren die Töne, deren sich einst der Rattenfänger von Hameln bedient haben mag, als er die Kinder, die Unmündigen, ins Verderben lockte. Unser Untergang als Volk kam nicht nur durch eine unselige Verkettung äußerer Umstände, kam nicht nur durch innere Zerrissenheit und politische Ohnmacht zustande, sondern hat seine Ursachen ebensosehr in der inneren Unfreiheit, der weiteste Kreise verfallen wahren. Diese

Unfreiheit zu überwinden, ist unsere eigentliche Aufgabe. Es ist eine Aufgabe, die jeder sich selbst stellen muß. Von ihrer Lösung hängt alles ab. Wir können sie gar nicht ernst und wichtig genug nehmen. Die Welt wird uns nicht danach beurteilen, was wir in vergangenen Jahrhunderten geleistet haben, sondern allein danach, ob wir zu einer inneren Freiheit finden oder nicht. Das, was man gemeinhin als »Haltung« bezeichnet, hängt ganz von dieser inneren Freiheit ab. Und es ist die »Haltung«, die wir den Dingen des öffentlichen und des privaten Lebens gegenüber einnehmen, nach der man uns einschätzt. Ein Unfreier mag die äußerlichen Anstandsformen beherrschen, aber in seinem ganzen Auftreten und Benehmen wird stets etwas Unterwürfiges liegen oder ein verletzender Hochmut wird überall durchblicken. Nur der innerlich freie Mensch ist natürlich. Und gar die Würde ist mit der Unfreiheit völlig unverträglich. Erinnerst Du Dich an Schillers Ausspruch über die Würde? Ich habe die Stelle nachgeschlagen. »Beherrschung der Triebe durch die moralische Kraft ist *Geistesfreiheit*«, heißt es bei ihm, »und *Würde* heißt ihr Ausdruck in der Erscheinung.« Ich schalte diese Worte ohne jeden Kommentar hier ein, weil sie mir lieb sind und weil ich in der Erscheinung unseres öffentlichen Lebens diese Würde oft vermisse.

Wir haben vieles verloren; entscheidend ist jedoch nicht, daß wir sobald wie möglich wieder in den Genuß aller Annehmlichkeiten des technischen Zeitalters gelangen, sondern die Unfreiheit in uns überwinden und der Welt gegenüber ein freies, ungezwungenes Verhältnis finden. Das ist auch der Grund, weshalb mich Deine Zweifel an der Existenz der Freiheit so tief betroffen haben. Wenn Du recht hättest, daß sie nichts weiter sei als eine Phrase, wären wir verloren. Und niemand könnte uns helfen. Dann läge die Hölle nicht hinter uns, sondern vor uns. Man könnte uns die weitesten Rechte gewähren, uns den schönsten Staat einrichten, uns morgens, mittags und abends mit den herrlichsten Freiheitsgerichten füttern, wir würden doch unfrei bleiben und uns höchstens den Magen verderben.

Wie aber sollen wir zu der inneren Freiheit finden, die zugleich Gesetz ist und doch kein Hemmnis bedeutet? Wir können sie nur gewinnen, indem wir uns unabhängig machen, unabhängig von Meinungen, Einflüssen, Vorurteilen und Ängsten. Die Furcht ist der stärkste Hinderungsgrund für die Freiheit. Solange wir Furcht vor eigenen Entschlüssen, eigenen Gedanken und Gefühlen haben, tragen wir das Kuckucksei der Versklavung in der eigenen Brust und dürfen uns nicht wundern, wenn der fremde Vogel in unserem Neste groß wird. Die Furcht macht unfrei. Aus Furcht werden die Menschen zu Verrätern, und aus Furcht beugen sie sich vor der Gewalt. Sie ist ihr schlimmster Feind. Wer sie nicht überwindet, wird von ihr überwunden und ist zu einem ewigen Sklavendasein verdammt. Aus der Freiheit jedoch wächst die Ehrfurcht; erst wenn die gemeine Furcht uns fremd geworden ist, vermögen wir Ehrfurcht zu empfinden. Aus ihr bildet sich das »milde Gesetz«, von dem Stifter spricht, das der Freie freiwillig anerkennt und durch das seine Freiheit erst ihre Weihe empfängt. Ich meine damit nicht jene Ehrfurcht, in welcher die Menschen erstarren, wie die Redensart es ausdrückt; in ihr ist wenig Freiheit und viel Furcht; sie ist ein Überrest aus höfischen Tagen; aus ihr bildet sich kein Gesetz, sondern höchstens ein Zeremoniell. Ich glaube nicht, daß Gott jemals dort ist, wo wir erzittern und erbeben. Götzen aller Art haben Wohlgefallen an dieser sklavischen Ehrfurcht, die uns nicht erhebt, sondern in den Staub drückt. Und wo Götzen sind, ist auch keine Freiheit und deshalb auch keine wahre Ehrfurcht vor dem Leben. Das untrüglichste Kennzeichen eines freien Menschen ist seine Furchtlosigkeit. Der Unfreie zittert bei jedem Schritt, den er tut, vor der Strafe, die dieser Schritt zur Folge haben könnte; er lebt aus Angst weder sein eigenes Leben noch stirbt er seinen eigenen Tod. Und das ist erbärmlich. In den Tiefen unseres Unbewußten wirken aus vorgeschichtlicher und geschichtlicher Vergangenheit viele dunkle, den Tag und das Licht scheuende Kräfte fort. Auch gegen diese inneren Feinde ist es notwendig, einen fortwährenden Freiheitskampf zu führen. Der Mensch, der zuerst in den Geistern, die an nebligen Herbstabenden über das Meer schwebten und seltsame Klagelaute ausstießen und denen seine Mitbürger Vieh und Kinder opferten, um sie gnädig und versöhnlich zu stimmen, heimwärtsziehende Vögel erkannte und seine vor Furcht unzurechnungsfähigen Stammesgenossen von seiner Erkenntnis zu überzeugen vermochte, hat für die Freiheit vielleicht mehr getan, als wenn er einen Tyrannen ermordet hätte. Wir bilden uns zwar ein, der Kinderstube und der Gespensterfurcht entwachsen zu sein, und halten die Leute, die an Hexen glaubten und sie auf dem Scheiterhaufen verbrannten, für Barbaren und für eine geschichtliche Kuriosität; aber nichts, was früher einmal möglich war, ist heute oder in Zukunft unmöglich.

Rückfälle in überwunden geglaubte Zustände sind häufiger, als man annimmt. Wenn wir uns die Freiheit, die uns vererbt wurde, nicht zu bewahren verstehen, wenn wir uns nicht täglich um ihren Fortbestand mit allen Kräften unseres Gemütes und unseres Verstandes bemühen, kann sie uns über Nacht aus den Händen gewunden werden, und es kann geschehen, daß wir uns als Freie niederlegen und als Sklaven erwachen. Der Teufel wartet nur auf eine Gelegenheit. Und wenn ein einziges Samenkorn der Furcht in unseren Herzen aufgeht, wird bald der ganze Acker voller Unkraut stehen.

Unsere innere Freiheit wird immer größer sein als das, was sich nach außen von ihr verwirklichen läßt. Ein altes Sprichwort sagt, daß der Friede oft nur dazu diene, den Krieg vorzubereiten. Und so müssen wir auch wachsam sein, damit nicht aus der Freiheit eine neue Tyrannei entstehe. Die Wurzeln des Bösen liegen auf eine geheimnisvolle Weise oft im Guten. Deswegen ist auch jedes Übermaß von Freiheit gefährlich; es schlägt zu leicht in sein Gegenteil um. Wir müssen das Gesetz in der Freiheit finden, den Ölbaumzweig, unter dessen Zeichen der einzelne sich entwickeln kann, ohne mit der Gesellschaft schon beim Luftschöpfen in Konflikt zu geraten. Wir müssen dahin gelangen, daß die Kräfte der Völker zusammen und nicht gegeneinander wirken. Und das ist nur in der Freiheit möglich. Ich glaube an diese Freiheit. Ich weiß, daß weniger von ihr vorhanden ist, als von den Tribünen gewöhnlich verkündet wird. Aber ich weiß auch, daß kein Grund besteht, an ihrer Existenz zu zweifeln. Sie hat uns am Leben erhalten, als der Tod durch unsere Reihen ging. Sie hat uns furchtlos gemacht. Ihr verdanken wir alles, was wir sind; was wir werden wollen, ist nur in ihr und mit ihr möglich.

Gestern blätterte ich in einer alten Manuskriptmappe und stieß dabei auf ein paar Seiten aus Miltons »Areopagitica«, die ich während der bitteren Jahre der Versklavung angefangen hatte zu übersetzen. Kennst Du diese herrliche Freiheitsrede, die der Dichter des »Verlorenen Paradieses« vor dem englischen Parlament hielt? Ich kann meinen Brief nicht besser beschließen als mit einem Wort aus dieser Schrift: »Denn dies ist nicht die Freiheit, auf die wir hoffen können«, schreibt Milton, »daß es im Staate niemals Grund zu Beschwerden geben sollte; das kann niemand in dieser Welt erwarten; aber wenn Klagen freimütig angehört, gründlich erwogen und schnell abgestellt werden, dann ist die äußerste

Grenze bürgerlicher Freiheit erreicht, nach der verständige Männer streben.« Ich wüßte diesem etwas verworrenen und weitschweifigen Brief sonst nichts weiter hinzuzufügen, als daß er dazu beitragen möge, Deine Bedenken über die Freiheit zu zerstreuen und Dir neues Zutrauen zu jener Freiheit zu geben, die Du in Dir trägst und die, in einem kommenden deutschen Staate, als Recht und Würde in Erscheinung treten wird. Leb wohl.

Gedanken über die Mode

Alles Modische besticht auf den ersten Blick, es ist immer gefällig und annehmbar, weil es bei den Nachbarn nie Mißfallen, höchstens Neid erregen wird; weil es nie lächerlich macht, mag es noch so lächerlich sein. Moden sind das bequemste, das ein Mensch sich zulegen kann. Sie erfinden, denken und träumen sogar für ihn. Sie richten sein Leben ein, bestimmen ihn in der Wahl seiner Gattin, regulieren seine Kenntnisse und seinen Wortschatz, gar nicht zu sprechen von seiner Kleidung und seinen sonstiger Bedürfnissen. Und all das geschieht, ohne daß er viel davon merkt. Auf eine ganz leise und heimliche Weise. Es sollte sich jeder in der Woche mindestens einmal fragen, wenn er ein Urteil, und sei es ein Urteil über die belangloseste Sache, abgibt, ob dieses Urteil wirklich von ihm stammt, oder ob es nicht das Urteil sei, das die Mode in diesem bestimmten Falle vorschreibt. Man kann die merkwürdigsten Überraschungen erleben, wenn man sich nur die Mühe machen will, sich einmal genau auf die Finger zu sehen. Man kann aber auch Angst bekommen vor dem Einfluß, den die Mode auf unser Leben gewonnen hat.

Die Mode ist eine taube Blüte auf dem Baume des Fortschritts, der selbst nicht sehr tief verwurzelt ist. Sie herrscht in den Warenhäusern ebenso unumschränkt wie in der Kunst und in der Liebe. Es ist schwer, ihr nicht zum Opfer zu fallen. Es ist vielleicht sogar unmöglich; denn wir alle kommen schon auf eine Art zur Welt, die gerade in Mode ist. Sie macht vor nichts halt. An ihrer Angel hängt als lockender Köder der fette Bissen des Erfolges, nach dem alle kleinen und großen Fische im Teich des Lebens begierig schnappen. Außer Mode zu sein, ist beinah gleichbedeutend mit Erfolglosigkeit. Und die Gegenwart beachtet nur die Erfolgreichen. Sie sind der Glanz, in dem sie sich selbstgefällig spiegelt. Da die Mode mit dem Erfolg ein gutgehendes Kompaniegeschäft aufgemacht hat, in dem mit allem gehandelt wird, womit sich handeln läßt, und da jede Gegenwart ihr ein neues Monopol ausstellt, ist es schwierig, ihr auch nur auf einem Gebiete zu entwischen. Sie entnervt langsam. An Stelle des Urteils, das der persönlichen Verantwortung entspringt, tritt das allgemeine Vorurteil. Ihre Ranken überwuchern und ersticken die schöpferische Kraft endlich ganz und gar. Sie bedient sich aller technischen Errungenschaften des Zeitalters und sorgt auf unnachahmliche Weise für die Verbreitung ihrer Artikel und Ansichten, und sie ruht nicht eher, bis nicht die entlegenste Hütte, der schwächste und der stärkste Kopf mit ihren Erzeugnissen angefüllt sind; »denn die Philosophie hat ebensogut ihre Moden wie die Kleidung, die Musik, die Architektur und alles übrige«, wie Vauvenargues in seinen Maximen sagt. Alles, was rasch veraltet ist, war einmal groß in Mode. Und ich habe Menschen gekannt, die mit ihren Moden starben, ohne es selbst zu merken und die noch immer mitreden wollten, als sie schon längst im Museum hingen. Die Tragikomik eines solchen Menschen könnte das Thema eines großen Romans sein. Und wenn er geschrieben wäre, würden wir in seinem Helden allesamt Züge unserer selbst wiedererkennen. Denn soviel wir uns auch auf unsere Modernität einbilden, so stammt doch das meiste daran aus den fragwürdigen Werkstätten der Mode, die unter niemands Kontrolle stehen, und an denen wir alle beteiligt sind. Die Mode spiegelt Bewegung vor, wo nur Stillstand herrscht, sie weiß sich den Anschein zu geben, als befände das Zeitalter sich in Aufruhr über die tiefsten und schwierigsten Fragen der Menschheit, wo jeder nur sein Fortkommen sucht. Was man sich täglich unter neuen Qualen und Fehlschlägen erringen sollte, das erscheint bei ihr als fertiges Rezept. Dinge, für die manche Menschen mit ihrem Leben bezahlt haben, erhält man im Warenhaus der Mode für die elenden Pfennige zeitgenössischer Beliebtheit. Sie nimmt allen Dingen ihren lebendigen Wert und verkauft alles unter Preis. Sie beraubt den Menschen, der sich völlig in ihre Gewalt begibt, aller geistigen Selbständigkeit und schiebt ihm bei moralischen Rückenschmerzen ein weiches Trostkissen unter das Kreuz. Und dabei ist sie niemals völlig verlogen, weil sie immer im Einklang mit den Tendenzen ihres Zeitalters ist, der Spiegel seiner Mentalität, seiner Unschuld oder seiner Verworfenheit. Und dies gerade macht es so schwierig, sie zu analysieren. Denn wir können alle nicht aus unserer Zeit heraus, und noch während man glaubt, etwas Eigenes gedacht zu haben, ertappt man sich bei modischen Wendungen.

Die Menschen haben das von jeher gefühlt und vom »Mitmachen einer Mode« gesprochen. Jeder aber hat schon einmal erfahren, wie schwierig es ist, sie nicht mitzumachen. Und doch fangen die Fragen und Wege, die es einem Menschen von innerer Freiheit und geistiger Unabhängigkeit zu gehen ziemt, erst jenseits des Modischen an. Es gibt Abwehrmittel dagegen, die man freilich völlig verkennt, wenn man glaubt, man brauche einen Anzug nach neuester Mode nur abzulehnen, und damit sei alles getan. Von Seiten der Schneider droht die geringste Gefahr. Diese Scheingefahr abzuwenden, bleibe den Reformern der Männerkleidung überlassen, die gegen Windmühlenflügel kämpfen. Gegenwart, Mode und Erfolg bilden ein Triumvirat, das durch alle Zeiten geht und mit dem jeder einzelne fertig werden muß. Der eigene Instinkt muß einem sagen, wann die vereinten Kraftanstrengungen jenes Triumvirats anfangen, für einen gefährlich zu werden. Jeder muß wissen, wieviel von diesem Gift er vertragen kann, das sich in den populärsten Formen anbiedert, Zerstreuung verspricht, Vergnügen vortäuscht und endlich zu einer Schwächung der Urteilskraft führt, die an Imbezillität grenzt. Wie es Teesorten und Präparate zur Reinigung des Blutes von unerwünschten Stoffen gibt, so sollte man Pillen erfinden, die den Geist und die Phantasie von den Ablagerungen der Mode befreiten und die man in gewissen Zeitabständen mit einem Glase reinen Wassers zu sich nähme. Erst nach einer solchen Kur würden wir merken, bis zu welchen Graden wir unsere Nervenkraft, unsere Leidenschaft und unsere Gedanken an Belanglosigkeiten vergeudet haben. Die Summe der vorhandenen geistigen und moralischen Kraft eines Zeitalters läßt sich nicht in Zahlen ausdrücken, aber es spricht nichts dagegen, daß sie konstant und zu allen Zeiten dieselbe sei. Wenn wir trotzdem von verschiedenen Zeitaltern sprechen, die hohe Kultur des einen bewundern und den Mangel an moralischer Disziplin des andern beklagen, so heißt das, in anderen Worten, nur, daß gleiche Kräfteverteilung noch gar nichts bedeutet und daß es nur darauf ankommt, was die Menschen mit ihrer Kraft anzufangen wissen. Ganze Zeitalter haben sich im Nichtstun erschöpft, andere haben ihre Ziele zu hoch gesteckt, und die meisten sind samt ihren Moden verblichen. Je unabhängiger der einzelne Mensch von der Mode ist, um so wertvoller ist er für seine Zeit. Er wird zwar verdächtigt werden, unzeitgemäß zu sein, ein Schimpfwort, mit dem man rasch bei der Hand ist, wenn ein Mensch anfängt, die Mode zu überwinden, aber das darf ihn nicht aus der Fassung bringen. Er wird anfangen, mit eigenem Hirn zu denken und nach eigenem

Instinkt zu handeln. Er wird es schwer haben, aber jede wirkliche geistige und moralische Kraftanstrengung belohnt sich augenblicklich selbst. Das Bewußtsein, im Besitz lebendiger, schöpferischer Kräfte zu sein, wird ihm zurückkehren. Er wird Bescheidenheit lernen, dem Vergangenen Gerechtigkeit widerfahren lassen, und er wird wissen, daß er der Zukunft kein schöneres Vermächtnis hinterlassen kann, als frei und stolz durch das Leben gegangen zu sein, ein Mensch mit Fehlern und Schwächen zwar, aber keine Attrappe aus den Schaufenstern der Mode.

Ungekünstelter Stil

Es ist nicht leicht, einen ungekünstelten Stil zu schreiben. Viele Leute verwechseln einen ungekünstelten mit einem ungepflegten Stil und glauben, daß ohne Geziertheit schreiben, aufs Geratewohl schreiben hieße. Es erfordert jedoch im Gegenteil nichts größere Genauigkeit und, wenn ich so sagen darf, Reinheit des Ausdrucks wie der Stil, von dem ich spreche. Er ist nicht nur völlig unvereinbar mit allem bedeutungslosen Wortprunk, sondern auch mit allen gemeinen und ausgefallenen Redensarten und allen anzüglichen und *saloppen* Anspielungen. Er kommt nicht dadurch zustande, daß man mit dem erstbesten Wort, das sich bietet, vorlieb nimmt, sondern daß man aus den allgemein gebräuchlichen das beste auswähle; er besteht nicht darin, daß man Worte in irgendeine beliebige Beziehung zueinander setze, sondern daß man sich die Eigentümlichkeiten der Sprache zunutze mache und sie befolge. Einen ungekünstelten, rein englischen Stil schreiben, heißt so zu schreiben, wie jemand, der die Wahl der Worte vollkommen beherrschte, in einer gewöhnlichen Unterhaltung reden würde, oder wie jemand, der die Gabe besäße, sich ohne pedantische und schönrednerische Schnörkel mit Ruhe, Kraft und Deutlichkeit auszudrücken. Oder um den Vorgang an einem anderen Beispiel zu erläutern: natürlich schreiben ist in Hinsicht auf die allgemein übliche Art, sich zu unterhalten, dasselbe, was natürlich lesen in Hinsicht auf die allgemein übliche Art zu reden ist. Daraus, daß man sich nicht über das Niveau des täglichen Lebens und der gewöhnlichen Umgangssprache zu erheben sucht, folgt jedoch nicht, daß es leicht sei, die Worte, die man äußert, richtig zu betonen, zu konjugieren oder zu deklinieren. Auch wenn man sich der Feierlichkeit eines Kanzelredners und eines deklamatorischen Bühnentons enthält, steht es einem nicht frei, ohne Nachdruck und Besonnenheit auf gut Glück daherzuschwatzen und seine Zuflucht zu Provinzialismen und bäuerlicher Ausdrucksweise zu nehmen. Man muß einen milderen Kurs steuern und sich an eine festgelegte Aussprache gebunden fühlen, wie sie im Laufe der Jahre durch das Zusammenwirken von Sinn und Klang zustande gekommen ist, und die man nur dann richtig treffen kann, wenn man sich bemüht, ernsthaft in die Bedeutung einzudringen, die ein Autor seinen Worten verleiht, wie man auch seinen eigenen Stil und seine eigenen Worte nur finden kann, indem man seine Gedanken fest auf den Gegenstand richtet, über den man schreiben will. Jeder kann einen Abschnitt in theatralischem Tonfall herunterleiern oder auf Stelzen steigen, um seine Gedanken auszusprechen; aber es ist eine ungleich schwierigere Aufgabe, mit Schicklichkeit und Einfachheit zu reden oder zu schreiben. Auf diese Weise ist es leicht, einen glanzvollen Stil vorzutäuschen und Worte zu gebrauchen, die doppelt so groß sind, wie die Sache, die man ausdrücken will; nicht ganz so einfach ist es, gerade das Wort zu treffen, das der Sache genau entspricht. Es gehört eine ganze Menge Feingefühl und Unterscheidungsvermögen dazu, aus acht oder zehn gleich gebräuchlichen, gleich verständlichen Worten mit fast gleichen Ansprüchen auf Richtigkeit, gerade dasjenige herauszugreifen, dessen Vorzüge kaum wahrnehmbar, aber nichtsdestoweniger entscheidend sind. Der Grund, aus dem ich gegen Dr. Johnsons Stil Einwände erhebe, liegt darin, daß er keine Unterschiede, keine Auswahl, keine Abwechslung kennt. Er gebraucht immer nur »große, undurchsichtige Worte« aus der »ersten Reihe der Rubrik« –, Worte mit der größten Silbenzahl oder lateinische Redewendungen mit angehängten englischen Endungen. Hinge ein klarer Stil von dieser Art willkürlicher Prätension ab, so wäre es nichts weiter als billig, die Schönheit eines Schriftstellers nach den Ausmaßen seiner Worte und den fremdländischen Umschreibungen (ohne bestimmte Assoziationen), die er an Stelle seiner Muttersprache setzt, zu beurteilen.

Wie einfach ist es doch, würdevoll ohne Ungezwungenheit, prunkvoll ohne Bedeutung zu sein! Man kann das Gewöhnliche sehr wohl vermeiden, wenn man sich mechanisch an die Vorschrift hält, stets pedantisch und geziert zu sein. Es ist klar, daß man nie in Vulgaritäten verfallen kann, wenn man überhaupt nie ein Wort aus der täglichen Umgangssprache gebraucht. Ein feines Taktgefühl zeigt sich darin, daß man sich auf solche Worte beschränkt, die überall im Umlauf sind, und dennoch nie Ausdrücke anwendet, die etwas Abstoßendes an sich haben oder ihre Bedeutung und ihren Sinn ausschließlich technischen oder beruflichen Anspielungen verdanken. Ein wahrhaft natürlicher oder ungekünstelter Stil kann aus dem einfachen Grunde niemals vulgär oder geschraubt sein, weil er von allgemeiner Gültigkeit und Anwendbarkeit ist und weil Geschraubtheit und Vulgarität unmittelbar aus der Verbindung gewisser Worte mit gemeinen, unangenehmen oder beschränkten Gedanken entspringen. Diese letzteren bilden das, was wir unter *Kunstausdrücken* oder *Slang* verstehen. – Um ein Beispiel dafür zu geben, falls die Sache durch die allgemeine Feststellung nicht genügend klar geworden sein sollte: *Mit einem Messer zu schneiden* oder *ein Stück Holz zu zerschneiden* sind Ausdrücke, die nichts Vulgäres an sich haben, weil sie überall gebräuchlich sind, aber der Ausdruck *einen Bekannten schneiden* ist nicht ganz unverwerflich, weil er nicht ganz gebräuchlich oder verständlich ist und hart auf der Grenze pöbelhafter Redeweise liegt. Ich würde daher das Wort kaum in diesem Sinne gebrauchen, ohne es, als Hinweis, daß man es *cum grano salis* zu nehmen habe, in Kursivschrift zu setzen. Alle provinziellen oder sprichwörtlichen Redensarten fallen unter dasselbe Kennzeichen der Verdammung – desgleichen alles, was ein Schriftsteller aus seiner engsten Umgebung oder einer besonderen *coterie* in seine Prosa hineinschmuggelt oder was er ausschließlich zu seinem eigenen Gebrauch oder seiner eigenen Bequemlichkeit erfindet. Worte sind, meines Erachtens, wie Geld, um nichts schlimmer darum, daß sie überall gebräuchlich sind, ist es doch allein der Stempel der Gewohnheit, der ihnen Wert und Umlauf verleiht. Ich bin äußerst wählerisch in dieser Hinsicht und würde eher falsche Münzen unter die Leute bringen, als des Königs Englisch verfälschen. Ich habe noch nie einem Worte eine unbeglaubigte und neue Bedeutung gegeben außer in einem einzigen Falle, und das geschah bei Gelegenheit einer sehr verworrenen metaphysischen Diskussion, wobei es darauf ankam, einen außerordentlich feinen Unterschied auszudrücken (und wo ich den Begriff *unpersönlich* auf Gefühle anwendete). Man hat mich (wie ich weiß) laut beschuldigt, in Vulgaritäten und gebrochenem Englisch zu schwelgen. Ich kann zu dieser Frage weiter nichts bemerken, bekenne mich jedoch insoweit schuldig, als ich festgelegte mundartliche Redewendungen und übliche Abkürzungen gebraucht habe. Ich bin mir freilich nicht ganz sicher, ob die betreffenden Kritiker das eine vom andern zu trennen imstande sind, das heißt, ob sie irgendein Mittelding zwischen formaler Pedanterie und barbarischer Sprachverhunzung unterscheiden können. Als Schriftsteller bemühe ich mich, möglichst einfache Worte und gemeinfaßliche Arten der

Satzbildung anzuwenden, wie ich mich, wäre ich ein Hausierer oder ein Handelsmann, bemühen würde, überall gebräuchliche Gewichte und Maße zu benützen.

Die eigentliche Kraft von Worten liegt nicht in den Worten selbst, sondern in ihrer Anwendung. Ein Wort kann wohlklingend, von außergewöhnlicher Länge und eindrucksvoll durch seine Gelehrsamkeit und Neuheit sein und dennoch in der Verbindung, in welcher es uns vorgeführt wird, ziemlich nichtssagend und nicht zur Sache gehörig wirken. Nicht Prunkhaftigkeit oder Prätension, sondern die Anpassung des Ausdrucks an den Gedanken gibt den Worten eines Schriftstellers Sinn – wie auch die Stärke eines Gewölbes nicht auf der Glätte und Größe des Materials, sondern darauf beruht, daß alles am rechten Platz eingefügt wird; oder wie Nägel und Pflöcke sich als ebenso notwendig erweisen wie große Tragbalken, damit ein Gebäude Halt habe, und bestimmt notwendiger sind als die bloßen, den Blick auf sich ziehenden, wesenlosen Ornamente. Ich hasse alles, was mehr Raum einnimmt, als es wert ist. Ich hasse den Anblick einer Ladung von Putzschachteln, und ich hasse den Anblick eines Bündels großer Worte, die nichts enthalten. Jemand, der seine Gedanken nicht absichtlich immer nur in lästige Falten und geistlose Verkleidungen hüllt, kann auf zwanzig verschiedene Spielarten aus der ungekünstelten Alltagssprache stoßen, von denen eine jede dem Gefühl, das er mitteilen will, um ein wenig näher kommt, und sich zuletzt doch in der einzig richtigen und besonderen Form vergreifen, die das, was ihm vorschwebt, genau trifft. Dies würde auch zeigen, daß Mr. Cobbett kaum recht hat damit, wenn er sagt, das erste Wort, das sich biete, sei immer das beste. Es mag ein sehr gutes Wort sein; und doch kann sich durch Nachdenken oder im Laufe der Zeit ein besseres einstellen. Es sollte einem aus der frischen und lebhaften Konzeption des Themas ganz von selbst zufließen. Mit Verbesserungsversuchen hat man selten Erfolg und auch damit nicht, daß man ein Wort, mit dem man nicht zufrieden ist, durch ein anderes zu ersetzen suche, wie man sich auch des Namens eines Ortes oder einer Person nicht erinnern kann, indem man sich einfach den Kopf darüber zerbricht. Man entfernt sich immer weiter von der Sache, wenn man auf der falschen Fährte beharrt; doch wenn wir es am wenigsten erwarten, fällt das richtige Wort uns wie durch Zufall ein, dadurch, daß plötzlich ein Glied in der Kette vorhergegangener Assoziationen angerührt wird.

Es gibt Leute, die, wie andere alte Medaillen, Münzen dunklen Ursprungs und spanische Goldrealen, nichts als kostbare und seltene Redensarten in ihren Truhen anhäufen und sie behutsam zur Schau stellen. Es mag sehr interessant sein, sie zu betrachten, aber ich würde sie als Wechselgeld weder anbieten noch annehmen. Ein wenig altertümlich zu sein, ist vielleicht nicht fehl am Platze, aber ein ganzes Gewebe veralteter Ausdrücke eignet sich besser für das Museum als für den Gebrauch. Ich sage nicht, daß ich eine Redensart, die vor der Mitte des vergangenen Jahrhunderts in Mode gekommen ist, nicht gebrauchen würde, aber ich würde mich davor hüten, irgendeine anzuwenden, die während dieser Zeit nicht die Billigung eines anerkannten Schriftstellers gefunden hat. Worte, wie Kleider, haben die Eigenschaft, aus der Mode zu geraten und schäbig und lächerlich zu werden, sobald sie für längere Zeit abgelegt worden sind. Mr. Lamb ist der einzige Nachahmer altenglischen Stils, den ich mit Vergnügen lesen kann; und er ist so völlig von dem Geiste seiner Autoren durchdrungen, daß man bei ihm an Nachahmung fast überhaupt nicht denkt. Seine Gedanken und Gefühle haben eine innere Überzeugungskraft, eine kernige Ader, und er weiß sein Thema so tief und lebhaft zur Anschauung zu bringen, daß selbst das Unbeholfene und Gekünstelte, das ein veralteter Stil mit sich bringt, erträglich wird. Der Stoff ist völlig sein eigen, obwohl die Art, wie er ihn vorträgt, eine angenommene ist. Vielleicht sind seine Ideen so ausgeprägt und individuell, daß ihre Pointen und Schärfen durch das Hilfsmittel einer besonderen aber traditionellen Darstellungsform neutralisiert werden müssen. In das vorherrschende Kostüm gekleidet, würden sie wahrscheinlich noch ausgefallener wirken und noch mehr Bestürzung hervorrufen. Man kann die alten englischen Autoren, Burton, Fuller, Coryate, Sir Thomas Browne, als eine Art von Vermittler zwischen uns und dem in stärkerem Maße exzentrischen und wunderlichen Modernen ansprechen, da sie uns mit seinen Eigenheiten versöhnen. Wie weit dies der Fall ist oder nicht, kann ich indes nicht wissen, bis er sich nicht herabläßt, so zu schreiben wie einer von uns. Ich muß gestehen, daß mir unter all seinen Schriften, die er unter dem Pseudonym Elia veröffentlicht hat (obwohl ich mir nicht anmaße zu entscheiden, welche aus so vielen vortrefflichen Sachen die vortrefflichste sei), der Essay »Mrs. Battles Meinungen über das Whistspiel« am besten gefällt, der auch zugleich am wenigsten mit veralteten Anspielungen und

Ausdrücken belastet ist –

ein echter unverdorbner Sprachenborn.

Für diejenigen, die mit seinen bewunderten Vorbildern bekannt sind, haben diese *Essays* des geistreichen und hochbegabten Mannes etwas von jenem Zauber und jenem Reiz, den die *Gespräche* des Erasmus besitzen oder den ein gutes Stück moderner lateinischer Prosa auf den Kenner der Alten ausübt. Ich kann mit Bestimmtheit behaupten, daß ich unter all denen, die mit fremden Federn schreiben, keinen einzigen kenne, der darin soviel Kraft und Glück bewiese wie der, von dem ich gesprochen habe.

Es ist leicht, einen aufgeputzten Stil ohne Gedanken zu schreiben, wie es leicht ist, eine ganze Palette voll ins Auge fallender Farben mit dem Spatel aufzutragen oder ein prunkendes Bild hinzuschmieren. »Was liest du?« »Worte, Worte, Worte«. – »Worum handelt es sich?« *»Um nichts«*, könnte man darauf erwidern. Der überladene Stil ist das Gegenstück zum ungekünstelten. Der letztere wird als ein ungeschminktes Mittel zur Mitteilung von Gedanken angewendet; der erstere dient als ein flitterhafter Schleier, den Mangel daran zu verbergen. Wenn man nichts weiter niederzuschreiben hat als bloß Worte, kostet es wenig, sich die feinsten und größten auszusuchen. Man blättere das Wörterbuch durch und greife eine *Blütenlese* heraus, man wetteifere darin, den *Tulpenwahnsinn* zu übertreffen. Man lege *rouge* auf und schere sich nicht im geringsten um die natürliche Gesichtsfarbe. Der Pöbel, der sich nicht im Besitz des Geheimnisses befindet, wird beim Anblick dieser übernatürlichen Gesundheit und Kraft in Bewunderung ausbrechen; und die Modenarren, die nur den äußeren Schein betrachten, werden entzückt sein von der Auflage. Man halte sich an schallende Allgemeinheiten und klingende Redensarten, und alles wird gut sein. Man begleite eine nichtssagende, allgemein bekannte Wahrheit mit Paukenschlägen des Stils. Ein Gedanke, eine Unterscheidung ist der Fels, an dem diese zerbrechliche Ladung von Phrasen sofort in Stücke geht. Solche Schriftsteller besitzen ausschließlich *verbale* Einbildungskraft, die nichts weiter enthält als nur Worte. Oder ihre kleinen Gedanken kommen auf Drachenflügeln angesegelt, die völlig in Grün und Rot getaucht sind. Sie schweben hoch über dem vulgären Fehler des *Sermo humi obrepens* – und noch wenn sie sich ganz gewöhnlich ausdrücken, mangelt es ihrer Rede nie an übertriebenen, großartigen, imponierenden, unbestimmten, unverständlichen, großsprecherischen, an aus andern Büchern übernommenen, schallenden Gemeinplätzen. Im Gegensatz zu uns, deren »Ehrgeiz niedriger hängt« und die wir oft Ecken und Winkel ein bißchen zu genau nach »geringschätzigen Kleinigkeiten« durchforschen, greifen oder lenken sie ihre Blicke nie auf etwas anderes, als auf die prächtigsten, abgeschabtesten, fadenscheinigsten Redensarten aus dem Trödelladen der Literatur, auf den abgelegtesten Putz poetischer Geschmacklosigkeiten, der sich durch mehrere Generationen unfruchtbarer Prätendenten auf uns vererbt hat. Wenn sie einen Schauspieler oder eine Schauspielerin kritisieren, schwimmt ihnen ein hingesudeltes Trugbild von Federn und Flitterkram, schwimmen ihnen Fluten von Licht, Meere von Klang vor, die sie im Stil des altertümlichen Pistol ausmalen. Nicht einen Schimmer von den Verdiensten oder Mängeln der Ausführenden kann man dabei erhaschen; sie werden hinter einem Schwall von barbarischen Beiworten und vorsätzlichen Rhodomontaden verborgen. Unsere Überkritiker haben nicht jene kleinen mechanischen Puppen im Sinn –

die ihre Stunde auf der Bühne sich erzürnen und sich brüsten –,

sondern sie denken an gewaltige Wortphantome und Abstraktionen, der *Gattung* sowohl als der *Art* nach, an weitausgreifende Satzglieder und Perioden, die sich von Pol zu Pol schlingen, an gewaltsame Stabreime und erstaunliche Antithesen –

und auf ihren Federn hockt die Schwülstigkeit und bläht sich auf.

Wenn sie Könige und Königinnen beschreiben, wird eine orientalische Prachtszene daraus. Die Krönungsfeierlichkeiten in einem von den beiden Häusern des Parlamentes sind nichts dagegen. Man gelangt zu vier sich wiederholenden Bildern – einem Vorhang, einem Thron, einem Zepter und einem Fußschemel. Daraus besteht für sie die Garderobe einer erhabenen Phantasie; und ihre knechtischen Ergüsse wenden sich knechtischen Bräuchen zu. Liest man eine Beschreibung von Bildern? Es handelt sich bei ihnen nicht um eine Betrachtung der Töne und Farben, welche »die Natur selbst mit geschickter Hand aufgelegt hat«, sondern um Berge von kostbaren Steinen, Rubinen, Perlen, Smaragden und Goldminen und all die falschen Schmuckstücke der Kunst. Solche Leute sind in der Tat durch Worte verdummt, benebelt durch die glänzenden aber leeren und unfruchtbaren Schatten der Dinge. Ihre Warenvorräte setzen sich zusammen aus Personifizierungen, großen Buchstaben, ganzen Meeren von Sonnenstrahlen, Visionen des Ruhmes, leuchtenden Inschriften, durchlauchtigsten Gestalten, der Britannia mit ihrem Schild oder der Hoffnung, die sich auf einen Anker stützt. Man kann sie als *hieroglyphische* Schriftsteller bezeichnen. In ihren Köpfen stehen die Metaphern isoliert, nicht auf der Grundlage eines Gefühls, und sind nur für sich selbst von Bedeutung. Es herrscht kein Zusammenhang in ihrer Phantasie. Worte wirken in der gleichen Weise auf sie: durch ihren bloßen Klang, das heißt, durch ihre mögliche, nicht durch ihre faktische Anwendung auf den Gegenstand, um den es sich dreht. Sie sind schon vom ersten Anblick fasziniert und haben keinen Sinn für Folgerichtigkeiten. Sie meinen nicht mehr, als sie hören können; sie fühlen und verstehen nicht mehr, als sie sehen können. Das Gewebe und die Zusammensetzung des Weltalls und des menschlichen Herzens bleiben ein Geheimnis für sie: es fehlt ihnen an der Fähigkeit, einen Akkord zu greifen, der im Einklang damit ist. Nie gelangen sie über die schlechten Wandmalereien der Phantasie, nie über den Firnis der Empfindungen hinaus. Gegenstände sind bei ihnen nicht mit Gefühlen, Worte nicht mit Dingen verbunden, sondern Bilder und Metaphern drehen sich in großartiger, betrügerischer Pracht um sich selbst und Worte bilden in ihren seltsamen Rhapsodien ihr eigenes Repräsentantenhaus. Die Kategorien eines solchen Geistes heißen Stolz und Unwissenheit – Stolz auf Äußerlichkeiten, denen er alles opfert, und Unwissenheit in Hinsicht auf den wahren Wert und die verborgene Struktur von Worten und Dingen. Mit einer souveränen Verachtung für alles, was ungekünstelt und natürlich ist, sind sie die Sklaven niederster Prätension – einer Routine schwülstiger Phrasen. Sie dünken sich über die Nachahmung der Wirklichkeit erhaben und sind dabei unfähig, etwas zu erfinden oder eine einzige originelle Idee hervorzubringen. Man kann von ihnen nicht behaupten, daß sie die Natur abschrieben; aber sie sind die ärmsten Plagiatoren, die es gibt, die Plagiatoren von Worten. Ihre Themen und Anspielungen sind samt und sonders weit hergeholt, zu teuer erstanden, erkünstelt, orientalisch; ihr Stil und ihre Ausführung sind mechanisch, konventionell, geistlos, förmlich und pedantisch. Sie erschrecken und verwirren den Verstand ihrer Leser mit dunklen und abgelegten Erläuterungen; sie schmeicheln dem Ohr durch die Monotonie desselben immerwährenden Rundgesangs weitschweifiger Metaphern. Sie sind *Nachäffer* in Vers und Prosa. Sie pendeln krampfhaft zwischen Schwülstigkeit im Ausdruck und falschem Pathos in Gefühlsdingen hin und her. Sie quälen die Phantasie, ohne jemals den Kopf anzusprechen oder das Herz zu rühren. Ihr Ruhmestempel ist ein schattenartiger Bau, den die Dummheit der Eitelkeit errichtet, er gleicht der Beschreibung, die Cowper von dem Eispalast der russischen Kaiserin gibt, »so wertlos wie er prächtig glänzte« –

lächelnd, aber kalt !

Über das Vergessen

Es ist etwas Merkwürdiges um das Vergessen; kein Gebiet ist reicher an Nuancen, Halbtönen und Schattierungen, auf keinem anderen bieten sich einem Erklärungen in solcher Fülle an wie hier, nirgends tappt man so im Dunkeln und irrt zwischen Vermutungen und Fehlschlüssen hin und her als in dem Augenblick, da man sagen soll, warum man etwas Bestimmtes vergessen habe. Man erinnert sich gewisser Vorgänge, Aussprüche und Begegnungen, von denen man mit Sicherheit zu wissen glaubt, daß sie weder an sich noch für uns bedeutungsvoll waren mit aller Deutlichkeit, während man andere, von denen man fühlt, daß sie unsere Entwicklung oder unsere Entschlüsse beeinflußt haben, völlig vergessen hat. Man grübelt darüber und kann es nicht ergründen, und noch während man nachgrübelt, hat man plötzlich vergessen, welche Frage man lösen wollte. Unser Gedächtnis ist voll von leeren Stellen, verhängnisvollen Löchern, in welche der Witz oder die gescheite Bemerkung gerade in dem Augenblick unauffindbar hineinrutscht, da man sie aussprechen wollte. Man vergißt Namen, Zahlen, Gesichter, Schmerzen, Freuden, Verabredungen, und man müßte, um die Liste alles dessen, was man vergessen kann, einigermaßen vollständig zu machen, das ganze Wörterbuch abschreiben. Mancher unter uns kann Frauen, die er einmal geliebt, Träume, die ihm einmal heilig gewesen sind, so völlig vergessen, daß sie kaum noch zu seinem Leben zu gehören scheinen. Andere schleppen eine quälende Erinnerung daran bis an ihr Lebensende mit sich fort, sie möchten gern vergessen und können nicht, es sind die manischen Erinnerungsmenschen, die nicht mehr die Kraft zu neuer Liebe und neuen Träumen finden.

Oft scheinen wir zu vergessen, damit wir uns selbst nicht allzu genau kennen lernen müssen. Die Natur erspart uns die demütigende Bekanntschaft mit vielen unserer Schwächen, indem sie einen Vorhang über ihre Auswirkungen fallen läßt. Denn das Vergessene ist so gut wie nie gewesen. Niemand ist imstande, sich all der flüchtigen Augenblicke zu erinnern, aus denen sein Leben sich zusammensetzt. Deshalb darf auch niemand von sich behaupten, daß er sich kenne. Die Melancholie, die den großen Menschen umgibt, hat vielleicht ihren tiefsten Grund darin, daß er weniger rasch vergißt als andere. In ihm klingen die Dinge nach. Er lebt nicht nur in der Gegenwart, sondern in innerer Aufgeschlossenheit zum Ganzen. In seiner Seele leuchten fortwährend Erinnerungen auf und nehmen Gestalt an. »Der wahre Mensch ist immer traurig, seine Freuden sind wie Blitze in der Nacht«, sagt Wilhelm Heinse. Dieser »wahre Mensch«, von dem er spricht, ist genau das Gegenteil des naiven Menschen, wie ihn die Natur täglich hervorbringt. Solange der Mensch naiv ist, steht er am stärksten unter der Herrschaft des Vergessens. Er erinnert sich fast automatisch nur an das, was sich für ihn und seine Art als nützlich erwiesen hat. Um sich selbst und seine Familie zu erhalten und sich fortzupflanzen, bedarf es des »zärtlichen Erinnerns« an hundert umsonst gestorbene Tode, einsame Denker und unvollendete Symphonien nicht, aus denen das innere Leben des großen Menschen besteht. Dazu genügen ein paar grobe Kindheitserinnerungen und die verzerrten Reflexe einiger merkwürdiger Begegnungen und sonderbarer Zufälle. Man bringe einen solchen Menschen einmal dazu, aus seinem Leben zu erzählen, und man wird erstaunt sein, wie wenig ihm davon gegenwärtig ist, obwohl auch hier die Unterschiede groß und weder von Intelligenz noch aufgepfropfter Bildung abhängig sind. Ich habe Greise und wunderbare alte Frauen gekannt, denen der frischeste Erinnerungsquell nur so aus dem Herzen sprudelte und denen das Vergessen nichts von ihrer Jugend geraubt hatte. Bei anderen hingegen, mochten sie noch so wohlsituiert und großartig dastehen, konnte ich mich eines Gefühls der Armut nicht erwehren, wenn ich sie hilflos zurücktasten und ein paar belanglose Fetzen aus der Truhe des Vergangenen schwerfällig hervorziehen sah. Denn man verarmt wirklich, je mehr man vergißt. Das Leben verliert an Tiefe, Breite und Bedeutung dadurch. Es wird eindimensional, flächig. Es heißt zwar, daß glücklich zu preisen sei, wer das Unabänderliche vergesse, aber das ist eine Operettenweisheit, und wie erbärmlich mutet ein Glück an, das man sich auf Kosten innerer Verarmung erkaufen muß! Schon auf den Seiten der Wörterbücher stehen Vergessen und Verarmen dicht beieinander. Die Sprache selbst scheint darauf hinzuweisen, und sie ist älter und klüger als wir und steckt voller vergessener Schönheiten und Weisheiten.

Philosophie und Geschichtsschreibung stellen im Grunde nicht viel mehr dar als den dauernden Kampf, den die Menschheit mit dem Vergessen führt. Denn »wir sehen nicht weit vor uns, nicht weit hinter uns«, und die Tragödie alles dessen, was vergangen ist, besteht hauptsächlich darin, daß es der Vergessenheit angehört. In diesem unauslotbaren Abgrund liegt viel vom besten, was die Menschheit hervorgebracht hat. Aber es liegt auch ebensoviel und mehr Belastendes und Gräßliches darin verborgen, so daß eine Menschheit, der all das Elend bewußt wäre, das sie durchgemacht hat, keinen Augenblick weiter existieren könnte. Es würde sie auf grauenhafte Weise daran mahnen, daß dasselbe Elend auch vor ihr liegt. Sie würde lebensunfähig werden und, wie der Dänenprinz Hamlet, dem die Welt aus den Fugen ging, weil er nicht vergessen konnte, aus Überdruß am eigenen Selbst ersticken. Nicht einmal der einzelne könnte weiterleben mit der Last alles dessen im Nakken, was ihm, sei es im Traum oder in der sogenannten Wirklichkeit, widerfahren ist. Und deshalb breiteten die Götter den Schleier des Vergessens über das Vergangene und verdeckten die Zukunft mit dem trügerisch leuchtenden Mantel der Hoffnung.

Für eine Menschheit jedoch, die nichts vergessen könnte, wäre es auch überflüssig, etwas zu erhoffen. Sie würde wissen, daß die Möglichkeiten, die sie in Hinsicht auf Erkenntnis, Staatsformen und Lebenshaltung besitzt, begrenzt und beschränkt sind; daß alles Handeln von Anfang an aus denselben Impulsen fließt und zu denselben bescheidenen Ergebnissen führt, daß auf dem Welttheater dieselben mehr oder minder zugkräftigen oder gelungenen Stücke in ewigem da capo aufgeführt werden, und daß selbst ihr Vorrat an Kulissen kaum eine Bereicherung erfährt.

Das Vergessen dient dazu, uns den Kummer darüber zu ersparen, die Hoffnung dazu, uns zu neuen Taten anzuspornen. Hoffnung und Vergessen verhalten sich zueinander wie Zeugung und Tod. Ohne sie würde die Weltgeschichte anders aussehen, es ist sogar fraglich, ob es ohne diese beiden Mächte so etwas wie eine Weltgeschichte gäbe. Denn die Taten, die die Menschheit von jeher als verabscheuungswürdig empfunden hat und die sie stumpfsinnig von Mal zu Mal unter etwas veränderten Begleitumständen wieder begeht, kommen nur zustande, weil wir von ihnen, wie von jedem Menschen, der geboren wird, hoffen, daß sie unter einem besseren Stern stehen werden als die vergangenen. Wir sind so beschaffen, daß uns die Wiederkehr des Gleichen nicht allzusehr beunruhigt. Hoffnung, Vergessen tragen ihr Teil dazu bei, und jene ewig sich fortwindende Spirale der Geschichte mit ihren Greueln, Vertragsbrüchen und Unmenschlichkeiten scheint erst dadurch möglich zu werden, daß von allen Erfahrungen, welche die Völker gesammelt, von allem Leid, das sie durchlitten haben, gleichsam nur ein Schatten übrigbleibt; der Rest fällt dem Vergessen anheim. Es löscht hohe Kulturen ebenso gleichgültig aus wie Schandtaten und Verbrechen. Wie der einzelne die Namen von früheren Bekannten aus einem geheimnisvollen Grunde vergißt, so vergißt das ganze Geschlecht die seltenen Stunden seiner Mündigkeit und die häufigen Augenblicke seiner Schmach. Die Natur belädt die Generationen nicht allzusehr mit Vergangenem, damit jede ihren Anfang finde. Wir begreifen die Notwendigkeit dieses Vorgangs und sonnen uns in den Bequemlichkeiten, die das Vergessen mit sich bringt, empfinden sie aber gleichzeitig in einem Winkel unseres Herzens als entwürdigend und spüren, daß das Vergessen eines grauenhaften Ereignisses einem neuen, ebenso grauenhaften Raum gibt. Wir glauben, die Erinnerung daran nicht ertragen zu können, und verbannen die Schatten, beschwören aber damit die Sache selbst herauf. Wir kommen dauernd aus dem Regen unter die Traufe. Das Vergessen spielt uns seltsame Streiche. Es öffnet Lügen und Fälschungen die Tür, und nur ein sehr feines Gewissen und geschärftes Verantwortungsgefühl kann uns vor Falschmünzerei der Geschichte und des eigenen Lebens bewahren.

Etwas in uns ist sich dieser Gefahr bewußt und setzt sich dagegen zur Wehr. Es will Unvergänglichkeit, Dauer und Halt. Es wirkt in den Dichtern, den Malern und Bildhauern und treibt den Kleinbürger dazu, Photographien von sich und seinen Angehörigen aus allen Lebensaltern und Lagen zu sammeln. Nur was durch die Form geadelt worden ist, ist wahrhaft unvergänglich und damit in einem höheren Sinne unvergeßlich. Es kann zwar aus dem Bewußtsein des einzelnen und ganzer Geschlechter schwinden, aber es kann nicht vergehen. Wir alle haben schon einmal die Schlüssel zu unseren Häusern und Wohnungen vergessen, und vielleicht vergißt derjenige sie am häufigsten, der nicht recht darin zu Hause ist. Alles ist Gleichnis, Geheimnis und Zeichen, und deutlicher als irgendwo anders prägt sich in den Dingen und Geschehnissen, die wir vergessen, die Kraft oder die Armut aus, die das Leben gewinnt oder es verliert.

Deutsche Schriftsteller als Richter ihrer Zeit

Zur Einführung

Das Richteramt, von dem hier die Rede sein soll, war selten mit einem bequemen Leben, einem festen Einkommen und einer festen Anstellung verbunden. Es war kein Amt, für dessen Ausübung der Staat Lehrstühle einrichtete und Pensionen zahlte. Die Männer, die sich ihm widmeten, hatten eher mit Verfolgung als mit Belohnung zu rechnen. Während die herrschenden Schichten immer und überall die Rechtfertiger des Bestehenden mit Ehren und Würden auszeichneten, taten sie gleichzeitig alles, um die Leute, die ihre Herrlichkeit und ihre Unfehlbarkeit anzweifelten, unschädlich zu machen. Jahrhundertelang ließen sie von den Kanzeln und den Kathedern verkünden, das Schreiben sei überhaupt keine Profession; es sei eines ehrlichen Mannes unwürdig, mit der Feder seinen Lebensunterhalt verdienen zu wollen. Sie ließen verkünden, daß dies nur zu Ketzerei und Aufsässigkeit führen könne, daß die Moral darunter leiden würde und daß sie nicht davor zurückschrecken würden, mit den strengsten Mitteln dagegen einzuschreiten. Und sie schreckten auch keineswegs davor zurück, wie sie nie vor etwas zurückgeschreckt sind, wenn es galt, ihren eigenen Bestand zu sichern und ihre Gegner aus dem Wege zu räumen. Der freie, forschende, vorwärtsdrängende Menschengeist war von jeher ihr größter und unversöhnlichster Feind. Und von der Inquisition bis zur Bastille, von den Gefängnissen des vormärzlichen und kaiserlichen Deutschland bis zu den Konzentrationslagern des Faschismus kann man die Geschichte dieser Geistfeindschaft, dieser Angst vor der Macht des Gedankens, der an kein Dogma gebunden ist, verfolgen.

Aber es hat immer Menschen gegeben – und sie werden nie aussterben –, die sich davon nicht einschüchtern und mundtot machen ließen, Menschen, die ihre Freiheit weder auf dem Sklavenmarkt der Futterkrippenwirtschaft verkauften, noch sich durch Versprechungen locken oder sich durch Drohungen von dem, was sie als Wahrheit erkannt hatten, abbringen ließen. Solche Menschen sind selten, und sie waren besonders in Deutschland nie allzu reichlich vertreten. Sie sind an keine bestimmte Zeit und an keine bestimmte Klasse gebunden. Die Impulse ihres Denkens fließen ihnen aus der Unbestechlichkeit ihres Gewissens zu. Ihm allein fühlen sie sich verantwortlich. Und so dienen sie, von den Dunkelmännern aller Epochen verfolgt, geschmäht und verlästert, von der Masse selten erkannt, von Gleichgesinnten getrennt, von allen Seiten gehemmt und von keiner Seite gefördert, der Sache der Menschheit und der Menschlichkeit ganz aus eigener Kraft, wie sie nur dem Menschen zuwächst, dem es um die Wahrheit Ernst ist.

Viele behaupten zwar, es sei ihnen Ernst um die Wahrheit, um die Sache der Freiheit und um vielerlei andere Sachen, die im Verlaufe der Zeit einen guten Klang bekommen haben und mit denen man sich in den Ruf eines Menschen von Bildung und Freisinn bringen kann, wenn man sie nur dauernd im Munde führt. Mit diesem Maulheldentum jedoch ist nichts getan. Nur starke Geister und Charaktere, Menschen, die phrasenlos und kompromißlos zu leben verstehen, können als Richter ihrer Zeit etwas erreichen. Alles andere ist Nörgelei. Halbheiten und Schwäche sind hier am allerwenigsten am Platze. Dieses Amt, das nirgends gelehrt wird und dem sich jeder Unzufriedene, in seinem Ehrgeiz Gekränkte gewachsen glaubt, erfordert ganze Naturen. Ihnen nachzuspüren, an ihren Kampf, ihren Ideen und ihrem Wollen teilzuhaben, ist beglückend.

Die Schuftigkeit wechselt ihr Gewand nur allzu häufig, und es ist nicht immer leicht, die wahren Absichten hinter dem gleisnerischen Äußeren zu erkennen. Nicht jeder bringt von Hause aus einen klaren, ungetrübten Blick für die Gefahren mit, die sich dahinter verbergen, und manch einer läßt sich das Gehirn solange mit Phrasen umnebeln, bis es zu spät ist. Deswegen kann man sich gar nicht intensiv genug mit den Werken jener Männer beschäftigen, die den Kampf um Freiheit und Menschlichkeit vor uns gekämpft haben, damit Klarheit in unser Denken komme. Wir haben Lehrmeister genug. Es gibt keine treueren Verbündeten und besseren Freunde in dem großen Kampf um Humanität als jene Männer, die oft genug mit Verbannung, Gefängnis und Tod für ihre aufrechte Haltung büßen mußten. Daß manche von ihnen heute in Klassikerausgaben in unseren Bücherschränken stehen, sollte kein Hinderungsgrund sein, die Bände, in denen ihre Erfahrungen niedergelegt sind, hin, und wieder aufzuschlagen. Man wird überrascht sein, wie unklassisch, von der Not des Tages eingegeben, aus der Not des Tages heraus zu neuen Erkenntnissen und Losungen brennender Zeitfragen vorstoßend, diese Schriften sind.

Bald wird der Kampf mit den Waffen der Satire, der Ironie, des Humors geführt, in Prosa und Vers, bald mit jenem tiefen Ernst, der, aus der Verantwortlichkeit vor dem eigenen Gewissen fließt, bald offener, bald versteckter, hier in milderer Form, dort die schärfsten Pointen bevorzugend. Die Sklavensprache, deren sich manche dieser Männer bedienen mußten, um überhaupt wirken zu können und mit ihren Gedanken an eine breitere Öffentlichkeit zu gelangen, wird man bald lernen. Nicht um die Dinge zu verschleiern, werden sie in dieser Sprache nicht direkt beim Namen genannt, sondern um die Machthaber zu täuschen. So gibt es Predigten, die nichts weniger als revolutionäre Pamphlete sind, und Abhandlungen, die, oberflächlich betrachtet, der Sache zu dienen scheinen, die sie in Wirklichkeit bekämpfen. Der Geist muß sich zuweilen maskieren und verkleiden, um fortbestehen zu können. Die Mittel und Wege, mit denen man ihn einzuschüchtern und, wo er auch nur einen Schritt zurückweicht, auszurotten versucht, sind keinerlei Beschränkung unterworfen. Er ist immer vogelfrei. Niemand schützt ihn. Und so zwingt man ihn oft, im Illegalen zu wirken und sein Werk in den untersten Stockwerken fortzusetzen, indem man ihn aus den oberen vertreibt.

Georg Christoph Lichtenberg

Als Mensch, Dichter und Kritiker bildet Lessing den Höhepunkt der Aufklärung; in ihm wird sie zur Tat, zur richtenden und Recht sprechenden Stimme, die in ganz Deutschland vernommen wird. Der Göttinger Professor Georg Christoph Lichtenberg hat eine derart unmittelbare Wirkung auf das öffentliche Leben seiner Zeit nie ausgeübt. Er steht nicht mitten in der Arena wie Lessing, sondern abseits und mehr im Hintergrund. Ein Gebrechen, das ihm seit Kindheit anhaftet, fesselt ihn an die Stube. Seine Krankheit nötigt ihm von Anfang an eine gewisse Vorsicht und Bedachtsamkeit in allen Dingen auf. Wo andere ihren wilden Hafer bedenkenlos säen durften, dort setzte er sein Leben aufs Spiel. Das Austoben und Rasen der genialischen Jünglinge, die sich zu der Zeit, da er in Göttingen studiert, dort sammeln und ihren Kräfteüberschuß im Anbruch einer neuen Epoche vergeuden, ist nicht seine Sache. Sturm und Drang, Ausschweifung und Zügellosigkeit im Leben, Denken und Fühlen sind ihm nicht gestattet. Aus dem elterlichen Pfarrhaus bringt er als geistiges Erbgut neben dem Rationalismus seines Jahrhunderts eine individuelle Versponnenheit mit, einen Hang zur Mystik, zum ewig Unfaßbaren und zum Rätsel des menschlichen Herzens. Er ist das achtzehnte Kind eines protestantischen Pfarrers. Und vielleicht liegt es daran, daß sich sein Rücken frühzeitig krümmt und er trotz hoher intellektueller Fähigkeiten nie zu einer großen, geschlossenen Arbeit kommt. Er ist in mancherlei Hinsicht ein Spätling. In seinen Mannesjahren ist die Aufklärung bereits im Niedergang begriffen, während die Zeit der Romantik, der Abwendung vom Leben der Gegenwart noch nicht angebrochen ist. Auch das achtzehnte Jahrhundert hat seine Fin-de-siècle-Stimmung. Ihr verhilft der kränkliche Lichtenberg manchmal zum Ausdruck. Das alles gilt aber nur sehr bedingt für ihn, an dem alles, seine männlich klare Sprache, die Präzision seines Ausdrucks, die knappe Form verrät, daß er auf seiten einer jungen, in die Geschichte aktiv eintretenden Klasse steht.

Im Jahre 1769 läßt er sich an der Universität Göttingen im damals englischen Hannover als Professor der Naturwissenschaften nieder. Sein Ruf als Physiker und Mathematiker dringt bald über die Grenzen der nahezu zweihundert Kleinstaaten, aus denen Deutschland sich zusammensetzte, und lockt Studenten bis aus England an, so daß er über einen Mangel an Hörern nicht zu klagen braucht. Das aufstrebende Bürgertum schickt seine Söhne auf die Universitäten, damit sie sich dort die Kenntnisse aneignen, deren sie bedürfen, um den Ansprüchen gewachsen zu sein, welche die Geschichte an sie stellt. Es ist die Zeit, von der Hegel sagt: *»Eine erhabne Rührung hat in jener Zeit geherrscht, ein Enthusiasmus des Geistes hat die Welt durchschauert, als sei es zur wirklichen Versöhnung des Göttlichen mit der Welt nun erst gekommen.«* Die Naturwissenschaften nahmen einen ungeahnten Aufschwung; die Zeit macht sich die Natur dienstbar und erkennt, daß Einsichten in das Wesen der Stoffe erforderlich sind, damit man sie auf die bequemste Weise verarbeiten und auf die billigste Art produzieren kann. Man muß sich einen Sinn für das Tatsächliche schaffen, mehr empirisch als spekulativ verfahren, wenn man bestehen will. Und dieser Tatsachensinn ist in Lichtenberg geradezu unbestechlich. Nichts ist ihm so zuwider wie die Verschleierung von Vorgängen oder gar ein Verschweigen, besonders wenn dieses Verschweigen aus der Angst entspringt, daß man mit der freimütigen Aussprache Anstoß erregen könnte. Dieser Freimut wird ihm von seiner naturwissenschaftlichen Methode diktiert, der er leidenschaftlich ergeben war. Sie wurzelt in der Zeit, und das Bedürfnis, sowohl die Begriffe zu klären als auch die Sprache zu säubern, hängt mit der Klärung der gesellschaftlichen Verhältnisse zusammen, die man von der Französischen Revolution erwartete. Die Zeitatmosphäre ist spannungsgeladen, und das Bürgertum von damals ist in seinen besten Vertretern instinktsicher genug, diese Spannungen zu spüren. Die Dinge sind in Fluß geraten, und während sich der feudalistische Adel im allgemeinen an das Alte klammert, in seinen Grundanschauungen zur Statik neigt und im Legitimen verharrt, erobert sich das Bürgertum die geistigen Machtpositionen und dringt mit jenem Enthusiasmus, von dem Hegel spricht, in die Bezirke des Denkens ein und berauscht sich an Wissenschaft und Philosophie. Das Römische Reich befindet sich im Zusammenbruch und mit ihm seine Maße und Werte. *»Als der Hubertusburger Friede geschlossen wurde«*, schreibt Lassalle, *»hätte der deutsche Kaiser der Sache nach bereits ebensogut die deutsche Kaiserkrone niederlegen und die Auflösung des Reiches proklamieren können, wie er dies ungefähr vierzig Jahre später bei der Stif-*

tung des Rheinbundes wirklich tat.« Aus diesem politischen und kulturellen Verfall entsteht der Kritizismus als Weltanschauung. Nichts wird durchgelassen, als was vor dem kritisch prüfenden Geist bestanden hat: keine politische Maxime, kein staatlich anerkanntes Philosophem, keine päpstliche Unfehlbarkeitsformel und kein Dogma. Ein gesunder Skeptizismus ist für Lichtenberg der Prüfstein für einen mehr als durchschnittlichen Geist. Aufmerksam, mit wachen Sinnen und hellem Geist verfolgt er die Umbildung aller Werte. Und indem er die Fähigkeit mitbringt, das Wertvolle vom Wertlosen zu unterscheiden, wird er zum berufenen Deuter jener Epoche und Übergangszeit, in der sich bereits romantische Ideen ankündigen und jene Müdigkeit, die dann eintritt, wenn die Entwicklung dem Flug des Geistes gar zu langsam nachhinkt.

Das Jahr 1770 sieht ihn zum ersten Male in London. Es gibt in seinem ganzen Leben nichts, was ihn so nachhaltig beeindruckt hat und für sein Empfinden und Denken so bestimmend gewesen ist wie die Monate, die er in England verbringt. Dort findet er die Vergleichsmöglichkeiten, die es ihm gestatten, über die deutschen Verhältnisse ein richtendes Wort mitzureden. Aus Göttingen kommend, mehr Gelehrter als Weltmann, mehr Betrachtender als Handelnder, ist er dem englischen Leben zunächst kaum gewachsen, das eben zu jener Zeit die gröbsten puritanischen Sackkleider abzustreifen beginnt und dessen bürgerliche Klassen rührig und tüchtig am Bau des Weltreiches mitwirken. Er sieht sich etwas völlig Neuem gegenüber, einem öffentlichen Leben und einer Bürgerlichkeit, von denen man in Deutschland kaum eine Vorstellung hatte. Dort tritt es ihm wie die Erfüllung aller Wünsche entgegen, die von den besten deutschen Geistern genährt und gehegt wurden. Wo er auch hinblicken mochte, überall bemerkte er einen sichtbaren Fortschritt, einen blühenden Handel, ein sich ausbreitendes Gewerbe, einen Aufschwung der Wissenschaften und der Künste. Er wird von den Engländern mit Ehren überhäuft, die in dem deutschen Gelehrten einen Wesensverwandten ahnen, der gleich ihnen ein nüchterner kühler Beobachter der Wirklichkeit und des menschlichen Herzens ist. Er nimmt an Parlamentssitzungen und Gerichtsverhandlungen teil und lernt einen Staat kennen, in welchem der Willkür des Königs Schranken gesetzt sind und in dem jedes Individuum Anspruch auf ein ordentliches Gerichtsverfahren hat. Die Sachlichkeit des englischen Lebens entzückt ihn, er empfindet die gesellschaftlichen Formen der Engländer als wohltuend, und so wird er zum Fürsprecher demokratischer Einrichtungen und bringt aus England das Bild eines Menschen mit, in dem sich Fortschrittlichkeit und Traditionsgebundenheit auf das glücklichste vereinen.

Aus England schreibt er seine schönsten Briefe. Das Leben bietet sich ihm in seiner ganzen Fülle dar. Eifrig besucht er das Theater und schreibt hinreißende Berichte über den großen Menschendarsteller Garrick, den er in Stücken von Shakespeare, Ben Jonson, Beaumont und Fletcher, Farquhar und Vanbrugh sieht. In London erlebt er, was Lessing sich von der Bühne der Zeit erträumt hatte: ein Nationaltheater im eigentlichen Sinne des Wortes. London besaß wirklich, was in Hamburg, kaum ins Leben gerufen, an der Rückständigkeit des deutschen Bürgertums scheiterte. Ebenso regen Anteil nimmt er an den Debatten im Parlament, wo damals gerade über die amerikanische Frage verhandelt wird. Diese Frage war zum brennendsten Problem der Zeit geworden. England war empört über die Unbotmäßigkeit der Kolonien. Im Parlament beriet man über Sanktionen. Der Wirtschaftskrieg zwischen dem Mutterland und den Kolonien, um die Besteuerung von Tee und Zucker entbrannt, die jenseits des Ozeans als schreiendes Unrecht empfunden wurde, war in vollem Gange und nahm immer schärfere Formen an. Amerika boykottierte den englischen Export. London hob zwar die mißliebigen Steuern auf, aber die Unruhen drüben gingen weiter. 1774 trat in Philadelphia der Kontinentalkongreß zusammen, dessen Eingabe an Georg III. als Akt der Meuterei erklärt wurde. Die Engländer verstärkten ihre Truppen in Boston. Die Amerikaner bewaffneten ihre Bürgerwehr. Und am 18. April 1775 fiel bei Lexington der erste Schuß. Der amerikanische Unabhängigkeitskrieg hatte begonnen.

Am 6. März 1775 schreibt Lichtenberg aus London an Heyne: »*Am 7. des vorigen Monats habe ich einer der wichtigsten Debatten im Parlament, deren man sich erinnert, mit beigewohnt. Es wurde nämlich an dem Tage dem Oberhaus die Adresse an den König von dem Unterhaus übergeben, worin sie ihn bitten, kräftige Mittel gegen die Amerikaner zu gebrauchen und ihm zugleich Beistand mit Gut und Blut versprechen … Nach ihm sprachen mehrere Lords gut und schlecht durcheinander, als auf einmal Verdienst gegen Verdienst, ich meine Lord Camden gegen Lord Mansfield auftrat, der erste für die Opposition, der andere für das Ministerium, zwei der größten Redner und hellsten Köpfe, die England jetzt hat … Hier … standen zwei Männer, davon der eine, ob er gleich nicht reich ist, das Amt eines Kanzlers von Eng-*

land aufgegeben und der andere ausgeschlagen hat, in der ehrwürdigsten Versammlung von Europa, und stritten über eine Sache, wobei es auf Gut und Blut von ein paar Millionen Menschen ankommt, Block und Kopf nicht zu erwähnen, an die beide öfters einander erinnerten ...«

Unter dem Eindruck dieser weltgeschichtlichen Debatten weitet sich der Blick des hannoveranischen Professors, der verschiedentlich vom König in Audienz empfangen wird. Das königliche Observatorium steht zu seiner Verfügung. Er reist im Lande umher und besucht das gerade erst im Entstehen begriffene Industriegebiet von Manchester und Birmingham. In Boltons berühmter Manufaktur zu Soho in Staffordshire sieht er, wie *»täglich 700 Menschen Knöpfe, Uhrketten, Stahlschnallen, Degengefäße, Etuis, alle Arten von Silberarbeiten, Uhren, alle nur ersinnlichen Zieraten aus Silber, Tomback und anderen Kompositionen, Dosen pp. machen.«* Er berichtet von der Arbeitsteilung, die man in jenen Betrieben bereits eingeführt hatte, *»wodurch eine unglaubliche Menge Zeit gewonnen wird«.* Eine *»Dampfmaschine von einer neuen Konstruktion«* weckt sein besonderes Interesse. *»Birmingham ist ein sehr großer und volkreicher Ort, wo fast alles hämmert, klopft, reibt und meißelt.«* Mit offenen Augen schaut er in die Werkstätten des jungen Kapitalismus, der auf englischem Boden kräftig Wurzeln schlägt und sich entfaltet. Von einer unersättlichen Wißbegierde und Schaulust getrieben, streunt der kleine verwachsene Mann, dem es vor der Rückkehr in die göttingische Enge und professorale Misere graut, durch die Straßen des großen, rauschenden London und wird nicht müde, das gewaltige Leben der Themsestadt wunderbar anschaulich zu schildern. Er schreibt Erläuterungen zu Hogarths satirischen Kupferstichen, wobei ihm seine intime Kenntnis des englischen Lebens und der englischen Sprache zugute kommt. Denn erst *»Kenntnis der Welt gibt dem Schriftsteller in jeder Klasse Überlegenheit«.* Diese Weltkenntnis eignet er sich in England an. Er befindet sich noch in London, als in Deutschland der »Werther« erscheint, und die Briefstelle, wo er sich über das Werk äußert, ist charakteristisch für seine Einstellung zu der Empfindsamkeit, wie sie in Deutschland Mode geworden war: *»Für die Leiden und Freuden des Jungen Werthers danke ich Dir vielmals. Ist es wahr, daß sich ein junger Herr von Lütichow über das Buch erschossen hat, das mag mir ein rechter Herr von Lütichow gewesen sein. Ich glaube, der Geruch eines Pfannkuchens ist ein stärkerer Bewegungsgrund, in der Welt zu bleiben, als alle mächtig gemeinten Schlüsse des Jungen Werthers sind, aus derselben zu gehen.«* Als selbstbewußter Bürger, der in England seine

Klasse im Aufstieg erlebt, erscheint ihm Werthers ausschließliche Beschäftigung mit sich selbst und den Wirren seines Herzens und sein Selbstmord als heroische Schwachheit, hinter welcher er die ganze politische Misere der deutschen bürgerlichen Jugend wittert, die in einem zerfallenden Reiche keine Aufgaben vor sich sieht und sich auf ihr Gefühlsleben zurückzieht. In einem anderen Briefe an Dieterich, den Göttinger Buchhändler und Freund, spottet der Verehrer und Mitkämpfer Lessings über das *»rasende Odengeschnaube«*, und den *»mystischen Nonsens«*, der die Lyrik der jüngeren deutschen Dichter kennzeichne. Diesem *»mystischen Nonsens«* auf allen Gebieten des Lebens, der Kunst und der Wissenschaft nachzuspüren, ihn lächerlich und unschädlich zu machen, wird ihm zur eigentlichen Aufgabe. Hier entwickelt er die ihm innewohnenden Fähigkeiten des tötenden Spottes und der vernichtenden Satire zur höchsten Vollkommenheit. Er war eine mehr passive als aktive Natur, die im stillen wirken und das Feuer, das sich auf den Tribünen leicht und rasch verlodert, unablässig nachschüren. In die Auseinandersetzungen, die seine Zeit bewegten, hat er sich nur wenige Male aktiv eingeschaltet; nicht aus Mangel an persönlichem Mut; den hat er als Schriftsteller und auch in seinem Privatleben immer wieder bewiesen, besonders als er, allen kleinbürgerlichen Konventionen und allem göttingischen Klatsch zum Trotz, seine Haushälterin heiratete. Aber er war kein Mann der streng geschlossenen Form, des breiten ausgearbeiteten Vertrags und der systematischen Widerlegung. Er schrieb einen glänzenden biographischen Essay über Kopernikus und griff Lavaters bigottfrömmelnde physiognomische Unfehlbarkeitslehre in einem von überlegenem Witz getragenen Aufsatz an. Kleinere Schriften von ihm zur Astronomie, Mineralogie, Zoologie, Botanik, Optik und zur Farbenlehre erschienen im »Göttingischen Magazin für Literatur und Wissenschaft«, das er zusammen mit dem berühmten Weltreisenden Georg Forster herausgab.

»Eine desultorische Lektüre ist jederzeit mein größtes Vergnügen gewesen«, gesteht er; und wie er im Lesen sprunghaft war, so auch in seinem Denken. Im Aphorismus findet er seine eigentliche Form. Sie gestattet ihm, dieselbe Sache immer wieder von verschiedenen Seiten zu betrachten und zu beleuchten. Und wenn Nietzsche recht hat damit, daß der Wille zum System einen Mangel an intellektueller Rechtschaffenheit bedeute, dann gibt es keinen schlagenderen Beweis für die Richtigkeit seiner These als Lichtenbergs Apho-

rismen. Nirgends vergewaltigt dieser klare Verstand die Dinge zugunsten eines Systems. Alles was der politischen Kräftigung des bürgerlichen Menschen dienen könnte, was seinen wirtschaftlichen Interessen förderlich ist, wird von ihm aufgespürt und präzis formuliert. Seine Satire steht im Dienste des bürgerlichen Emanzipationskampfes. Sie entspringt aus dem Willen, die Welt im Sinne eines diesseitigen Fortschritts zum Segen breitester Schichten des Volkes zu verändern. Er denkt nicht in verschwommenen Phrasen, sondern in Begriffen von höchster Klarheit. Wie bei Liscow und Lessing fließt ihm die Sprache frei und ungezwungen aus der Feder und atmet dasselbe Leben wie seine Ideen. Er ist einer der lebendigsten deutschen Schriftsteller. Gott wird ihm zur *»personifizierten Unbegreiflichkeit«*. Sein psychologisches Interesse ist nicht weniger hoch entwickelt und ausgeprägt als sein soziologischer Scharfblick. Das Unbewußte und Triebhafte im Menschen zieht ihn an und beschäftigt ihn bis in sein Alter. Er gibt zu, abergläubisch zu sein und in gewisse Vorzeichen einen geheimen Sinn zu legen. Die Selbstbeobachtung nimmt einen breiten Raum in seinen Tagebüchern ein. *»Als ich 27 Jahre alt war, wurde ich Professor in Göttingen«*, schreibt er einmal. *»Damals sagte ich zu den Burschen, die mich grüßten: ganz gehorsamer Diener. Als ich Hofrat war, sagte ich bei dieser Gelegenheit: ganz untertänigster Diener. Wie ich zu diesem doppelten Superlativ kam, begreife ich bis auf diese Stunde nicht. Influenza der Zeit.«*

Gegen diese *»Influenza der Zeit«*, die eine besondere Gefahr für den Mann der Wissenschaft darstellt, hat er sich sein ganzes Leben hindurch zu wehren versucht. Im Reich des Geistes ist er ein Freier geblieben. Er hat den Professor und den Hofrat überwunden und nie eine ewige Wahrheit gegen einen zeitlichen Vorteil eingehandelt. Mit Liebe nimmt er sich der Sprache an, die in den niedrigen Volksschichten gesprochen wird, und macht sich die Mühe, um nur ein Beispiel anzuführen, alle Ausdrücke zusammenzustellen, die den Zustand der Trunkenheit bezeichnen, und notiert Redensarten, die von den Dienstboten gebraucht werden, in denen er mehr Witz und Verstand findet als in den mühsam ausgedachten und erkünstelten Redewendungen der Schöngeister des Zeitalters. Er weiß, daß gerade in jenen Schichten, deren Handeln sich mehr oder weniger unbewußt vollzieht, das Ursprüngliche sich bewahrt. Über seine Träume, die ihn im Gegensatz zu Lessing, der von sich behauptete, nie geträumt zu haben, heimsuchen, zeichnet er tiefsinnige Analysen auf. Seine »Sudelbücher« und

»Schmierhefte« füllen sich mit tiefen, Welt und Leben, Staat und Gesellschaft, das Reich des Sichtbaren und Unsichtbaren umspannenden Gedanken. Er wünscht die geheimsten Regungen großer und bedeutender Männer aufgeschrieben und nimmt sich vor, eine Geschichte seines *»Geistes sowohl als … elenden Körpers«* zu verfassen, die erst nach seinem Tode, *»der bösen Welt wegen«*, herauskommen soll. Aber der ewige *»Prokrastinateur«* – der Aufschieber, wie er sich selbst gutmütig spottend nennt, bringt nichts davon zur Ausführung. *»Wo er einen Spaß macht, liegt ein Problem verborgen«*, hat Goethe von ihm gesagt, der sich in naturwissenschaftlichen Fragen verschiedentlich Rat bei ihm holte.

In dem Zeitraum zwischen und nach seinen beiden Englandreisen führt er das stille, fast ereignislose Leben eines Gelehrten an einer kleinen Universität. Aber diese Stille schläfert ihn nicht ein. Die Zeit hat kaum einen wacheren und unbestechlicheren Richter ihrer Schäden aufzuweisen. Unversöhnlicher Feind aller Enge, entschiedenster Gegner alles Obskurantismus und Dunkelmännertums, ist er unermüdlich im Aufspüren geistiger Falschmünzerei, in der Entlarvung von Ideen und Gedanken, die unter der Maske des Gefälligen oder Genialischen den Gang der bürgerlichen Literatur auf Nebengeleise und tote Strecken zu leiten versuchten. Lessing ist der Mann im zeitgenössischen Schrifttum, den er am höchsten achtet. Wenn er dem Stil eines Schriftstellers ein Lob aussprechen will, so sagt er: *»Der fast lessingische Ausdruck, der dem Gedanken sitzt wie angegossen.«* Lessing ist ihm der einzige unter den Schreibenden seiner Zeit, *»die tief geprüfte Sachen kurz und stark zu sagen wissen«*, der *»zwanzig-, dreißigjährige Erfahrung in einer Zeile hinwirft, die hernach dem denkenden Leser mit einem Vergnügen, das kein gleiches hat, sich wieder in Lebensgebrauch auflöst«*. Für diesen *»Lebensgebrauch«*, der bei ihm nichts mit platten Allgemeinheiten zu tun hat, schrieb er; für die Menschen *»wie sie sind«*, die Bürger seiner Zeit. Er ist ein Moralist, kein Moralprediger. Der Mut zur Frage war kaum je in einem Menschen so stark entwickelt wie in Lichtenberg. Bis an sein Lebensende blieb er ein Fragender, Suchender, Lernender. Und diese Aufgeschlossenheit dem Dasein gegenüber, vor dem er sich niemals rechthaberisch hinter irgendeine Theorie verschanzt, verleiht seinen Schriften etwas ewig Junges.

»Ich kann den Gedanken nicht loswerden, daß ich gestorben war, ehe ich geboren wurde, und durch den Tod wieder in jenen Zustand zurückkehre», sagt er, an den großen Gedanken der Wiedergeburt anknüpfend,

den Lessing in der »Erziehung des Menschengeschlechtes« ausgesprochen hatte. *»Es ist immer sonderbar, daß man so viel von unserer Fortdauer nach dem Tode spricht und so wenig von der Vordauer vor der Geburt«*, schreibt er ein andermal. Ein Mensch, der so über den Tod denkt, mußte allem Pfaffengezänk über Religion und Bibel entrückt sein. Als er im Jahre 1799, dem Todesjahre George Washingtons, stirbt, ein Mensch seines Jahrhunderts, aber wie alle großen Menschen mehr als das; als die Hoffnungen auf Klärung der gesellschaftlichen Verhältnisse durch die Französische Revolution sich in Deutschland nicht erfüllt haben, die Dichtung sich resigniert zur Welt des »schönen Scheines« bekennt, um sich dann während der Herrschaft der Romantik völlig von der Realität loszulösen, vor der geschichtlichen Wirklichkeit kapitulierend, denkt er in seinem letzten Briefe noch einmal voller Besorgnis an England, *»dieses glückliche Land«*, und an die Zeit, die er dort verbracht, ein freier Mensch unter anderen freien Menschen. Vom deutschen Bürgertum, das sich auch in der Gesellschaft Lessings bald nicht mehr öffentlich zeigen mochte, nie recht anerkannt und gewürdigt, ist Lichtenberg einer der wenigen Geister seiner Zeit, deren Werk sich in aller Frische erhalten hat. Es ist das Werk eines tapferen, aufrechten Mannes. Als die romantische Reaktion eingesetzt hatte, schrieb Platen: *»Wollte Gott, er lebte noch, um die Mystiker und Romantiker unter seine Geißel zu nehmen.«* Und Tolstoi verlieh seiner Verwunderung Ausdruck, *»daß die heutigen Deutschen diesen Schriftsteller so sehr vernachlässigen.«* Diese Vernachlässigung Lichtenbergs, die Tolstoi in der Mitte des vorigen Jahrhunderts auffiel, traf jedoch nicht nur diesen klaren kämpferischen Geist, sondern erstreckte sich auf das gesamte gegen Fürstenwillkür gerichtete und von Tyrannenhaß getragene frühbürgerliche Schrifttum. Was man nicht umfälschen konnte wie die Gestalt und die Ideen Lessings, die mit einem friederizianischen Glorienschein umgeben wurden, wem man nicht einen preußischen Zopf anhängen und zum Fürsprecher der Legitimität stempeln konnte, wurde totgeschwiegen. Und wen man nicht totschweigen konnte wie den jungen Schiller, dessen spätere Flucht aus dem Leben in das Ideal dem Bürgertum verständlich war, während es seine frühen gesellschaftskritischen und anklagenden Dramen ängstlich vor der Jugend verschlossen hielt, bei dem suchte man nach Entschuldigungen für das revolutionäre Gewissen, das den Bürgern jener Jahre längst aufgehört hatte zu schlagen, und sprach voller Nachsicht von Jugendtorheiten und Jugendsünden, die man zwar nicht gutheißen, aber doch verzeihen könne, oder ging, wie bei Schubart, so weit, die Ursachen für sein Unglück seiner sittlichen Haltlosigkeit zuzuschreiben.

GEORG BÜCHNER

Im November des Jahres 1811 erschoß sich Heinrich von Kleist an den Ufern des Kleinen Wannsees bei Potsdam; ein Jahr später reihte sich Preußen in die Reihe jener Völker ein, die den Befreiungskampf gegen den Imperialismus Napoleons I. führten. Auf die Notjahre folgten ein paar Jahre kühnster Hoffnungen. Ein neues Bewußtsein seiner Rechte bildete sich im Bürgertum, das an der Niederwerfung Napoleons mithalf und auf den Gräbern seiner Söhne einen neuen Staat aufbauen wollte. Solange der König, dessen Thron ernstlich gefährdet war, sich in Not befand, war er großzügig und gab Versprechungen und erklärte sich bereit, Reformen durchzuführen. Aber als Napoleon endlich geschlagen war, als der Friede kam und mit dem Frieden die Zeit, da er seine Versprechungen einlösen sollte, berief sich der Monarch auf sein Gottesgnadentum und ließ sich nur unter Druck zu einigen Zugeständnissen herbei, die höchst unvollkommen durchgeführt wurden und den Träumen, die sich das Bürgertum gemacht hatte, in keiner Weise entsprachen. Napoleon war zwar besiegt, Europa von seiner Diktatur befreit, aber sein Sturz, von dem man besonders in Preußen eine neue Ära der Freiheit und des Fortschritts erwartet hatte, führte statt dessen nur zu einer Stärkung und Festigung der Reaktion, die wohl wußte, daß die Französische Revolution nicht umsonst stattgefunden hatte und daß die Ideen des Jahres 1792 noch lebendig waren, so daß sie eiligst einen Bund schuf, um alle republikanischen Bestrebungen im Keim zu erstikken und mit Hilfe dieses Machtinstrumentes die Völker in der alten, gottgewollten Abhängigkeit und Unmündigkeit zu halten. So kam die Heilige Allianz zustande. Hätte Kleist sich nicht schon 1811 erschossen, so hätte er zu diesem Zeitpunkt bestimmt zur Pistole gegriffen; denn jetzt begannen sich diesseits des Rheines unter dem Schutz und mit der Hilfe der Regierungen alle reaktionären und der Herkunft und dem Interesse nach anti-revolutionären Kräfte zusammenzuschließen mit dem Zweck, alle freiheitlichen Tendenzen zu unterdrücken und auszurotten und den Status quo zu verewigen. Unter der Führung des österreichischen Staatskanzlers Metternich begann in ganz Europa eine Verfolgung aller freiheitliebenden Elemente. Die Zensur wurde verschärft, die Presse geknebelt, die Freiheit des einzelnen durch neue Paßbestimmungen eingeengt. Der Polizeistaat, der zwar langsam und bürokratisch arbeitete, hatte seine Spitzel überall und war mit Ausdauer auf der Suche nach neuen Opfern. Man wußte, wie tief das Bürgertum durch die Nichterfüllung seiner bescheidenen Wünsche, in Staatsangelegenheiten ein bescheidenes Wort mitreden zu dürfen, enttäuscht war; man wußte auch, daß diese Enttäuschung unter der studentischen Jugend am größten war, und daß die jungen Leute, von unverbesserlichen Nörglern und Besserwissern angestachelt, noch immer von einer Verfassung und einem Parlament schwärmten und ihre Träume bei unpassenden Gelegenheiten öffentlich bekannt machten. Der Polizeistaat war indes nicht gewillt, sich dieses Treiben lange tatenlos mitanzusehen. Eine Reihe von Persönlichkeiten aus dem öffentlichen Leben, die der Regierung auf Grund ihrer Vergangenheit und des Rufes, den sie in liberalen Kreisen genossen, verdächtig waren, wurden verhaftet und ins Gefängnis geworfen. Selbst ein Mann wie der Turnvater Jahn, dem nur der reaktionärste Unverstand revolutionäre Umtriebe vorwerfen konnte, befand sich unter den Opfern dieser üblen österreichischen Demagogenriecherei. Indem man die Führer oder die Männer, die man für die Führer hielt, einkerkerte, glaubte man die Jugend den eigenen Einflüsterungen geneigter zu machen. Aber die besten Vertreter dieser Jugend, die damals schon auf den Schlachtfeldern Europas geblutet hatte, ließen sich von der Reaktion nicht sogleich einschüchtern und verlangten das Mitbestimmungsrecht, das ihnen versprochen worden war. Es war das einzig greifbare Ziel, das sie anstrebten, der einzig greifbare Zweck, der ihnen vorschwebte. Sie waren politische Idealisten, die weder den Staat stürzen noch die Gesellschaft umändern wollten. Sie drangen im Grunde nur auf Anerkennung ihrer bürgerlichen Belange und auf Überbrückung der Kluft, die sie vom Adel trennte, dem die wichtigsten Ämter noch immer vorbehalten waren. Aber da man ihre politische Ohnmacht und Unreife spürte, erfüllte man keine ihrer Forderungen, von denen sie auf Kundgebungen redeten, anstatt sie mit der Waffe in der Hand durchzusetzen. Alle diese Reformisten schreckten vor der Gewaltanwendung zurück. Schon vor dem Untertan als Erscheinung des wilhelminischen Zeitalters war der Untertanenverstand in Preußen voll entwickelt und in der Blüte seiner Jahre. Er machte es den Machthabern leicht, nach ihrem Willen zu regieren und dem Volke ihren Willen aufzuzwingen. Aber überall dort, wo das Volk einen Anlauf nahm, mit der Anwendung von Gewaltmitteln Ernst zu machen, gaben sie sofort nach, wie in den kleineren Staaten im Süden Deutschlands, wo es zu Aufständen kam. Im Großen gesehen wurde jedoch die Verwirrung immer größer, trat die Hilflosigkeit des Bürgers geschichtlichen Dingen gegenüber immer unverhüllter in Erscheinung. Hegel, der Berliner Philosoph, kapitulierte vor der Reaktion, indem er den Staat als den letzten Zweck der Entwicklung proklamierte. Und damit konnte nur der preußische Staat gemeint sein, der damit seine schönste Rechtfertigung erfuhr und sich bestens bedankte. Es ging munter Schritt um Schritt rückwärts. Das Bürgertum, das sich selbst bereits als gehobene Schicht vorkam und auf seine Bildung sich etwas zugute hielt und auf die Ungebildeten geringschätzig herabschaute, verpaßte seine letzten Gelegenheiten und duckte sich langsam, wenn auch vorerst noch mit einigem Widerwillen, unter den Polizeistaat und gab sich zufrieden, daß seine Söhne die mittlere Beamtenlaufbahn einschlagen konnten, und entschädigte sich auf dem Markt für das, was es in der Politik nicht erreichen konnte. Es waren jene Jahre, die in die Geschichte unter dem Namen vormärzliche Zustände unrühmlichst eingegangen sind. In jenen Zeitraum fallen die Karlsbader Beschlüsse, mit denen die freie Meinungsäußerung ein für allemal den Todesstoß empfangen sollte, fällt das Verbot der Burschenschaften, des Turnens und der Leibesübungen, die einem reaktionären Ministerium den Bestand der geheiligten Unordnung zu gefährden schienen, und einer kleinlichen und ängstlichen Beaufsichtigung des Universitätslebens. Was dem Bürger verblieb, war die Wissenschaft und das Studium der alten Sprachen. Auf diesen Gebieten mochte sein Forscherdrang sich erfüllen. Was er in den Wissenschaften leistete, kam zuletzt ja doch dem Staat zugute, und solange der Bürger seine Stammtischreden mit einigen lateinischen Zitaten zu verzieren imstande war, würde er sich dem Manne, der keine humanistische Bildung genossen hatte, immer überlegen vorkommen und ein Zusammengehen mit ihm hochmütig ablehnen. Solange man eine Massenaktion nicht zu fürchten hatte, hatte man überhaupt nichts Ernstliches zu befürchten. Alles andere war politische Spielerei, von der man bald die Finger lassen würde, wenn man merkte, daß man sich dabei verbrennen konnte. Die

Bildung, die als vereinendes und befreiendes Element hätte wirken können, half den Riß zwischen dem nach einflußreichen Staatsstellungen gierenden Bürgertum und der dumpf und unorganisiert dahintreibenden Masse nur vergrößern. Es entstand jener Akademikerhochmut, der bis in die Zeit nach dem Weltkriege dem deutschen öffentlichen Leben einen grotesken Zug aufdrückte. Das tiefe Mißtrauen, das der Arbeiter und der Bauer dem Gebildeten gegenüber empfand, hat in den vormärzlichen Zuständen seine Wurzel.

Und wie verhielten sich angesichts einer solchen entwürdigenden Lage die deutschen Schriftsteller, die legitimen Erben Lessingschen Geistes und des Weltbürgersinnes, der die deutsche Klassik ausgezeichnet hatte? Schlug hier nicht wieder die Stunde ihrer Bewährung? War nicht wieder der Augenblick gekommen, der Reaktion richtend und kämpfend entgegenzutreten, einer Reaktion, die finsterer und gefährlicher war als alles, was sich reaktionärer Ungeist im vergangenen Jahrhundert herausgenommen hatte? Ging es hier nicht wieder um Dinge, die den Einsatz der ganzen Person und des Lebens lohnten? Rief nicht das Leben selbst, dessen Freunde die Dichter sind, auch wenn sie sich dem Tode zuwenden, ihr Gewissen wach und ließ sie alles Trennende vor der großen Aufgabe, die ihrer harrte, vergessen? Wohl rief das Leben, aber die Dichter hörten es nicht. Sie fühlten sich in ihrem größten Teil nicht mehr als Sprecher des Lebens, nicht mehr als Welle im vorwärtsdrängenden Strom, sondern als Stimme jenseitiger Mächte, als Fürbitter und Beter, nicht als Kämpfer, sondern als Kinder, als Taugenichtse, Vaganten und Landstreicher, für die im bürgerlichen Leben kein Platz ist. Sie suchten die fehlende politische Einheit durch die Verschmelzung von Kunst und Leben, Leben und Kunst zu ersetzen, und aus der Enge der politischen Gegenwart flüchteten sie in das Fabelreich der Vergangenheit, in die Welt des Mittelalters und der Mystik und besangen statt der schmutzigen Wirklichkeit lieber Ritterturniere, wie sie wahrscheinlich nie stattgefunden haben und edle, schmachtende Schloßfräulein und deklamierende Liebhaber, wie sie wahrscheinlich nie gelebt haben; sie entlockten der Sprache neue Töne, sie bereicherten die deutsche Literatur durch Übersetzungen fremder Meisterwerke, sie erwarben sich unsterbliche Verdienste um das deutsche Volkslied, um Maler, Baumeister und Denker, die lange vergessen waren, aber das aufsprühende Feuerwerk ihres Witzes brannte rasch nieder, und wie viele von ihnen sich selber nach den Fastnachtsscherzen ihrer Jugend das Büßergewand des Aschermittwochs um die Schultern legten, wie sich ihr frivoler Spott bald in bigotte Frömmelei verkehrte, so ging es auch mit ihrer Kunst abwärts, immer tiefer ins Nebelhafte, Verschwommene und Mystifizierende. Sie hatten froh, hell und begeistert angefangen; ihr Ende war wehleidig, kläglich und winselnd. Fast alle unterwarfen sich dem Zwang der politischen Umstände, manche erklärten sich sogar offen und ehrlich zu Sprechern der Reaktion. Weil die Regierung ihnen einen Spielplatz gelassen hatte, auf dem sie ihre ungefährlichen Maskeraden und Scherze aufführen konnten, wähnten sie sich frei. Aber ihr Werk, die gesamte Spätromantik, ist nur aus der Unfreiheit zu begreifen, deren Heimat das damalige Deutschland in mehr als einer Hinsicht war.

Lebendiges kann nur der schaffen, der selbst dem Leben angehört; eine Zeit wird immer nur durch den überwunden, der am tiefsten an ihr leidet. Alles andere läuft auf einen bloßen Flirt mit dem Geist hinaus, auf ein Liebäugeln mit dem Ruhm, eine Straßenbekanntschaft mit der Tragik. Die Tragik der damaligen Zeit hat niemand tiefer gelebt als ihr jüngster und genialster Sohn: Georg Büchner. In ihm faßt der Zeitgeist noch einmal seine unerfüllten Hoffnungen, faßt das geschundene und getretene Leben noch einmal sein soziales und seelisches Leid in einem einzigen erschütternden Anklageschrei der Empörung, des Hasses und der Liebe zusammen. Es verleiht diesem Jüngling, dem nur etwa ein Viertel der Goetheschen Lebensspanne zugemessen war, die Weisheit eines Greises und den klaren Blick des gereiften Mannes, die sich im Feuer seiner Jahre in ein Edelmetall einmaliger Prägung verwandeln. Es läßt ihn jung und alt, leidend und handelnd, gesund und krank zugleich sein und vereinigt die größten Gegensätze in seiner Brust. Seiner Herkunft und seiner Erziehung nach gehört er zu den Gebildeten, den Hochmütigen, den Exklusiven, aber seine Liebe sprengt die Fesseln der Konvention und macht ihn zum Dichter des Volkes, jenes Volkes, das dumpf und formlos als Hefe der Geschichte zwischen den Klassen, die bereits ihre Form gefunden haben, geknechtet dahinlebt. Es macht den Bürgersohn zum Revolutionär, dem die Phrasen, in denen der matte, kraftlose Freiheitsdrang seiner Klasse sich ausdrückt, wie das Geblök von Schafen in den Ohren klingt, denen es nur um ein Stück größeren und fetteren Weidelandes zu tun ist. Den Liebenden macht es zum Künder und Fürsprecher der bewaffneten Gewalt, den Einzelgänger zum frühen Rufer nach organisierter Massenaktion. Er ist alles das, was seine Zeit noch nicht ist, und gleichzeitig mit allen Fasern seines Wesens in ihr verwurzelt, der äußerste Gegensatz dieser Zeit und ihr Mittelpunkt, ihr Überwinder und ihr Opfer.

Im Jahre 1813 wird er in einem Dorf bei Darmstadt geboren; er kommt im Jahre jenes preußischen Freiheitstraumes zur Welt, der bald darauf zur großen Überraschung der zeitungsgläubigen Bürger in der kläglichsten Ernüchterung endet. Der Knabe wächst heran, während die Begeisterung abflaut und der Enttäuschung über den Gang der Dinge weicht. Im Elternhaus vertritt ein starrköpfiger Vater von kleinlicher bürokratischer Lebensauffassung das Prinzip der Autorität und fordert Unterwerfung unter seinen Willen. Die Mutter ist eine warmherzige, vom Bildungsdrang der Zeit ergriffene Frau, die ihren Kindern und dem Leben nahesteht. Unter ihren Händen verengt sich das Dasein nicht zu einem Kreis toter Pflichten, es behält seine Tiefen und Höhen, seine Weiten. Die Mutter lenkt mit Güte, sie behütet und bewahrt, während der Vater das junge Leben in vorgeschriebene Bahnen zwängen will. Rein äußerlich fügt Büchner sich in die Methode des Vaters, er geht den Weg des geringsten Widerstandes, um sich innerlich ungestört und ungehindert entfalten zu könnten. Und so ist er längst zur Reife gelangt, als der Vater ihn noch unmündig glaubt, längst allen bürgerlichen Vorurteilen und den starren Anschauungen seiner Klasse auf eine geheimnisvolle, unerklärliche Weise entwachsen, als seine Altersgenossen erst anfangen, das ABC des Lebens zu lernen.

Siebzehnjährig begibt er sich nach Straßburg, um an der dortigen Universität das Studium der Medizin aufzunehmen. Er hat nur noch sechs Jahre zu leben, keine Zeit, langsam Erfahrungen zu sammeln, sich zu verzetteln und in Liebschaften die Kraft zu verschwenden, die allein der Liebe gehört. Was ihm noch fehlt, fließt ihm aus der Mitte dieser kulturgesättigten Stadt wie von selbst zu. Er findet die Frau, die er innig, vorbehaltlos mit ungeteiltem Herzen lieben kann, er findet Freunde, die ihm Anregungen bieten, eine großartige Natur, in der er sich verlieren kann und die ihm Ruhe, Sammlung und Entspannung schenkt. Die Zeitereignisse zu überschauen und zu verarbeiten, sie auf ihren zukünftigen oder abgelebten Gehalt zu prüfen, ist Straßburg der geeignete Ort. Er betritt die Stadt, als die Julirevolution noch überall heftig diskutiert, begrüßt, verurteilt, in ihren Lösungen als unerhört fortschrittlich gepriesen und in ihren Auswirkungen überschätzt wird. Mit voll entwickeltem gesellschaftskritischem Blick erkennt Büchner die fundamentalen Schwächen, die dem neuen System des Bürgerkönigtums anhaften. Hinter diesem ganzen Revolutionsgeschrei verbirgt sich nichts weiter als die Ablösung des feudalistischen Adels durch eine neue Geldaristokratie. An die Stelle der alten Ausbeuter sind andere getreten, die noch viel gewissenloser, blutgieriger und profithungriger sind als die verdrängten. Eine Umwälzung hat stattgefunden, aber keine Revolution. Die sozialen Spannungen sind größer geworden. Der dritte Stand sucht sich an den Futterkrippen, die er dem Klerus und dem Adel entrissen hat, satt zu fressen, und das Volk wartet noch immer unbefreit und unerlöst auf seine Stunde. Aus Frankreich dringen weiterhin Nachrichten von revolutionären Umtrieben über den Rhein. In Lyon hat eine Arbeiterrevolte stattgefunden; das entstehende Industrieproletariat meldet seine Ansprüche an, und Büchner erkennt sofort die weittragende Bedeutung dieses in Kürze niedergeknüppelten Aufstandes, der das entscheidende Problem der Zukunft blitzartig erhellt. Auch mag er damals erstmalig mit der neuen Gesellschaftslehre des Saint-Simonismus bekannt geworden sein, die sich um dieses zentrale Problem gebildet hatte. Die Mittel freilich, die Saint-Simon, der neue Evangelist, zur Lösung des Konfliktes zwischen Unternehmern und Lohnarbeitern vorschlug, die christlich-soziale Heilslehre, die er verkündete, mögen Büchner von Anfang an ein Lächeln entlockt haben. Es waren gute, wohlgemeinte Vorschläge eines Mannes, der in dem Irrtum befangen war, daß die neue Bourgeoisie besser sei als der alte feudalistische Adel und sich aus humanitärer Gesinnung die Vorrechte schmälern lassen würde, um deren Preisgabe man die Adligen an die Laternen hatte hängen müssen. Der uralte erbitterte Kampf zwischen Ausgebeuteten und Ausbeutern, zwischen Unterdrückten und Unterdrückern sollte plötzlich durch ein Nachgeben auf der einen Seite und eine gewisse sanftmütige Einsicht auf der anderen in rührender Freundschaftlichkeit entschieden werden; der Wolf sollte das Schaf zwar scheren, aber nicht fressen dürfen. Diese ganze Lehre war ein ins Philosophische übersetztes bürgerliches Rührstück, wie sie damals über die Bretter gingen. Aber ihr Erscheinen schärfte den Sinn für die wirklichen Nöte der Zeit.

Schon daß eine solche Lehre überhaupt existierte und Widerhall fand, mußte von der herrschenden Gesellschaftsschicht als Stachel im eigenen Fleisch empfunden werden. Jeden Tag konnten die Grenzen, in denen sich dieses System hielt, gesprengt werden, jeden Tag kühnere Schlußfolgerungen gezogen, radikalere Forderungen gestellt und erhoben werden. Es war Gefahr im Verzuge. Die Reaktion in Deutschland überwachte die Grenzen noch schärfer als bisher, damit von dem aufrührerischen Gedankengut ja nichts in die Lande dringe. Aber die Reaktion in Deutschland konnte nicht verhindern, daß Büchner nach Hessen zurückkehrte. Ja, sie zwang ihn sogar zur Rückkehr, und zwar durch ein großherzoglich-hessisches Dekret, durch das der studierenden Jugend zur Pflicht gemacht wurde, die letzten vier Semester an der Landesuniversität zu absolvieren.

So kam Büchner nach Gießen, der Obrigkeit gehorchend, die sich die jungen Leute noch einmal genau ansehen wollte, ehe sie ihnen den Doktortitel verlieh und sie in ihre Dienste nahm. Büchner erschien den besoldeten Universitätswachtmeistern von Anfang an verdächtig; man konnte ihm zwar nichts nachweisen, aber es lag etwas in seiner ganzen Art und in seinem Benehmen, das die Leute reizte. Er war ein fremdes Element in ihrer Mitte und gab sich nicht die geringste Mühe, seine Verachtung für den Bildungsdünkel, von dem er sich umgeben sah, zu verbergen. Er mied den Umgang mit respektablen Durchschnittsakademikern und verkehrte statt dessen mit Leuten, die schon seit langem einen offenen Bruch mit der Gesellschaft herbeigeführt hatten. Bewußt und provozierend stellte er sich auf die andere Seite und ergriff Partei für die Erniedrigten und Beleidigten. Lange vor Dostojewski stieg er zu ihnen hinab. Die ungeheure Fähigkeit zum Mit-Leiden aller kreatürlicher Qual, die ihm gegeben war, ließ ihn alles Unrecht, das geschah, doppelt tief empfinden, stürzte ihn in den tiefsten Pessimismus und weckte zugleich seine revolutionären Instinkte. Er bedarf des Umwegs über die Erfahrung nicht, den andere einschlagen müssen, um zu einer Kenntnis von Leben und Welt zu gelangen. Diese Kenntnis ruht von Anfang an in ihm. Und sie reicht tiefer als all die Kenntnisse, die man auf Schulen und Reisen sammelt. Sie stammt aus dem Leid, aus den Tränen und Seufzern, deren die Welt voll ist, aus einer metaphysischen Hoffnungslosigkeit und dem Wissen, daß überall das Gemeine über das Edle triumphiert. Aber sie lähmte nicht seine Tatkraft, wenn sie auch seine

Gedanken färbte. Danton, der Held seines großen Revolutionsdramas, stürzt sich aus Verzweiflung über den Verlauf der Revolution in den flüchtigsten Genuß und kommentiert seine Rolle mit Bemerkungen über Menschheit und Leben, die an Zynismus und kaltem Hohn nichts zu wünschen übrig lassen. Ein unsäglicher Ekel am Dasein spricht aus seinen Worten, die auch Büchners Worte sind. Alles, was in seiner näheren und weiteren Umgebung, was in Hessen und den übrigen Staaten Deutschlands geschah, war dazu angetan, ein mitleidendes Herz wie das seine auf das empfindlichste zu verletzen und sein Gemüt zu verbittern. Die Revolution befand sich noch im Stadium kleinbürgerlicher Verschwörertätigkeit, sie lag noch in ihren idealistischen Windeln, und Büchner fühlte sich durchaus nicht zu ihrem Kindergärtner berufen. Er hatte die Männer kennengelernt, die illegal den Boden für eine neue Gesellschaftsordnung vorzubereiten suchten, treue, der Selbstaufopferung fähige Seelen mit unklaren Vorstellungen von der Freiheit, die sie erstrebten. Er hatte sich ihnen angeschlossen, war sogleich in Widerspruch zu ihnen geraten und hatte mit einer Flugschrift, dem »Hessischen Landboten«, ihr Entsetzen hervorgerufen. Die Ablehnung, die seine Schrift von seinen engsten Genossen erfuhr, ist ein deutlicher Beweis dafür, wie unendlich weit sie hinter ihm zurückstanden. Welten trennten ihn von ihren bürgerlichen Ideologien; und dabei darf man nicht vergessen, daß diese Männer das fortschrittlichste und radikalste Element der Zeit verkörperten.

»Das Leben der Reichen ist ein langer Sonntag«, so beginnt jene Botschaft an die Bauern des Landes. *»Sie wohnen in schönen Häusern, sie tragen zierliche Kleider, sie haben feiste Gesichter und reden eine eigene Sprache. Das Volk aber liegt wie Dünger vor ihnen auf dem Acker. Der Bauer geht hinter dem Pflug, der Reiche aber geht hinter ihm und dem Pflug und treibt ihn mit den Ochsen am Pflug, er nimmt das Korn und läßt ihm die Stoppeln. Das Leben des Bauern ist ein langer Werktag; Fremde verzehren seine Äcker vor seinen Augen, sein Leib ist eine Schwiele, sein Schweiß ist das Salz auf dem Tisch der Reichen …«*

Büchner fährt fort, indem er aufzählt, was mit den Steuern geschieht, die man den Bauern abnimmt. Sachlich und klar erstattet er Bericht, ohne Pathos, ohne schönrednerische Schnörkel. Die Flugschrift wird zu einer Anklage der herrschenden Schichten, wie sie vernichtender nicht gedacht werden kann. Sie wird zum Manifest, zum Aufruf, zum Fanal.

»Hebt die Augen auf und zählt das Häuflein eurer Presser«, so ruft er, *»die nur stark sind durch das Blut, das sie euch aussaugen, und durch eure Arme, die ihr ihnen willenlos leiht ... Das deutsche Volk ist ein Leib, ihr seid ein Glied dieses Leibes. Es ist einerlei, wo die Scheinleiche zu zucken anfängt. Erhebt euch, und der ganze Leib wird mit euch aufstehen.«*

In Frankreich hätten solche Worte sofort gezündet; in Deutschland verhallten sie, und der Mann, der sie geschrieben hatte, mußte erleben, daß seine nächsten Freunde ängstlich vor einer solchen Sprache zusammenschreckten. Die Bauern, an welche die Flugschrift gerichtet war, reagierten überhaupt nicht darauf. Kein Wunder, daß man annahm, Büchner wäre nach diesen Enttäuschungen der Sache der Revolution untreu geworden und hätte im »Danton« zynisch lästernd ihren Totentanz beschrieben. Aber dieser tiefste Ankläger aus reinster Menschlichkeit konnte seiner Sache gar nicht untreu werden. Er blickte nur tiefer und weiter als seine Zeitgenossen, und man muß das ganze kommende Jahrhundert überschauen, um die Tiefen zu sehen, die er in seiner letzten Dichtung, dem »Woyzeck«, aufriß. Hier brannte die Flamme des Mit-Leidens so hell und so rein, daß sie weit in die Zukunft hineinleuchtete.

In den Mittelpunkt dieses Werkes stellte Büchner einen naturgebundenen, triebhaften Menschen, der sich an seiner Geliebten dafür rächt, daß sie ihn mit einem Tambourmajor betrügt, und das Mädchen umbringt. Eine sentimentale Eifersuchtstragödie also, wie es auf den ersten Anblick scheinen könnte, ein ins Moderne und Pathologische abgewandelter Vorwurf, der schon oft dramatisch behandelt worden war, nur daß Othello diesmal kein Mohr ist, sondern ein armer, halbverrückter Soldat im Heere eines kleinen Fürsten, ein Subjekt, mit dem die Willkür der Vorgesetzten nach Belieben verfahren kann und der sich in seiner dumpfen, brütenden Wut gegen die Frau wendet und sein Liebstes hinmordet, anstatt sich gegen den Tambourmajor zu erheben, von dem es heißt, er war *»ein Mann wie ein Baum«*, und dessen Typus die herrschende Klasse bewußt züchtete, weil er ihr bei der Niederwerfung von Aufständen von Nutzen sein konnte und ihr als Prunkfigur bei Paraden und Aufmärschen gute Dienste leistete. In ihm und dem Doktor, für den Woyzeck mit seinem intensiven Gefühlsleben und seinen verworren anmutenden Gedanken, seltsamen, nach Ausdruck ringenden Begriffen und Bildern der »interessante Fall« ist, und dem Hauptmann, dem er als Bursche und Putzer dient, den er rasieren darf und der mit ihm »philosophiert« – sind die beherrschenden Mächte des 19. Jahrhunderts vorgezeichnet. Sie verkörpern die *»Bildung«*, die *»Wissenschaft«*, das *»Militär«*. Ein Hauptmann hat immer recht, und ein Akademiker irrt nie. Wir haben es selbst alle erlebt und es am eigenen Leibe verspürt. Die meisten von uns haben auf einem Kasernenhof gestanden und vor einem Hauptmann gezittert; die meisten von uns sind schon einmal abgewiesen worden, weil sie für einen Posten angeblich nicht genügend »gebildet« waren; und in den Untersuchungszimmern, wo Wissenschaft und Militarismus Hand in Hand arbeiteten, ist so mancher »tauglich« geschrieben worden, der in ein Erholungsheim gehörte.

Wenn der »Woyzeck« zu Büchners Lebzeiten erschienen wäre, so hätten sich wahrscheinlich auch Leute gefunden, die das Stück als Verrat an der Revolution bezeichnet haben würden. Sie hätten noch weniger davon begriffen als vom »Danton«. Büchner blieb bis zuletzt einer ihrer unbeirrtesten Vorkämpfer. Ehe noch die Theorie des Klassenkampfes durch Marx und Engels formuliert wurde, klingt sie im »Hessischen Landboten« bereits an. Bürgerliche Lauheit, bürgerliche Beschränktheit und Ängstlichkeit sind kaum jemals so scharf angegriffen worden wie durch diesen Jüngling, der ganz Flamme war, die sich selbst verzehrte. Er war einer der großen Menschheitsrichter, die aus Mit-Leiden mit der geschundenen Kreatur den Unterdrückern das Urteil sprechen, ein Mann, der notwendige Gedanken hatte in einem Jahrhundert, das viele überflüssige Ideen hervorgebracht hat.

Heinrich Heine

Verwunderlich ist, daß Heine, der in denselben Kampf verwikkelt war wie Büchner, weder in Büchners Werk noch in seinen Briefen erwähnt wird. Ebenso vergeblich sucht man in Heines Schriften nach einer Erwähnung Büchners, so daß man annehmen muß, der freieste und kühnste Spötter über deutsche Krähwinkelei habe den klarsten und hellsten Kopf unter den damaligen revolutionären Schriftstellern nicht gekannt, und ebenso habe der politische Flüchtling Büchner, der Straßburg und Zürich zu seinen Aufenthaltsorten wählte, nichts von dem Emigranten Heine gewußt, der die deutsche Reaktion von Paris aus beunruhigte. Beide wurden von den Bütteln und Schergen desselben Ungeistes verfolgt; beide kämpften um die Niederwerfung derselben lebens- und freiheitsfeindlichen Mächte, die Europa in ein großes Zuchthaus verwandelt hatten; in beiden lebte ein reiner, ungebrochener revolutionärer Wille, dem sie die Heimat und viele von den Annehmlichkeiten des Lebens opferten; beide litten an ihrer Zeit; beide waren sie zwiespältige, zerrissene Naturen; doch obwohl sie Zeitgenossen waren, fanden sie keinen Halt aneinander, ihre Wege verliefen getrennt, waren aber dennoch dieselben und führten dem gleichen Ziele entgegen.

Mit Heinrich Heine, der sich selbst gern als letzten Fabelkönig der Romantik bezeichnete und sich gleichzeitig zum Scharfrichter an der ganzen Bewegung aufschwang, trat eine neue Art des Schriftstellers vor eine Öffentlichkeit, die angenehm und kurzweilig unterhalten und dabei auch über die neuesten Ereignisse in Politik und Wirtschaft unterrichtet sein wollte. Selbst in Deutschland, wo die freie Meinungsäußerung unterdrückt und der Schriftsteller als zu einer Kulturnation gehörig und als ein notwendiges Übel gerade nur geduldet wurde, trat das Bedürfnis weitester Kreise nach unterhaltsamer Berichterstattung über die Dinge, die im eigenen Lande und in der Welt vor sich gingen, immer stärker in den Vordergrund. Der Journalismus entstand und setzte sich durch. Wie eine Industrie ohne Kapital, ohne Arbeiter und ohne Maschinen nicht existieren kann, so ist eine Gesellschaft, die auf dem Wege der

Industrialisierung fortschreitet, ohne die Presse undenkbar. Die Zeitung mit Kurszettel, Wirtschaftsteil und Handelsnachrichten wird notwendig. Bestimmte Interessengruppen schaffen sich durch die Zeitung ein Sprachrohr für ihre Ideen; Maßnahmen der Regierung werden verteidigt, gelobt, angegriffen, je nachdem, ob man mit ihnen zufrieden oder unzufrieden ist, ob sie den eigenen Machtbestrebungen hemmend im Wege stehen, oder diese Bestrebungen fördern und unterstützen. Die Regierung schafft sich eigene Blätter, um ihre Politik zu rechtfertigen, und auf der anderen Seite sucht die Opposition durch die Spalten der Tagespresse zu wirken. So wird die Zeitung zu einem Instrument der Politik, zu einer Waffe, die sowohl dem Angriff wie der Abwehr dient. Die Zeit spricht sich in ihr aus, und jeder Mensch, der am Leben der Zeit teilhat, muß sich mit diesem neuen Machtfaktor auseinandersetzen.

Am öffentlichen Leben der damaligen Zeit hat kaum ein zweiter so tief und so entscheidend Anteil genommen wie Heinrich Heine, der Dichter von Liedern, die zu wirklichen Volksliedern wurden, und der Verfasser politischer und literarischer Streitschriften, die mit Witz, Bosheit und feinster Ironie den großen labyrinthischen Ameisenhaufen des politischen, religiösen und sozialen Muckertums in begreifliche Unruhe und Aufregung versetzten. In seinem Werk, Gedichten von einmaligem Zauber und Duft, zerrissenen weltschmerzlichen Gesängen, Prosastücken von seltener Geschmeidigkeit der Sprache, Eleganz der Satzführung und Handhabung des Wortes sowie einer kühnen Subjektivität, spiegelt sich seine Zeit in allen Schattierungen und Abstufungen. Er ist der erste, der sich sämtliche Kunst- und Stilmittel des Zeitalters der beginnenden Industrialisierung, der verklingenden Posthornromantik, all seine sozialen und revolutionären Spannungen sowie die idyllischen Überbleibsel aus vergangenen Tagen zu eigen macht und sie zu einer neuen Form zusammenfaßt. Aus seinen Liedern tönen Sehnsucht und Heimweh nicht minder innig, als der Ruf nach Befreiung und revolutionärer Tat stark und anfeuernd aus ihnen aufklingt. Er ist Lyriker und zugleich Journalist; in seinen aus den Bedürfnissen des Tages entstandenen Artikeln oft von lyrischem Schwung und Überschwang und in seiner Lyrik von journalistischer Frechheit und Keckheit. Er schreibt, wie man in fortgeschritteneren Ländern als Deutschland schon längst im Parlament oder in der Kammer sprach. In England oder in Frankreich hätte er auf den Bänken der Opposition gesessen und einen der ersten Plätze innegehabt; Deutschland hatte ihm nichts zu bieten außer Verunglimpfungen, Verleumdungen und Anfeindungen, die ihm das Leben verbitterten und sich nach seinem Tode auf sein hinterlassenes Werk erstreckten. Wenige Schriftsteller sind zu ihren Lebzeiten einer solchen Aufmerksamkeit von seiten der Polizei und der staatlichen Überwachungsorgane gewürdigt worden wie Heinrich Heine. Mit solchem Haß, wie die deutsche Reaktion ihn gegen Heine hegte, haben nur noch die Jesuiten im achtzehnten Jahrhundert Voltaire verfolgt. Und zwar aus dem gleichen Grunde. Er war wie Voltaire der geborene Todfeind jener Minderheit, die sich auf Grund ihrer Geburt und Herkunft dazu berechtigt glaubte, über die Mehrheit zu herrschen, von deren Fleiß sie existierte. Voltaire war einer der geistigen Väter der Revolution, Heine war einer von den Enkeln, die das Vätererbe verwalteten. Und er hat dieses Erbe nicht vertan, sondern vermehrt. Er hat ein Beispiel gegeben. Weil er Deutschland liebte, ist ihm das deutsche Unglück tiefer zu Herzen gegangen als jenen Leuten, die sich national gebärdeten und das Unrecht, das am Geist und am Fleisch verübt wurde, stillschweigend geschehen ließen. Er war einer derjenigen, die aufstanden und dagegen das Wort erhoben. Und er hat in einer Sprache gesprochen, die bis heute das Ohr entzückt. Es war die Sprache eines freien, künstlerischen Menschen, der die Erde nicht in eine preußische Domäne, in einen brandenburgischen Exerzierplatz und in eine Kadettenanstalt verwandelt sehen wollte und sich auflehnte gegen die Schichten, die einen solchen Zustand anstrebten, und die alles beherrschten außer der Sprache, in der sie befahlen, wie ein deutscher Dichter das einmal von den Nazis geschrieben hat. Aus dem Leid um Deutschland, aus Besorgnis um die Zukunft Europas wurde er zum unnachsichtigsten Richter an den Verhältnissen seiner Zeit. Nicht jüdisches Geltungsbedürfnis hat ihn dazu verführt, wie es eine ganze Reihe von der Rassetheorie verblendeter Literarhistoriker wahrhaben wollte, sondern Empörung über die Entwürdigung des deutschen Menschen hat ihm jene bitteren Worte eingegeben, die das alte Deutschland von ihm zu hören bekam. Denn er fühlte sich als Vertreter eines jungen Deutschland, ein Name, der bald zum Begriff für die junge Schriftstellergeneration jener Jahre überhaupt wurde, als Vorkämpfer eines freien, demokratischen Staates, der bis heute noch nicht verwirklicht ist.

Seit die Vereinigten Staaten und Frankreich am Ende des achtzehnten Jahrhunderts den entscheidenden Schritt in dieser Richtung getan hatten und Napoleon das Wort ausgesprochen hatte: Die Politik ist das Schicksal! – war der großen Menschheitsfrage nach dem Mitbestimmungsrecht des einzelnen nicht mehr auszuweichen. Man verlangte eine neue, gleichmäßigere Verteilung der Güter dieser Erde, die bisher nur einer kleinen Minderheit zugute gekommen waren. Die Aristokratie hatte ihre Rolle ausgespielt. Der fünfte Ast ihrer Herrschaft hatte blutig und düster geendet. Überall in Europa spürte man, daß der Vorhang zu einem neuen Schauspiel aufgegangen war. Man wußte nur noch nicht, ob man das neue Stück als Komödie oder als Tragödie auf den Theaterzetteln ankündigen sollte. Es hatte mit Schrecken und Terror begonnen. Gleich im ersten Auftritt war eine Welt in Trümmer gegangen. Und wie würde es enden? Die Handlung nahm nach der Überraschung, die Napoleon der Welt bereitete, einen schleppenden, ermüdenden Verlauf. Deutschland als Spielfigur war kaum in Erscheinung getreten. Es träumte und philosophierte. Es hatte seine große Gedankenrevolution. Aber diesen Gedanken folgte keine Tat. Sie drangen nicht ins Volk, sie führten keine politische Veränderung herbei, sondern blieben in Büchern stecken, in umfangreichen, schwierigen Bänden, die auf den Bibliotheken vermoderten. Frankreich verfügte über die Tatkraft, die ungeheure Entzündbarkeit der Massen; Deutschland besaß die Schöpferkraft und die methodische Gründlichkeit. Aber es kam zu keiner Ergänzung, zu keinem koordinierten Zusammengehen; was diesseits des Rheines gedacht wurde, erreichte kaum das andere Ufer; und was drüben an revolutionärer Hochspannung sich entlud, wirkte zwar über die Grenzen hinaus, wie eine Tat immer stärker wirkt als ein Gedanke, doch die Welle verebbte jedesmal in einer Wüste von Gleichgültigkeit und Angst. Diesem Zustand ein Ende zu bereiten und eine Verständigung zwischen den beiden Völkern herbeizuführen, empfand Heine als die große Aufgabe seines späteren Lebens. Solange diese Aufgabe nicht eine befriedigende Lösung erfahren hatte, würde es um die Revolution immer schlecht bestellt sein. Er widmete sich diesem undankbaren Geschäft mit all der Leidenschaft, deren er fähig war, wenn es galt, der Sache der Menschheit einen Dienst zu erweisen. Daß ihm Fehlgriffe, Unterlassungen und Übertreibungen dabei unterliefen, ist weniger verwunderlich, als daß er sie einleitete und gegen alle Widerstände fortsetzte. Den deutschen Regierungen wurde er dadurch noch gefährlicher und verhaßter und den französischen Chauvinisten nicht angenehmer. Deutschland belegte seine sämtlichen Bücher mit Verboten, die gedruckten und vorsichtshalber auch gleich diejenigen, die man ihm für die Zukunft zutraute, die noch nicht geschriebenen. So groß war die Furcht vor seinem Wort. Frankreich gewährte ihm und vielen anderen politischen Flüchtlingen aus Deutschland ein Asyl und völlige Redefreiheit. Aber Deutschland blieb trotz aller Infamie, die er von dort zu erdulden hatte, seine Heimat, es blieb das Land seiner Kindheit und seiner Mutter. Frankreich ehrte und verehrte er um der Dinge willen, die der Zivilisation aus diesem Lande zugeflossen waren; aber Deutschland, das neue, junge, europäische Deutschland, dem seine Sehnsucht galt, war seine Liebe. Er hat wie kaum ein zweiter an den Mauern gerüttelt und die Gitter niederzureißen versucht, die Deutschland daran hinderten, ein humanitärer, freier und gesitteter Staat zu werden. Er hat die kleinen, halben Revolutionäre, die das deutsche Elend nur verschlimmerten, ebenso heftig angegriffen wie die großen Reaktionäre, denen das Elend des Volkes gleichgültig war, solange sie nur an der Macht blieben. Wo er sich irrte, haben wir kein Recht, uns einzubilden, wir hätten es besser gemacht; wir können nichts Gescheiteres tun, als die Waffen dort aufnehmen, wo er sie niederlegte. Er hat die Verschärfung des Kampfes und seine zunehmende Brutalität vorausgesehen. Am 12. Juli 1842 schreibt er in einem Bericht aus Paris: »*Wilde düstere Zeiten dröhnen heran, und der Prophet, der eine neue Apokalypse schreiben wollte, müßte ganz neue Bestien erfinden, und war so erschreckliche, daß die älteren Johanneischen Tiersymbole dagegen nur sanfte Täubchen und Amoretten wären. Die Götter verhüllen ihr Antlitz aus Mitleid mit den Menschenkindern, ihren langjährigen Pfleglingen, und zugleich auch aus Besorgnis über das eigene Schicksal. Die Zukunft riecht nach Juchten, nach Blut, nach Gottlosigkeit und nach sehr vielen Prügeln. Ich rate unseren Enkeln, mit einer sehr dicken Rückenhaut zur Welt zu kommen.*«

In demselben Artikel findet man auch das Wort von der *»gleichgeschorenen, gleichblökenden Menschenherde«*, deren Herrschaft er mit unverhohlenem Mißbehagen heraufdämmern sah, wie er überhaupt von der plumpen Vertraulichkeit abrückte, mit welcher die ungewaschenen Gleichheitsapostel ihn als einen der ihren ausgaben und behandelten. Seine Haltung wurde ihm als aristokratischer Hochmut ausgelegt, und man bezichtigte ihn, genau wie es Büchner widerfahren war, den Prinzipien der Revolution untreu geworden zu sein. Wenn er davor warnte, daß das »Volk« ebenso wenig unfehlbar sei, wie der Papst unfehlbar gewesen war, wenn er seine Stimme erhob und die zahmen Volksführer, die sich nicht wild genug gebärden konnten, verspottete, so schob man diesen Äußerungen einen konterrevolutionären Sinn unter. Im Vorwort zum »Wintermärchen«, dieser reifsten Schöpfung von Heines politisch-satirischem Genie, wies er diese Anschuldigungen zurück und faßte sein politisches Glaubensbekenntnis in die Worte zusammen: *»Pflanzt die schwarzrotgoldne Fahne auf die Höhe des deutschen Gedankens, macht sie zur Standarte des freien Menschentums, und ich will mein bestes Herzblut für sie hingeben. Beruhigt Euch, ich liebe das Vaterland ebenso sehr wie ihr. Wegen dieser Liebe habe ich dreizehn Lebensjahre im Exil verlebt, und wegen eben dieser Liebe kehre ich wieder zurück ins Exil, vielleicht für immer. Jedenfalls ohne zu flennen oder eine schiefmäulige Duldergrimasse zu schneiden.«*

Und im Exil ist er am 17. Februar 1856 nach langem, qualvollem Siechtum gestorben. Es gibt ein Gedicht von ihm, in dem sich sein ganzes Wesen in einigen wenigen Strophen ausspricht. Es heißt »Enfant perdu«, auf verlorenem Posten. Hier sind die Verse:

Verlorner Posten in dem Freiheitskriege,
hielt ich seit dreißig Jahren treulich aus,
ich kämpfte ohne Hoffnung, daß ich siege,
ich wußte, nie komm ich gesund nach Haus.

Ich wachte Tag und Nacht – ich konnt nicht schlafen
wie in dem Lagerzelt der Freunde Schar –
(Auch hielt das laute Schnarchen dieser Braven
mich wach, wenn ich ein bißchen schummrig war.)

In jenen Nächten hat Langweil ergriffen mich oft,
auch Furcht (nur Narren fürchten nichts),
sie zu verscheuchen, hab ich dann gepfiffen
die frechen Reime eines Spottgedichts.

Ja, wachsam stand ich, das Gewehr im Arme,
und nahte irgendein verdächtger Gauch,
so schoß ich gut und jagt ihm eine warme,
brühwarme Kugel in den schnöden Bauch.

Mitunter freilich mocht es sich ereignen,
daß solch ein schlechter Gauch gleichfalls sehr gut

zu schießen wußte – ach, ich kanns nicht leugnen –
die Wunden klaffen – es verströmt mein Blut.

Ein Posten ist vakant! – Die Wunden klaffen –
der eine fällt, die andern rücken nach –
doch fall ich unbesiegt, und meine Waffen
sind nicht gebrochen – nur mein Herze brach.

Marie von Ebner-Eschenbach

Gleichweit entfernt von allen Fronten, auf denen das Neue unbesehen als das Bessere hingenommen wird und das Lärmschlagen als die Hauptsache gilt, weder der Reaktion hörig, noch einem oberflächlichen Fortschrittsglauben huldigend, nicht die Macht anbetend, sondern vor dem Leid sich verneigend und den Schmerz segnend, steht diese Frau mit den breiten bäuerlichen Gesichtszügen, die ihre slawische Blutmischung verraten, von allen Schauern, Qualen und Verzückungen des künstlerischen Menschen umflossen, mit wachen Sinnen und klarem Geist, von einer Hoheit umgeben, die nur einem lauteren Charakter und einer inneren Wahrhaftigkeit entspringt, auf den Klippen ihrer anscheinend sorglosen und dennoch im Innersten ausgehöhlten Zeit. Aus den Blättern und Schriften, die sie hinterlassen hat, steigt beglückend und tröstlich das Bild einer starken, sittlich in sich gefestigten Persönlichkeit und großen Künstlerin, deren Werke noch heute eine bezaubernde und erschütternde Wirkung auf das empfängliche Gemüt ausüben, und deren ganze Altersweisheit in dem einen schlichten Satz aufstrahlt: *»Ich bitte um Liebe in die Herzen der Menschen.«*

Als Achtzigjährige schrieb sie diese Worte nieder, die in der Öde und Lieblosigkeit der Zeiten, die sie heraufdämmern sah, ungehört verhallt sind, wie so viele Gebete aus heißem Verlangen, diese Welt besser und schöner zu machen. Sie verzichtete darauf, ihre Kunst in den Dienst einer Partei zu stellen, sondern legte, indem sie sie ausübte, ein religiöses Bekenntnis ab. Sie trieb keinen extremistischen Morgenrotskult mit der Sache der Frau, die auf vielen Gebieten des öffentlichen Lebens kämpfend, anklagend, fordernd und Zugeständnisse heischend hervortrat und sich bereit zeigte, neue Pflichten auf sich zu nehmen, wenn man ihr alte, lange vorenthaltene Rechte gewährte. Trotz der Zurückhaltung in den Fragen, welche die Frauengeneration bewegten, zu der Marie von Ebner-Eschenbach gehörte, ist dennoch alles, was sie schrieb, von den Ideen getragen, die mit dem Herzblut ihres Jahrhunderts durchtränkt sind. Zu keiner Zeit ihres Lebens war sie eines von den vielen literarischen Blaustrümpfchen aus besseren Kreisen, deren Eitelkeit es angenehm schmeichelte, in irgendeiner braven Familienzeitschrift gedruckt, von der eigenen Verwandtschaft gelesen und als Genie proklamiert zu werden. Nie gehörte sie zu jenen Emanzipationsbesessenen, die der bürgerlichen Geschlechtsmoral mit großem Pathos den Todesstoß versetzen wollten und sich dabei in Abenteuer des Herzens und des Verstandes einließen, bei denen ihre Unmündigkeit und Unreife klar zutage traten. Ihre Besonnenheit bewahrte sie vor Exzessen nach jeder Richtung. Man kann sie als eine jener seltenen Priesterinnen des Wortes bezeichnen, denen es nur dann Erfüllung und Höhepunkt bedeutet, wenn es der reinen Menschlichkeit geweiht ist, die für sie keine leere, humanitäre Phrase war und für die sie jenseits aller konfessionellen Dogmen und Schranken stets und immer eintrat. Wenige Künstler haben einen so hohen Begriff von der Würde der Kunst gehabt wie diese Frau, deren Herz von Mitleid, Güte und einem unbestechlichen poetischen Gerechtigkeitssinn erfüllt war und die sehr wohl wußte, daß die Wasser des Lebens aus trüben und aus klaren Quellen gespeist werden.

Gedanken Schillers nachdenkend, in dessen sittlicher und ästhetischer Welt sie von frühester Jugend an heimisch war, wurde sie nicht müde, die veredelnde Wirkung der Kunst zu preisen. Dichten hieß für sie: das Dasein verschönen, ohne es zu verfälschen. *»Eine junge Literatur«*, schrieb sie, *»ist feurig und keusch. Unsere senile hat sich von der Leidenschaft zum Gelüste gewendet, vom Rührenden, Ergreifenden zum derb Packenden, vom Harmonischen zum Lärmenden und Mißtönigen, vom Schönen zum Fratzenhaften. Sie sucht nach neuen Kunstformen und findet neue Moden ...«* Ein gesundes konservatives Element, das sie in sich trug, bewahrte sie vor Stilexperimenten, die gewöhnlich von nichts anderem zeugen als von einem Mangel an gesunder ursprünglicher Gestaltungskraft und lebensfähigen Gedanken.

Da sie die Wege, die ihre Zeitgenossen auf der Suche nach Originalität einschlugen, niemals mitgegangen war, blieb sie auch von der Vergessenheit und der Lächerlichkeit verschont, der die meisten dieser Werke nach kurzer Zeit anheimfielen. Sie lebte und dichtete nach dem Spruch: *»Ich bin ein Kind meiner Zeit und will es sein; aber ein Kind meiner Tage will ich nicht sein.«* Es gibt keine literarische Schule, die sich rühmen dürfte, daß sie je auf ihren Bänken gesessen habe. Ihr lag nichts daran, originell zu erscheinen, aber sie setzte alles darein, wahr zu sein. Sie mußte einen weiten, an Irrtümern und Fehlschlägen reichen Weg zurücklegen, ehe sie zu jener Einsicht in die Grenzen ihres Talentes gelangte, die immer eine der ersten Voraussetzungen für die Entstehung dauerhafter Kunstwerke ist. Lange war sie über sich selbst im Unklaren gewesen und hatte die Vorstellung genährt, daß sie eine Dramatikerin sei. An dieser unglücklichen Liebe zum Theater, die viele große Epiker bis an ihr Lebensende begleitet hat, hielt sie durch mehrere Jahrzehnte mit einer weiblichen Treue fest, die durch kein Mißgeschick zu erschüttern war. Sie hatte das vierzigste Lebensjahr bereits überschritten, als sie sich zur Umkehr und zum Verzicht gezwungen sah. All ihre Hoffnungen, sich durch Tragödien und Komödien einen Platz auf dem Parnaß zu sichern, waren fehlgeschlagen. Ihre Kräfte waren erschöpft, und wenn sie die Summe ihrer dichterischen Existent zog, so mußte sie sich eingestehen, daß zwischen den Höhen, die sie angestrebt, und den Zielen, die sie erreicht hatte, ein schreiendes Mißverhältnis klaffte. Doch obwohl sie schon fast auf der Schwelle zum Alter stand und ihre Begabung als unzureichend empfand – das Schlimmste und Härteste, was einem Künstler zustoßen kann –, begann sie voller Demut und Bescheidenheit noch einmal von vorn und stieg aus den stolzen Tempeln der dramatischen Muse als die geringste Magd in die weniger prunkvollen Hallen der Prosa nieder. Wer soviel Selbstüberwindung und Lebenskraft aufzubringen vermag, den lieben die Götter. Und von dem Tage an hielten sie ihre Hände über Marie von Ebner-Eschenbach und hauchten den Schöpfungen ihrer Phantasie unvergängliches Leben ein.

In ihrem »Zeitlosen Tagebuch«, einer Sammlung von Aphorismen, Anekdoten und kurzen Prosastücken, meisterhaften Feuilletons, die zu einer Zeit entstanden, als noch niemand daran dachte, diesen Begriff auf eine ganz bestimmte Kunstgattung anzuwenden, findet sich eine Bemerkung, die tief in den Kern ihres Wesens hineinleuchtet: *»Gesegnet mein Wille zum Leiden«*, heißt es dort. *»Ihm verdanke ich meinen inneren Frieden, meinen Mut im Lebenskampfe, meine Kraft und Stärke.«* In diesem Willen zum Leiden wurzelt die ganze reife Kunst ihrer späteren Jahre. Durch ihn fühlte sie sich mit der geschundenen und getretenen Kreatur auf eine franziskanisch fromme Weise verbunden. Er öffnete ihre Augen für die Schäden innerhalb der Gesellschaftskreise, denen sie nach Herkunft und Erziehung angehörte. Durch ihn empfand sie das dumpfe und bedrückende Dasein des Bauern und des Tagelöhners und fühlte sich schuldig und verantwortlich für Zustände, die vom Adel als gottgewollt und von vielen Literaten als Hintergrund für rührselige Idyllen angesehen wurden. Er machte sie hellhörig für das Pochen des Schmerzes in der Menschenbrust und schärfte ihren Blick für die geheimsten und schamhaftesten Regungen des Herzens, von dessen Verstocktheit und Läuterung all ihre Werke künden. Aus diesem Willen zum Leiden wuchs auch ihr feiner, leiser Humor, der sie vor allen deutschen Schriftstellerinnen auszeichnet. Dieser Humor verleiht allem, was sie schrieb, einen eigentümlichen Glanz. Er ist wie ein stiller Sommerabend am Fluß, der das umliegende Land mit Sehnsucht und Wehmut durchschauert und es gleichzeitig selig verklärt. Ihm mag man es auch zuschreiben, daß über dem wenig schönen Gesicht dieser Dichterin, die einmal von sich schrieb: *»Mein Bild ist nicht sehr gelungen, es sieht mir zwar sehr ähnlich, aber dem Gespenst eines Nachtfalters doch auch«*, ein Schimmer zeitloser Schönheit liegt. Ihr Humor gleicht einem Regenbogen, der Himmlisches und Irdisches verbindet und die Gegensätze aussöhnt. Was sie als strenge Richterin über die Menschen verdammen müßte, das kann sie unter dem weichen Schleier dieses Humors lächelnd verzeihen. Er ist die künstlerische Ausdrucksform ihrer tiefen Liebe und unendlichen Güte. Nie wirkt er verletzend, immer strömt er aus ihrer Barmherzigkeit und ihrem Mitleid und umstrahlt jene Käuze, die ihre besten Gedanken nicht aussprechen können und ihre reinsten Herzensregungen verschämt verschweigen, mit seinem milden Licht. Ohne ihn wäre Marie von Ebner-Eschenbach eine gute, überdurchschnittliche Erzählerin; durch ihn erst wird sie zur großen Dichterin.

Der Humor ist der Goldgrund, auf dem ihre Bilder leuchten, allen voran die Geschichte von den Freiherren von Gemperlein, die sich mit den besten Erzählungen Gottfried Kellers messen kann. Hier verschlingen sich Fabel, Handlung, Milieu, Charaktere und Landschaft zu einer Novelle von großartiger Einheit. Als letzte Vertreter eines alten Adelsgeschlechtes, mit wenigen Strichen gezeichnet, treten die beiden feindlichen Brüder vor uns hin. Der eine ist konservativ gesonnen und hält am Hergebrachten nur deshalb so eigensinnig fest, weil der andere zu liberalen Anschauungen neigt. Friedrich, dessen Aristokratenstolz immer höher ins Kraut schießt, je kompromißloser sein Bruder sich zu demokratischen Grundsätzen bekennt, vertritt die Ansicht, daß ein Mann seines

Standes nur eine Reichsgräfin und nichts Geringeres zur Gattin wählen könne, während Ludwig, *»der längst mit sich darüber im reinen war, daß er lieber zeitlebens in dem ihm eigentlich verhaßten Junggesellenstande verharren als eine Aristokratin heiraten wolle«*, den Entschluß faßt, *»Lina Äpelblüh, ein Kaufmannstöchterchen aus dem nächsten Städtchen, zu seiner Frau und zur Mutter einer großen Anzahl freisinniger Gemperleins zu machen.«* Der Widerspruchsgeist in den beiden Brüdern zeitigt groteske Auswüchse. Sie sind auf dem besten Wege, sich das Leben gegenseitig zu verbittern und die Fundamente für ein fruchtbares Zusammenwirken zu untergraben. Ihr ganzes Sinnen ist darauf gerichtet, an den Kanten ihres Charakters herumzuschleifen und zu feilen, damit der andere sich daran stoße und sich verletze. Aber sie wären illegitime Kinder der Ebner-Eschenbach'schen Phantasie, wenn nicht in ihren Herzen ein Funke rührender hilfloser Menschlichkeit schlummerte. Nachdem sich die Heiratspläne der beiden letzten Gemperlein zerschlagen haben, nachdem weder Friedrich seine Reichsgräfin, die nur als Druckfehler im Genealogischen Taschenbuche der gräflichen Häuser existierte, bekommen hat, noch Ludwig von Lina Äpelblüh erhört worden ist, verlieben sich beide Freiherren noch einmal in eine Dame, die auf einem der Schlösser in der Nachbarschaft zu Besuch weilt. Friedrich bemitleidet im stillen seinen Bruder, weil er fest davon überzeugt ist, die Dame werde ihm den Vorzug geben, und Ludwig kommt aus einem leisen Staunen über die Illusionen nicht heraus, denen der ältere Bruder sich hingibt. Selbstverständlich wird er die Schöne heimführen, das steht für ihn außer jedem Zweifel. Und so spannen sie eines Tages ein, um einer Einladung aus dem Schlosse Folge zu leisten. Unterwegs verunglücken sie mit dem Wagen. Friedrich wird ziemlich übel zugerichtet, und Ludwig, der sich an dem Vorfall schuldig fühlt, entdeckt plötzlich bei sich, wie sehr er an seinem Bruder hängt. Er beschließt, auf die Dame zu Friedrichs Gunsten zu verzichten. Ja, er geht sogar so weit, daß er sich aufmacht, um für den Bruder zu werben. Friedrich, ebenfalls erschüttert und von seiner Verstocktheit erlöst, tut ein gleiches. Der eine preist die Vorzüge des anderen mit poetischem Überschwang, aber keiner gelangt zum Ziel; denn die fremde Dame, um die es sich dabei handelt, ist, wie die beiden wunderlichen Freiherren zum Schluß erfahren, schon seit längerer Zeit die Frau eines anderen.

Marie von Ebner-Eschenbach hat bis in ihr hohes Alter unermüdlich gearbeitet und viele Bände voll Erzählungen geschrieben.

Sie hat viele Probleme angepackt und zu vielen brennenden Zeitfragen unerschrocken Stellung genommen. Sie hat sich nicht gescheut, unzeitgemäß zu sein und in jenen Jahren, da Nietzsches Übermenschentum vielfach falsch verstanden und mißdeutet wurde, da die Mode befahl: das Gewissen sei abzuschaffen und Güte sei als ein Zeichen von Schwäche zu werten, an den Grundprinzipien der christlichen Ethik festzuhalten. Sie hatte erfahren und erkannt, daß der Denker sie wohl überspringen kann, aber daß die Menschheit ohne sie verloren ist und der Barbarei zusteuert. Dabei war es keineswegs so, daß ihr die quälendsten Zweifel in Glaubensdingen fremd gewesen wären. Dazu war ihr Denkvermögen, ihre Lust am Spiel mit den Gedanken viel zu stark ausgeprägt. Und nicht zufällig stammt jene Anekdote über Ernest Renan aus ihrer Feder, zudem ein junger Mensch einst sagte: *»Ich, mein lieber Meister, habe in meinen Überzeugungen nie gewankt.«* Worauf der Philosoph nur erwiderte: *»Wie ich Sie beneide! ... Da haben Sie also nie nachgedacht.«*

Niemand kann diesen Vorwurf gegen Marie von Ebner-Eschenbach erheben. Wenn nur das schmale Bändchen mit ihren »Aphorismen« von ihrem Werke übriggeblieben wäre, so würde das vollauf genügen, um ihr einen Platz neben Geistern wie Chamfort, über dessen Sinn für das Anekdotische und dessen präzise Formulierungsgabe sie verfügte, und ihrem Landsmann, dem vom Ruhm allzu sehr vernachlässigten Freiherrn von Feuchtersleben zu sichern, mit dem sie durch ihren sittlichen Ernst verwandt ist. Wie es ihr mit diesen »Aphorismen« ergangen ist, das hat sie später mit viel Humor aufgezeichnet. *»Ich war längst nicht mehr jung«*, schrieb sie, *»hatte gelernt, gelesen, gelitten, nachgedacht, bevor ich Umschau hielt in meinen Manuskripten, eine Auswahl von dreihundert Aphorismen traf und sie veröffentlichte. Das erste Urteil über mein Büchlein erfuhr ich durch eine zwanzigjährige Hausgenossin. ›Ach Frau Baronin‹, sagte sie, ›wenn ich mich hinsetzen wollte – in einer Stunde hätte ich ein solches Buch beisammen‹. Sie war wirklich überzeugt, daß dazu nichts gehöre als ein bißchen Sitzfleisch.«*

In den Werken eines jeden großen Künstlers gibt es bestimmte, immer wiederkehrende Situationen und Probleme, an denen man sein innerstes Verhältnis zur Welt ablesen kann. Es drängt ihn, einen bestimmten seelischen Vorgang unter den verschiedensten Aspekten immer wieder neu zu durchleuchten. Stets wird er mit unverminderter Kraft davon angezogen, wie der Stein von der Erde, das Wasser der Berge vom Wasser der Meere. Wenn man in den Büchern Marie von Ebner-Eschenbachs nach diesem Vorgang sucht, so bietet er sich nirgends reiner und klarer dar als in der Wandlung, die Bozena, die Magd, durchmacht, die Hauptfrauengestalt aus einer ihrer ersten größeren Erzählungen, die zuerst die »schöne« genannt wird und zum Schluß die »gute« heißt. Diese Metamorphose des Herzens ist das große Thema ihrer Dichtung, alles andere ist nur Rankenwerk, das diesen Kern mit leuchtenden Farben umschlingt. Sie wird nicht müde, dieses Wunder zu schildern, das noch wunderbarer ist als Frühling und Herbst, als Eisblumen und Schnee. Das Schwergewicht ihrer Werke liegt auf diesem einen Punkte. Es liegt in der Überwindung des Starrsinns, der Rachsucht, des Hasses und all der vielen anderen Bestandteile, angefangen vom verletzten Ehrgefühl bis zur gekränkten Eitelkeit, aus denen das Böse sich zusammensetzt. Leidenschaftlich spürt sie dem plötzlichen Aufblühen und Warmwerden der Seele nach; und nie ist sie größer als Künstlerin, als wenn sie schildert, wie ein Herz sich öffnet, das unter einem von der Gesellschaft wissentlich oder unwissentlich zugefügten Unrecht litt und dem Verdorren nahe war. Aus diesem Geiste ist das »Gemeindekind« geschrieben, eines der wenigen Bücher, die man getrost zur Weltliteratur zählen darf. Und als schönstes Beispiel ihrer reifen Menschlichkeit und geschlossenen künstlerischen Darstellungskraft wird stets die Geschichte von der »Spitzin« gelten, jene kurze Erzählung von einem Hunde und von einem Menschen, der als Findling in einem mährischen Dorfe ohne Liebe und Fürsorge heranwächst. Der Stolz und der Hochmut des Ausgestoßenen und Rechtlosen verschließen ihm die Lippen. Lieber hungert er, als daß er demütig um etwas bittet, worauf er ein Anrecht zu haben glaubt. Er zahlt der Gesellschaft mit Verachtung heim, was sie aus Gleichgültigkeit an ihm verbrach. Und so erscheint es ausgeschlossen, daß je eine Aussöhnung zwischen ihm und seiner Umwelt stattfinden könnte. Sie kommt aber dennoch zustande, und die Szene, wo dieser junge halbverwilderte Mensch, dem die Hündin, die er mit einem Holzscheit zu Tode getroffen hat, eines ihrer Jungen zu Füßen legt, plötzlich ein heißes Brennen im Inneren verspürt und gegen sich selbst und über sich selbst hinaus einen Bittgang um Nahrung für das junge hilflose Tier antritt, das mit unendlichem Vertrauen zu ihm als seinem Beschützer aufschaut, gehört zu jenen Stellen, durch welche das Werk Marie von Ebner-Eschenbachs ins Zeitlose wächst.

Die besten unter ihren Zeitgenossen schätzten und verehrten diese seltene Frau. Sie war mit Grillparzer befreundet, dessen schwierigem Wesen sie in ihren »Erinnerungen« gerecht zu werden versuchte. Ferdinand von Saar ging in ihrem Hause ein und aus. *»Am Ende der Dreißiger stehend«*, so hat er sie nach der ersten Begegnung geschildert, *»war sie eine gewinnende Erscheinung. Nicht hoch von Wuchs, aber schlank und zierlich gebaut; Hände und Füße von feinstem Ebenmaß. Das Gesicht nicht schön, aber doch anmutig und höchst ausdrucksvoll; die mächtige Stirn von dichten, mattbraunen Haaren umrahmt. Aus dem Blick der etwas tiefliegenden Augen sprach unendliche Güte, die sich auch in dem sanften Wohllaut der Stimme offenbarte.«* Sie stand mit Paul Heyse im Briefwechsel und korrespondierte mit vielen anderen Berühmtheiten der Zeit. Ihre engere Heimat sowie das ganze literarische Deutschland verneigten sich vor ihr. Schloß Zdislavic in Mähren, wo sie das Licht der Welt erblickt, ihre Jugend verlebt und viele ihrer schönsten Erzählungen geschrieben hatte, wurde zum Begriff für das reine, fromme, weltoffene Menschentum, das sich in ihr bis zuletzt verkörperte. Es ergoß sich kein Pilgerstrom dorthin wie nach Ferney, Weimar oder Jasnaja Poljana, aber der Seelenadel ihres Wesens strahlte trotzdem weit hinaus in die Welt, die unaufhaltsam dem Jahrhundert des Massenmenschen zuraste. Heute, da wir noch nicht sehen können, was wir durch dieses Jahrhundert gewonnen haben, aber deutlich spüren, was uns verlorenging, erscheint uns Marie von Ebner-Eschenbach wie eine jener alten, gütigen und weisen Frauen, zu denen man sich am Abend, wenn der Tag sich neigt, hingezogen fühlt, um sich eine Geschichte erzählen oder sich ein Wort des Trostes sagen zu lassen.

Heinrich und Thomas Mann

Das deutsche Kaiserreich mit Wilhelm II. an der Spitze, der sich nicht mehr wie einst Ludwig XIV. damit begnügte zu sagen: Der Staat, das bin ich – sondern der seine Selbstherrlichkeit in die größenwahnsinnigen Worte kleidete: Ich und Gott – diese Epoche diplomatischen Ungeschicks, die mit mehr als einer kurzsichtigen politischen Dummheit begann und mit Kohlrüben, Schlamm und Niederlage endete, war eine Herausforderung aller Deutschen, die ihren Verstand noch beisammen hatten und sich durch den äußeren Schein nicht blenden ließen. Dieses Zeitalter des Untertans, den Schule, Kirche und die höheren Bildungsanstalten bewußt heranzüchteten, dieser Staat, der das Strammstehen zur Grundlage der Erziehung machte und den Militärs das letzte und entscheidende Wort in allen Fragen einräumte, dessen Intelligenz sich auf den Daunenunterlagen und den Plüschmöbeln der Gründerjahre weich und sicher gebettet fühlte, mußte zuletzt selbst die bürgerlichen Schriftsteller, in denen vom Geiste Lessings noch etwas lebte, in die Opposition treiben. Einst hatte das Bürgertum von tätiger Mitarbeit an der Lenkung der Staatsgeschicke geträumt, und seine größten Söhne hatten im Sinne der Humanität und der Liberalität der nackten kapitalistischen Profitgier entgegenzuwirken versucht. Doch davon war nur in einigen außen und abseits Stehenden noch etwas in Erinnerung; der Begriff der Tradition war verflacht, und die Masse des Bürgertums war willenloser und gefügiger denn je. Sie strömte in Kriegervereinen zusammen, wo man sich rückerinnernd an dem Sturm auf die Düppeler Schanzen und an Sedanfeiern berauschte und das Wort vom deutschen Wesen, an welchem die Welt genesen sollte, laut und begeistert wiederholte; ihre politische Rolle erschöpfte sich im Gutheißen, ja, sie schrie sogar noch Hurra, wenn ihr von oben ein beschränkter Untertanenverstand gnädigst zugebilligt wurde. Ihre Angst vor dem Sozialismus war so groß, wie ihr Glaube an die Obrigkeit blind war. Man hatte es ja so herrlich weit gebracht; der Schutzmann sorgte für Aufrechterhaltung der Ordnung und der Nachtwächter für ungestörte Nachtruhe. Die Masse des Bürgertums war nicht christlich genug, um aus selbstloser Menschenliebe zu handeln, und nicht unchristlich genug, um sich ohne moralische Einschnürung frei zu bewegen. Im großen gesehen war alles, was die Mehrzahl der Bürger tat und trieb, von einer erschreckenden Halbheit und Lauheit. Unter ihnen gab es wenige, die nicht halbe Christen und halbe Liberale waren. Nur eines war die große Masse, von der hier die Rede ist, ganz und ungeteilt: Untertanen nämlich, Untertanen des wilhelminischen Reiches, dem sie von der Maas bis an die Memel, von der Etsch bis an den Belt untertänigst huldigten. Sie dünkten sich hoch über allem in der Welt zu stehen und waren besonders stolz auf die Tatsache, daß ein Deutscher der Erfinder des Schießpulvers gewesen sein sollte, das ihnen die königlichste von allen Erfindungen zu sein schien. Und wie alles an ihnen außer ihrer Untertänigkeit halb war, so waren sie auch nur halb gebildet. Sie lebten nach dem ironisch gemeinten Wort Lichtenbergs, der einmal gesagt hat: *»Nichts kann mehr zu einer Seelenruhe beitragen, als wenn man gar keine Meinung hat.«* Und wenn sie dennoch manchmal eine Meinung zu haben schienen, so war es die Meinung, die auch ihr Vorgesetzter vertrat und die zu haben und zu vertreten ungefährlich war. Diese Bürger taten sich besonders auch auf ihr Familienleben etwas zugute: die Frauen auf ihre Untadeligkeit und die Männer auf die Reinheit ihrer Sitten. Aber in Deutschland wurde noch nie soviel pornographische Literatur vertrieben wie gerade während der Untertanenzeit, in der sich die natürliche Scham zur Prüderie umwandelte und das Leben der Geschlechter vergiftete. Man wollte um keinen Preis daran erinnert werden, daß das Leben eine Geschichte ist, die mit Blut, Schweiß und Tränen geschrieben wird. Und da die schöne Lüge bezahlt wurde und die unschöne Wahrheit einen in Konflikt mit der guten Gesellschaft und den Behörden brachte, wählten die meisten Künstler den bequemeren Weg und lieferten die Ware, für die sie Abnehmer und Käufer fanden.

Ein Reich mit einem solchen Herrscher, der das Wort geprägt hat: *»Ich führe euch herrlichen Zeiten entgegen«*, und solchen Untertanen, die aus den frühen Jahrgängen des »Simplizissimus« entsprungen zu sein schienen, mußte die selbstverantwortlichen bürgerlichen Schriftsteller zuletzt in die Opposition treiben und sie zum Nachdenken über den Verfall des Bürgertums zwingen oder sie zu Anklägern der bestehenden Ordnung machen. Und ihre Kritik am Bestehenden, ihre Ablehnung mußte um so schärfer und entschiedener sein, je tiefer sie sich dem Bürgertum und der Kultur, die durch sein Zutun zustande gekommen war, verpflichtet fühlten.

Diese Schärfe und Entschiedenheit ist nirgends deutlicher spürbar als in den Frühwerken Heinrich Manns. Er fing das Bild der wilhelminischen Gesellschaft in einem satirischen Spiegel ein und zeigte, daß die Spießbürgersentimentalität nur durch eine hauchdünne Wand vom Sadismus getrennt war und daß die prächtigen Paradeuniformen, die man Unter den Linden und auf dem Tempelhofer Feld sah und über die der Durchschnittsbürger in einen Rausch des Entzückens geriet, nichts weiter waren als die Symbole des Untergangs und der Barbarei. Die Groteske des wilhelminischen »Schlaraffenlandes« mit seiner humanistischen Bildung, seinen Hofpredigern, Hoflieferanten und Stammtischen, mit seiner Selbstüberheblichkeit und seinen außenpolitischen Provokationen, seiner Arbeiterfeindlichkeit und Junkerfreundlichkeit erfuhr durch den bewußten Demokraten Heinrich Mann die erste gültige Darstellung. Er riß dem Untertan die Maske vom Gesicht und ließ seine Hauptcharakterzüge unbeschönigt und grell hervortreten: seine Bereitwilligkeit, sich vor der Macht feige zu dukken, und seine Bereitschaft, selbst den Tyrannen zu spielen, wo es ohne Gefahr und ohne Risiko möglich war: in der Schule, innerhalb der Familie und auf dem Kasernenhofe.

In den beiden Brüdern Mann trat der Schriftsteller im Sinne Voltaires und Lessings vor dem Zusammenbruch der Zivilisation in Europa noch einmal rein und klar in Erscheinung. In der schlimmsten Krise, die Deutschland je durchzumachen hatte, in den Jahren, in denen die Bedrohung alles dessen stündlich wuchs, was das Bürgertum früherer Jahrzehnte und eine organisierte Arbeiterschaft an Kultur geschaffen hatten, als der faschistische Sieg schon vorauszusehen war, bekannten sie sich offen zu jenen demokratisch-humanistischen Prinzipien, in denen die abendländische Kultur wurzelt. Und so gingen sie denselben bitteren Weg, den so viele Deutsche vor ihnen schon einschlagen mußten: den Weg ins Exil.

Der Untertan, den Heinrich Mann in seinem gleichnamigen Roman dargestellt hatte, warf sich in eine SA-Uniform und zog vor die Berliner Universität und verbrannte dort vor den Standbildern der Brüder Humboldt die Bücher, die seinem Sklavensinn unverständlich waren, auf einem Scheiterhaufen. Dieser Scheiterhaufen der Bücher, auf dem der Geist aufs neue den Feuertod sterben sollte, setzte, so darf man wohl sagen, die Welt zum zweiten Mal in Brand. Es war der Beginn jenes großen Brandes, dem Warschau, Rotterdam und ein großer Teil Londons zum Opfer fielen, der sich dann später gegen seine Urheber wendete und die deutschen Städte bis auf die Grundmauern vernichtete.

Von allem, was sich noch vor kurzer Zeit tausendjährig und gigantisch gebärdete, ist nichts übriggeblieben. Die stolzen Superlative, die wilden Phrasen sind verhallt. Aber das Werk Thomas Manns lebt; es lebt trotz einer bedauerlichen menschlichen Schwäche, die sein Autor in einem Augenblick an den Tag gelegt hat, als Deutschland bereit war, ihm zu danken und ihn als Repräsentanten seines Willens zur Humanität und zur Demokratie anzuerkennen. Er hat uns bittere, beleidigende Worte ins Gesicht gesagt; wir werden diese Worte nicht vergessen; aber sie sollen uns keineswegs daran hindern, die Bedeutung seines Werkes und seiner einstigen Haltung voll und ganz zu würdigen. Man kann den Geist, von dem sein Werk getragen wird, nicht auf einem Scheiterhaufen verbrennen; je unmenschlicher und barbarischer man gegen ihn vorgeht, um so klarer tritt seine Menschlichkeit hervor. Er ist stärker als der Orkan des Ungeistes, der ihn entwurzeln will. Denn er ist nichts anderes als Liebe zu jenen Dingen, für welche die besten Geister in der alten und der neuen Welt gekämpft und gelitten haben.

In den »Buddenbrooks« hat Thomas Mann den Verfall einer bürgerlichen Familie geschildert und damit den Verfall des Bürgertums in seiner patrizisch-soliden Form überhaupt; seinen Abstieg von der Tat zum Traum. Doch er selbst, der Sprößling aus einem ebensolchen Geschlecht, hat vom Traum zur Tat zurückgefunden. Er hat seine Bürgerlichkeit weiter entwickelt zur weltbürgerlichen Moralität und die edelsten und feinsten Eigenschaften des bürgerlichen Menschen, als dessen größter Vertreter ihm Goethe erschien, auf die Dinge der Kunst und des Geistes angewandt und besonders immer den Willen zur Vollendung gepriesen. Kaum ein zweiter Dichter jener Epoche hatte ein derart feines Gefühl für die Brüchigkeit des Zeitalters wie Thomas Mann. Er spürte, wie das gesellschaftliche Parkett, auf dem sich die Männer der Kunst, der Wissenschaft, der Politik und der Wirtschaft in dunklen Abendanzügen selbstsicher bewegten, schwankte und bebte. Er war tief durchdrungen von der Gewißheit einer unaufhaltsam sich nähernden Katastrophe. Alles, schien ihm, war in Selbstauflösung begriffen, ein Prozeß, der sich in seinen Schriften als Selbstironie und in einer gelassenen Skepsis spiegelt. Als die Bedrohung wuchs, als es immer offensichtlicher wurde, daß die Verfassung von Weimar keine Gewähr für einen Rechtsstaat bot, stand Thomas Mann auf und sprach, wie einst seine Vorfahren im Lübecker Senat, für das Recht. Er hat das Recht verteidigt in einer Welt, die an die Stelle des Rechtes die Macht setzen wollte. Er hat für die Republik gesprochen, deren Unzulänglichkeiten er kannte, als es schon lebensgefährlich war, republikanische Gesinnungen zu äußern. Er ist für die Freiheit der Person und des Gedankens eingetreten, als diese Freiheit in Deutschland ihr Heimatrecht zu verlieren drohte. Und während Deutschland als zivilisierter Staat unterging und als Raubstaat sein Dasein fortsetzte, während es an wirklicher Größe das verlor, was es äußerlich an Umfang gewann, während es den Mord legalisierte und sich immer unverhüllter gegen alle Mächte der Gesittung und des Friedens stellte, hat Thomas Mann als Sprecher eines anderen Deutschland den Kampf gegen die Schande geführt, in welche gewissenlose politische Abenteurer und urteilsunfähige Untertanen seine Heimat stürzten. Und ich meine Heimat hier nicht nur im räumlichen Sinne, meine nicht Lübeck, wo er geboren wurde und aufwuchs, nicht München und den »Simplizissimus«, den er für eine Weile leitete, und nicht das *»Haus im Münchener Herzogpark, an der Isar, wo ich meine Tage zu beschließen gedachte«*, wie es in einem seiner schönsten Essais heißt – in »Meerfahrt mit Don Quichote«, der zusammen mit anderen Arbeiten, für die man ihn ausbürgerte, unter dem Titel: »Leiden und Größe der Meister« als letztes Buch von ihm in Deutschland erschien; als Abschied gleichsam; und indem die Worte stehen: *»... Freiheit gewinnt erst Wert, sie wird erst rangverleihend, wenn sie der Unfreiheit abgewonnen wird, wenn sie Befreiung ist ...«* – ich meine hier vielmehr seine geistige Heimat, die Demokratie als innere Lebensform, der die Idee von Menschlichkeit und Toleranz zugrunde liegt. Denn was durch den Faschismus gefährdet wurde, war nicht nur die demokratische Gesellschaftsform, die sich aus diesen Ideen unter harten Kämpfen, und bitteren Rückschlägen entwickelt hatte, es war vielmehr das Erbe des Humanismus, der Humanismus selbst, dem hier die Vernichtung angesagt wurde; es war die friedliche Zusammenarbeit der Völker, der Wille zur Verständigung, der freie Austausch von Gedanken und die Ehrfurcht vor dem Geist überhaupt, denen der Todesstoß versetzt werden sollte. Es war die geistige Welt, aus welcher das Werk Thomas

Manns lebte, der dieser Ansturm des Hasses und der schrankenlosen Willkür galt.

Aus diesem Geiste war Deutschland zu einer zivilisierten Nation geworden, gegen allen junkerlichen Eigensinn und bürgerliche Gleichgültigkeit. Thomas Mann stand in der ersten Reihe derer, die diesen humanistisch-demokratischen Geist verteidigt haben. Dieser Geist ist oft verwässert und verdünnt worden; man hat zuweilen argen Mißbrauch mit seinem Namen getrieben; aber wo er von der Erde verschwindet, verschwindet auch die Freiheit, verschwinden das Recht, die Duldsamkeit und die Liebe, und es werden jene unterirdischen, wahrhaft bösen Kräfte entfesselt, von denen Goethe sagt, daß die vereinten sittlichen Anstrengungen der ganzen Menschheit kaum ihrer Herr zu werden vermögen. In »Meerfahrt mit Don Quichote«, wo Thomas Mann sich nicht nur mit Cervantes, sondern auch stark mit den Problemen des Jahres 1934 auseinandersetzt, schreibt er an einer Stelle: *»... Spricht auch aus mir die überall grassierende Begier nach dem ›Irrationalen‹, dieser Kult, für dessen menschliche Gefahren und Eignung zum Mißbrauch mein kritisches Gefühl doch wach war und dem ich aus europäischer Sympathie für Vernunft und Ordnung widerstrebte – mehr, vielleicht, des Gleichgewichts wegen, als weil ich das Bekämpfte nicht auch in mir hätte? Als Erzähler bin ich zum Mythus gelangt – indem ich ihn freilich, zur grenzenlosen Geringschätzung der nichts als Seelenvollen und Möchte-gern-Barbaren, humanisiere, mich an einer Vereinigung von Mythus und Humanität versuche, die ich für menschheitlich zukünftiger halte als den einseitig-augenblicksgebundenen Kampf gegen den Geist, das Sich-beliebt-Machen bei der Zeit durch eifriges Herumtrampeln auf Vernunft und Zivilisation ...«* Diese Worte sind aufschlußreich. Während Deutschland alle Kräfte daran setzte, die Welt, so weit sie seinem Zugriff erlag, in die Barbarei zurückzustoßen und zu enthumanisieren, schlug Thomas Mann den umgekehrten Weg ein und setzte seine Kräfte an das Wagnis, den barbarischen Mythus zu humanisieren. Und das Wagnis gelang; der Mann, der den »Zauberberg« geschrieben und einen jungen Menschen bürgerlicher Herkunft in das Labyrinth der Ideologien gestellt hatte, als Objekt für die Versucher gleichsam, vermochte auch die Legende von Joseph und seinen Brüdern über die Jahrhunderte hinweg in einen modernen Roman umzugestalten und alles, was in der alten Erzählung nur angedeutet ist, behutsam ins Breite und Menschliche rinnen zu lassen. Schicksale zu vermenschlichen: auf dieser Fähigkeit beruht nicht zuletzt Thomas Manns

Größe. Schicksale zu vermenschlichen, ohne sie gehässig zu verkleinern, darin liegt viel von seiner Stärke. Dieser Bürger, der sich von vielen bürgerlichen Vorurteilen befreite und seiner tiefen Liebe zur Freiheit treu blieb, dessen Bildungserlebnisse Schopenhauer, Nietzsche und Wagner waren und der sogar einmal einen bedenklichen Heroenkult mit der Gestalt Friedrichs des Großen trieb und aus einem ungebundenen Künstlertum mit der preußisch glorifizierten Auffassung der Pflicht kokettierte, die doch ganz etwas anderes ist als die Selbstzucht, ohne die ein Künstler wie Thomas Mann nicht existieren kann, glitt dennoch niemals ins Reaktionäre, Finstere und Rückschrittliche ab. Das Humane in seinen geistigsten und schlichtesten Formen hatte stets einen Fürsprecher und Verteidiger in ihm. Keiner hat den Deutschen Goethe so nahe zu bringen gewußt wie er, der ihn als durch und durch bürgerlichen Menschen feierte. Sein europäisch-weltbürgerliches Denken wird seine Wirkungen erst noch haben. Er schreibt einmal von der *»Bösheit des mächtigen Alters«*. Auch er ist heute ein Greis. Möge diese »Bösheit« in ihm nie so übermächtig werden, daß sie die Selbstironie und lächelnde Skepsis sich selbst gegenüber überwuchere und seinen Gerechtigkeitssinn ersticke! Er hat uns die pathetischen Sittenprediger selbst verdächtig gemacht, und nichts wäre komischer, als ihn in ihren Reihen zu sehen. *»Das gute Gewissen«*, hat Albert Schweitzer gesagt, *»ist des Teufels.«*

Mühsam, Ossietzky, Tucholsky

»*Die Geschichte der Verfolgungen*«, schrieb der amerikanische Philosoph Ralph Waldo Emerson, »*ist die Geschichte der Versuche, die Natur zu betrügen, das Wasser aufwärts rinnen zu lassen, einen Strick aus Sand zu flechten. Es macht keinen Unterschied, ob der Handelnde ein Einzelner oder eine Vielheit ist, ein Tyrann oder der Pöbel … Der Märtyrer kann nicht entehrt werden. Jeder Geißelhieb ist ein Ruhmesblatt. Jedes Gefängnis eine hoch erhabene Wohnung, jedes verbrannte Buch oder Haus erleuchtet die Welt. Jedes unterdrückte Wort erhellt die Erde von einem Ende zum anderen. Immer wieder kommen für Gemeinschaften wie für Einzelne Stunden der Gesundheit und der Gesinnung, wenn die Wahrheit erkannt wird und die Märtyrer gerechtfertigt sind.*«

Deutschland hat in den beiden vergangenen Jahrzehnten mehr Märtyrer dieser Art hervorgebracht, als andere Länder in Jahrhunderten gesehen haben. Diese Männer sind seine Schande und zugleich seine Ehre. Sie sind die Richter seines tiefen geistigen und sittlichen Verfalls und die Künder seines schwer geschädigten, aber dennoch ungebrochenen Willens zur Humanität. Ihr Leben war dem Kampf um Wahrheit, Recht und Freiheit gewidmet. Wo die Totengräber der Kultur und der Zivilisation in Uniform oder Frack am Werke waren, erhoben sie ihre Stimme. Sie warnten. Sie prangerten an. Sie entlarvten. Sie traten keine Flucht in das Reich des Abstrakten, in die nebelhaften Gefilde der reinen Menschlichkeit oder des Kosmischen an, sondern blieben auf der Erde, wo auf eine sehr unfeine Art gekämpft, gelitten und verfolgt wurde. Sie wußten, wofür Gefängnisse da sind. Sie wußten auch, warum in Preußen fast neben jedem Gefängnis eine Kaserne stand. Sie machten sich Gedanken über die Höhe der Arbeitslosenunterstützung und die Höhe der Subventionen, die der Staat an den Großgrundbesitz zahlte. Und sie sprachen ihre Gedanken aus. Sie waren nicht zu vornehm, in Arbeiterversammlungen zu gehen, und mutig genug, die Öffentlichkeit auf Vorgänge in den Ministerien und den Generalversammlungen der großen Industriekonzerne aufmerksam zu machen. Sie kannten die Not in den Städten und das Elend auf dem Lande. Sie wußten, daß sie dauernd mit einem

Fuße im Zuchthaus standen und daß die reaktionären Kreise innerhalb der Weimarer Republik nur auf die Gelegenheit warteten, um sich ihrer zu bemächtigen und sie für immer zum Schweigen zu bringen. Aber sie verkauften sich nicht und ließen sich nicht bestechen; sie blieben bei ihrer Wahrheit und starben dafür.

Erich Mühsam

Mühsam war einer der ersten von den vielen deutschen Schriftstellern, die der Faschismus mordete. Unter Wilhelm II. war er als Untersekundaner wegen *»sozialistischer Umtriebe«* von der Schule relegiert worden. 1910 stand er als Zweiunddreißigjähriger wiederum vor einem kaiserlichen Gericht *»wegen des Versuches, das sogenannte Lumpenproletariat zu sozialistischem Bewußtsein heranzuziehen.«* Der Weltkrieg sah ihn *»in den Reihen der Opposition gegen die Lenker der deutschen Schicksale.«* Nach dem Zusammenbruch von 1918 schrieb er: *»Selbstverständlich fand mich die Revolution von der ersten Stunde an aktiv auf dem Posten ... Mitglied des Revolutionären Arbeiterrates ... Kampf gegen die Konzessionspolitik Kurt Eisners ... Teilnahme an der Ausrufung der bayerischen Räterepublik ... Standgericht: fünfzehn Jahre Festung ...«* Weihnachten 1924 wurde er begnadigt. Die Klassenjustiz ließ ihn noch einmal entschlüpfen. Er hatte *»das Kaspar-Hauser-Erlebnis«* seiner Rückkehr unter die Menschen. Mit ungebrochenem revolutionärem Willen nahm er den Kampf gegen den Klassenstaat sofort wieder auf und gab die anarchistische Monatsschrift »Fanal« heraus. Je offensichtlicher es wurde, wohin die Dinge in Deutschland trieben, um so lauter und unerschrockener rief er zum Widerstand auf. Hitler und seine industriellen Steigbügelhalter hatten in ihm einen unversöhnlichen Gegner. Sobald sie an die Macht gelangt waren, bemächtigten sie sich seiner. Er wurde in ein Konzentrationslager verschleppt, wo er für die Freiheit des Geistes und des Menschen den Tod erlitt.

»Die Bekämpfung des Staates in seinen wesentlichen Erscheinungsformen, Kapitalismus, Imperialismus, Militarismus, Klassenherrschaft, Zweckjustiz und Unterdrückung in jeder Gestalt war und ist der Impuls meines öffentlichen Wirkens«, schrieb er in seiner kurzen, stichwortartigen Selbstbiographie. Stets stand er am äußersten linken Flügel als Mahner, Angreifer und Verächter des bürgerlichen Staates und seiner Moral. *»Meine Pflicht heißt: Gegenwart«* bekannte er von sich. Er ist den

Problemen seiner Zeit nicht ausgewichen, sondern hat die Hand auf ihre Wunden gelegt und den Herrschenden ebenso bittere Wahrheiten gesagt wie den Beherrschten, die mit Gott für Kaiser und Vaterland in den imperialistischen Krieg zogen. Seine Kriegsgedichte gehören zu den edelsten und reinsten Schöpfungen in deutscher Sprache. Es sind Gedichte tiefster menschlicher Erschütterung und furchtbare Anklagen gegen diejenigen, die *»der Menschheit Massengrab«* verschuldet haben. Als Lyriker steht er weit über den Dichtern, die um die Jahrhundertwende berühmt waren und mit der »sozialen Frage« und dem »Proletariat« kokettierten, weil es gerade Mode war, als Menschheitsbeglücker und Freiheitsapostel aufzutreten und dem Bürger unter erschrecklichen Gesichtsverrenkungen das letzte Gericht anzukünden. Mühsam war niemals ein Revolutionär aus Berechnung und modischem Geltungsbedürfnis. Das Revolutionäre lag ihm im Blut. Er war als Empörer zur Welt gekommen. Das Leid der Massen war sein persönlichstes Leid. Durch alle seine Gedichte schwingt die Trauer um die verlorene Freiheit und die Hoffnung auf eine bessere und schönere Zukunft. Seine schönsten Gedichte sind Nachrufe und Klagen um große Menschheitsfreunde, die der Tod dahinraffte, und um gemordete und erschlagene Gefährten. Auf den Tod Tolstois und Peter Krapotkins schrieb er ergreifende Strophen. Karl Liebknecht, Rosa Luxemburg, Gustav Landauer fanden in ihm den Dichter, der ihr Werk feierte und ihr Gedächtnis ehrte.

Seine geistige Heimat war die Münchener Bohème der Jahrhundertwende, jener Kreis von Bürgern, die keine Bürger mehr sein wollten und der bürgerlichen Lügen und Phrasen überdrüssig bis zur Verzweiflung waren. Frank Wedekind war sein Freund; Peter Altenberg und Peter Hille, der impressionistische Plauderer und der kindliche Träumer, gehörten zu seinen Bekannten. Er trat in den Münchner Kabaretts auf und trug satirische Verse und tragikomische Balladen vor. Als Publizist war er der Reaktion unermüdlich auf den Fersen und den zahmen, jedem faulen Kompromiß geneigten Arbeiterführern ein Stachel im Fleisch. Für ihn gab es keinen Wechsel der Fronten. Die Zuspitzung des Kampfes gegen den Faschismus fand ihn dort, wo er immer gestanden hatte: in der vordersten Linie. Er schonte sich nicht. Er machte keinen Versuch, sich bei den kommenden Machthabern beliebt zu machen. Er verleugnete sich nicht. Er war ein großer Mensch und ein großer Dichter. *»Fange das Wort auf und fülle dein ganzes Herz damit an, und dann gib es weiter an die Menschen. Das Wort heißt Freiheit!«* So schließt sein Gespräch mit einem Kinde. Erich Mühsam hat dieses Wort gelebt. Es ist sein Vermächtnis an die Jugend und die kommende Generation.

Carl von Ossietzky

Unter den Publizisten der Weimarer Republik nimmt Carl von Ossietzky unbestritten den ersten Rang ein. Er war das schlechte Gewissen der Republik; und die Republik, an deren Spitze ein Hindenburg stand und in deren Schatten die Generäle die Wiederaufrüstung betrieben, hatte ein schlechtes Gewissen bitter nötig. Sie steuerte ihrem eigenen Untergang entgegen. Die Arbeiter, die sie hätte bewaffnen sollen, ließ sie niederknüppeln und sonnte sich in einer Scheingerechtigkeit, die durch das Reichsgericht vertreten wurde, durch jene *»große Spinne von Leipzig«*, die mit ihrem giftigen Biß alles, was den Mut zur Wahrheit hatte, töten wollte. Auch Carl von Ossietzky sollte, noch ehe die letzten Dämme des Rechtes durch den Nationalsozialismus endgültig niedergerissen wurden, durch ihre Skorpionstiche zugrunde gerichtet werden. Sein Werk der Demaskierung und Entschleierung trug ihm nicht nur den Haß einzelner führender Persönlichkeiten aus den reaktionären Kreisen um Groener und Schleicher ein, sondern den Haß ganzer Mächte und Interessengruppen, denen alles daran gelegen war, daß von ihren Absichten und Plänen nichts vorzeitig an die Öffentlichkeit dringe. Daß sich ein geschulter, wissender und unbestechlicher Mann wie Ossietzky um ihre mehr als eindeutig reaktionären Manipulationen kümmerte und sich nicht scheute, auf sie und ihr Treiben hinzuweisen, mußte ihnen höchst unerwünscht sein. Es mußte ihnen um so unbequemer sein, als »Die Weltbühne«, die Zeitschrift, in welcher er schrieb und die er seit dem Jahre 1927 leitete, nicht nur in Berlin und in Deutschland gelesen, sondern auch im Ausland eines aufmerksamen Studiums gewürdigt wurde. Er war ein überzeugter Pazifist, der den imperialistischen Krieg, den die Reichswehrgenerale und Industriebarone mit deutschnationaler und nationalsozialistischer Billigung und Unterstützung im Geheimen vorbereiteten, mit allen Mitteln zu verhindern suchte. Aus echtem und tiefem Patriotismus, verunglimpft und beschimpft von den Leuten, die den Patriotismus als ihre Domäne betrachteten und unter seinem Deckmantel von Raub und Eroberung träumten, hat er, wo er nur konnte, das Tarnnetz gelüftet, das die verantwortlichen Kreise, die niemand zur Verantwortung zu ziehen wagte, über ihre Pläne und Absichten zu breiten versuchten. Seine Aufsätze bilden den lesbarsten und lebendigsten Kommentar zu den Aufmarschplänen der Reaktion. Wenn sie einmal gesammelt vorliegen werden, wird man eine erschütternde Geschichte des Verfalls der Weimarer Republik in Händen haben. In den Blättern, die er schrieb und die zu den geistvollsten und klügsten Äußerungen der deutschen Publizistik gehören, steht alles, was die damaligen Regierungen aus falsch verstandener Demokratie, aus Paragraphengläubigkeit und Unentschlossenheit an Schuld auf sich geladen haben. Carl von Ossietzky war Humanist und Revolutionär. Seine tiefste Abscheu galt der geschändeten Gerechtigkeit, der einseitigen Klassenjustiz, wie sie im Reichsgericht geradezu vorbildlich gepflegt wurde. Er genoß die Genugtuung, daß dieses Reichsgericht, das ihn gern für immer mundtot und unschädlich gemacht hätte, ihn mehrmals freisprechen mußte. Aber das war im Grunde nur ein Aufschub, den das Schicksal ihm gewährte. Der Haß gegen seine Person und die Weltanschauung, die er vertrat, wuchs in dem Maße, wie seine Sprache freier, kühner und anklägerischer wurde. Nach dem 30. Januar 1933 verschmähte er es, die Flucht vor den Nationalsozialisten, seinen Todfeinden, zu ergreifen, obwohl er wußte, daß er sich damit der Gefahr aussetzte, von seinen politischen Gegnern vernichtet zu werden. Aber was sollte er, der mit allen Fasern seines Wesens mit der deutschen Sache verbunden war, im Ausland? Von ihm stammt das Wort: *»Der politische Journalismus ist keine Lebensversicherung, das Risiko erst gibt seinen besten Antrieb«.* Er nahm das Risiko auf sich. Ein Vorwand, ihn zu verhaften und sich des Mannes zu bemächtigen, der bis zuletzt vor der Katastrophe gewarnt hatte, der Deutschland zusteuerte, war bald gefunden. Er wurde in ein Straflager geschleppt und dort mit systematischem Sadismus so lange gequält und geschunden, bis seine Gesundheit untergraben war. Inzwischen kam die Nachricht, daß ihm für seine vom Geiste der Verständigung zwischen den Völkern getragene Arbeit der Friedensnobelpreis zugesprochen werden sollte. Daraufhin ließen ihn die neuen Machthaber und Brandstifter des Reichstages frei, weil sie glaubten, mit dem »Fall Ossietzky« Propaganda für ihren neuen »deutschen Rechtsstaat« machen zu können, an den im Ausland schon längst niemand mehr glaubte. Sie inszenierten eine dumme, rührselige Großmutskomödie und erließen gleichzeitig ein Gesetz, worin sie sich entlarvten: kein Deutscher, so verordneten sie, dürfe je wieder diesen Preis annehmen. Sie waren schamlos und frech genug, sich als Rechtswahrer des Mannes aufzuspielen, von dem sie wußten, daß er dank der erlittenen Mißhandlungen in den Lagern, durch die sie ihn gezerrt hatten, nicht mehr lange leben würde. Sie brachten es fertig, einen Schauprozeß gegen den Anwalt einzuleiten, der Carl von Ossietzky um einen großen Teil des ihm zustehenden Geldes betrogen hatte: alles zu dem Zweck, der Welt Sand in die Augen zu streuen und ihre Unmenschlichkeit hinter einer menschlichen Geste zu verbergen. Aber die Welt ließ sich nicht täuschen. Sie hatte Carl von Ossietzky den Friedensnobelpreis zugedacht, eine der höchsten Ehrungen, welche die zivilisierte Menschheit zu vergeben hat, und als er an den Folgen der ihm zugefügten Mißhandlungen starb, wußte im Ausland jedermann, wer die Mörder dieses aufrechten Mannes waren. Dieser deutschen Tragödie ist weiter nichts hinzuzufügen. Sie wirkt sittlich läuternd durch sich selbst, als großes Beispiel und humane Tat.

Kurt Tucholsky

Der Faschismus und seine schwerindustriellen Schrittmacher, die damals unter anderen wahrhaft hochverräterischen Umtrieben die Zahl der Arbeitslosen durch Schließung von Betrieben künstlich hinaufdrückten, um das Heer der Unzufriedenen und wirtschaftlich und politisch Haltlosen zu vergrößern, haben kaum einen schärferen Ankläger gefunden als den Mann mit den fünf Namen, der eigentlich Kurt Tucholsky hieß und sich Peter Panter, Kaspar Hauser, Theobald Tiger und Ignatz Wrobel nannte, je nachdem, wen er angreifen, ein Lob aussprechen oder einen Hieb versetzen wollte. Besonders war es das demoralisierte Kleinbürgertum, war es die zunehmende Verblendung, mit der weiteste Kreise in Deutschland sich zu den Marschtakten der faschistischen Rattenfängermusik in Bewegung zu setzen begannen, die dem satirisch-politischen Witz Tucholskys Angriffsfläche und Ziel boten. Er genoß eine außerordentliche Popularität. In Prosa und Vers, in Chansons und Aufsätzen ging er auf die Nöte des Durchschnittsbürgers und seine geheimen Sehnsüchte und Träume ein, entwarf mit satirischer Feder Bilder seiner Lage und versuchte, in müden, hoffnungsarmen und abgestumpften Gehirnen einen Funken wahrhaften Klassenbewußtseins zu wecken. Denn wieder einmal waren die allerdümmsten Kälber dabei, sich ihre Henker selber zu wählen. Die Blindheit, mit welcher die zwischen den Extremen schwankende Masse der kleinen Angestellten, Arbeitslosen und Handwerker in ihr Verderben rannte, war erschütternd. Tucholsky versuchte, ihnen gleichsam den Star zu stechen und sie von ihrer Blindheit zu heilen. Der Untertan, der mit dem Wahlzettel und den Grundrechten einer Demokratie, die den Besitzenden alles und den Besitzlosen nichts gab, kaum etwas anzufangen wußte und der lieber gehorchte als selbstverantwortlich handelte, fühlte seine »große Stunde« herannahen. Man verlangte »Gefolgschaft« von ihm, und Gefolgschaft, besonders wenn diese Gefolgschaft in die Knechtschaft und zum Untergang führte, hatte er schon immer willig geleistet. Die braune Uniform, die er anlegen durfte, gab ihm sein Selbstvertrauen zurück; der Kommandoton, in dem seine sogenannten Führer ihre Machtansprüche vorbrachten, riß ihn aus seiner Lethargie; durch große Versprechungen zur Aktivität angereizt und durch Entfesselung seiner niedersten Instinkte zu einem gefährlichen Gegner gemacht, der selbst vor dem Mord nicht zurückschreckte, ja, den Mord als Krönung seiner politischen Existenz empfand, wurde dieser Untertan, der sich überdies zum Feldwebel über eine Anzahl seiner Mitbürger bestellt sah, der Demokratie und der Republik zum Verhängnis. Und das Wort von dem Kaiser, der ging, und den Generälen, die blieben, das in jener Zeit entstand und durch das die damalige politische Situation Deutschlands treffend gekennzeichnet wird, legt die Antriebe des Wirkens eines Mannes wie Tucholsky bloß. Er hat die Weimarer Republik ebenso wenig geschont wie Mühsam oder Ossietzky und ihr bittere Wahrheiten gesagt. Er sah, wie die Reaktion sich immer fester in das Gefüge der Republik einnistete; wie »Herrenklub« und andere feudale und großkapitalistische Vereinigungen immer skrupelloser und unverhüllter auf die Verwirklichung ihrer Pläne hinarbeiteten, sich mit Hohnlachen über alle parlamentarischen Einsprüche hinwegsetzten und einen großen Teil der Masse durch ihre Propaganda für sich gewannen. Und er kannte vor allem den deutschen Untertänigkeitssinn, der nicht erst unter Wilhelm II. entstanden und mit der Ausrufung der Republik von Weimar keineswegs verschwunden war. *»Der Traum eines jeden Deutschen«*, so hat er es einmal formuliert, *»ist es, hinter einem Schalter zu sitzen; und das Schicksal eines jeden Deutschen ist es, vor einem Schalter zu stehen.«*

Gegen diesen kleinbürgerlich-untertänigen Sinn, der sich vor dem Reichtum, vor der Macht und all ihren Symbolen servil duckt, während er nach der anderen Seite Fußtritte austeilt, zog er in all seinen Büchern zu Felde. Diesen Knechtssinn zu treffen, war er unablässig bemüht. Auf diesen Knechtssinn bauten die Militärs, mit diesem Knechtssinn als ihrer stärksten Stütze hatten sie von jeher gerechnet, und auch der Faschismus machte sich diesen Knechtssinn wieder zunutze. An diesem Knechtssinn, dieser Mischung aus Feigheit, Kriecherei und Prügelwollust einerseits und Bestialität und Größenwahn andererseits ist ein demokratisches Leben in Deutschland bisher immer gescheitert. Kurt Tucholsky hat sein Teil dazu beigetragen, den preußischen Kastengeist zu erschüttern. Als ihm die Möglichkeit zur Auseinandersetzung mit den teuflischen Mächten der Zeit genommen war, hat er in der Emigration seinem Leben ein Ende bereitet.

B. Traven

Über den Kapitalismus ist in den Tagen der Weimarer Republik viel geschrieben worden; er stand im Mittelpunkt einer mehr zu Diskussionen als zu entscheidenden Handlungen neigenden Zeit. Niemand vermochte sich den Auswirkungen der ungeheuren Wirtschaftskrisen zu entziehen, die unter ihm periodisch auftraten und nicht nur einzelne Länder, sondern die ganze Welt in Mitleidenschaft zogen. Er war der Pfahl im Fleische der Menschheit, die moderne Galeere, an welche die Menschen geschmiedet waren. Die Mehrzahl von ihnen seufzte unter den Lasten, die er ihnen auferlegte und unter denen sie sich ermüdet und stumpfsinnig dahin schleppten und am Körper und am Geist verkümmerten. Ein intellektueller Anarchismus begleitete diese einander abwechselnden Perioden von Konjunktur und Krise, von denen die erstere immer seltener wiederkehrte, während Krisenerscheinungen immer häufiger im Wirtschaftsleben und in der allgemeinen Politik auftraten. Theoretisch war man sich über die Ursachen der Erscheinung sowie über die Wege zu ihrer Überwindung so ziemlich im klaren; politisch versuchte man dem Ungeheuer über das Parlament beizukommen; künstlerisch jedoch war dieses Phänomen bisher nur sehr oberflächlich gefaßt worden. Es gab zwar Ansätze zu einer proletarischen Dichtung, aber das Epos des Proletariers war trotz einer Massenproduktion um dieses Thema noch nicht geschrieben. Der gute Wille, etwas zu leisten, Talent in reichlichem Maße war vorhanden, aber der Mann, der dieser Aufgabe als Künstler gewachsen gewesen wäre, fehlte. Die Schriftsteller standen hinter den bildenden Künstlern zurück. Als dann aber im Jahre 1927 ein Buch erschien, das eine einfache Seemannsgeschichte zu sein schien und doch unendlich viel mehr war, wie sich bald herausstellte, und das den Titel »Das Totenschiff« trug, war es alsbald klar, daß dieser Mann sich gefunden hatte.

Als Verfasser des »Totenschiffs« zeichnete ein B. Traven, ein Name, den man in literarischen Nachschlagewerken und Handbüchern vergeblich suchte. Und dieser B. Traven, der nicht einmal seinen Vornamen preisgab und der heute noch, was seine Lebensgeschichte und seine Herkunft angeht, der große Unbekannte ist, von dem man nur weiß, daß er in Mexiko lebt, füllte mit seinen erstaunlichen, rasch aufeinander folgenden, unbekümmert, unbelastet und unbeschwert hinfabulierten Büchern die große Lücke im proletarischen Schrifttum aus. Diese Bücher, die bei allen formalen Schwächen, an denen sie zum Teil leiden, bei aller Einseitigkeit zu den epischen Meisterwerken des frühen zwanzigsten Jahrhunderts gehören, enthalten großartige Ausschnitte aus der Geschichte des proletarischen Menschen unter dem Hochkapitalismus. Und wenn dieser Mensch, über dessen Nöte, Leiden und Denkungsart schon unendlich viel geschrieben worden ist und der bald das Objekt bürgerlichen Mitleids, bald nüchternster wissenschaftlicher Überlegungen war, überhaupt irgendwo in der Literatur zu seinem vollen Rechte kommt und Gestalt gewinnt – dann vor allem in den Büchern von Traven.

Diese wahrhaft sozialen und sozialistischen Romane zeigen ihn weder vom kitschigen Morgenrot billigster Freiheitsfarben umflossen, noch tritt er darin als ein Wesen auf, das völlig Vernunft, Parteiprogramm und edler Dulder ist. Von diesen Vollkommenheiten hat der Travensche Proletarier nichts an sich; Traven zeichnet kein abstraktes, propagandistisches Brustbild von ihm, er romantisiert ihn nicht – denn es gibt auch eine Proletarier-Romantik –, sondern er nimmt diesen Menschen, wie er ihn in einer Welt vorfindet, in der so ziemlich alles, bis auf ihre Profitgier, Phrase ist, nimmt ihn als leidendes, irrendes, kämpfendes Geschöpf, dessen Lebens- und Daseinsbedingungen nur einer aufrichtigen, wahrheitsgetreuen und ungeschminkten Darstellung bedürfen, um als revolutionäre Anklage zu wirken. In Travens Schaffen sind die beiden Grundelemente aller revolutionären Dichtung, Wahrheit und Anklage, auf das innigste zu einer Einheit verschmolzen. Seine Bücher leben nicht von Plakatzettelwahrheiten, sondern von den großen, brutalen Daseinswahrheiten. Seine Gestalten besitzen blutvollstes persönliches Leben und Individualität und zugleich geschichtliche, den engen Rahmen des Einzelschicksals sprengende Bedeutung. Traven ist jedoch nicht nur ein großer Künstler und Schriftsteller, er ist auch der erste proletarische Humorist von Rang und Größe. Und seine Bücher sind eben deswegen so erschütternd und ergreifend, weil sie aus der Liebe zum Menschen und aus dem Wissen um die Widersprüche und die Gegensätzlichkeit des Daseins entstanden sind.

Schon »Das Totenschiff«, der erste von seinen Romanen, der in Deutschland erschien, wies alle Merkmale der großen humoristischen Dichtung auf. Nur durch einen Humoristen war dem unmenschlichen Thema dieses Buches eine künstlerische, im tiefsten packende und befreiende Seite abzugewinnen. Denn hier war selbst die Hölle der christlichen Vorstellungswelt übertroffen, in welche die frommen Untertanen jeden Proletarier für eine Weile gewünscht hatten, ohne zu wissen, daß die Realität, in der die Proletarier lebten, die Schrecken ihrer Hölle bei weitem übertraf. Hier wurde unsere Welt, deren Fortgeschrittenheit und Humanität von tausend bürgerlichen Blättern in tausend Artikeln gepriesen wurde, bis in die verborgensten Schlupfwinkel ihres kapitalistischen Gefüges durchleuchtet und ihrer infernalischen Bürokratie, dem Profit Liebe, Mitleid und Gewissen opfernden Grausamkeit durch die Geschichte von den Totenschiffen, die trotz Seerecht und Völkerrecht auf den sieben Meeren fahren, ein Spiegel vorgehalten, in welchem sich ihr Christentum als Scheinheiligkeit, ihre Gesetzgebung als eine Reihe von legalisierten Verbrechen und ihre Zivilisation als abscheuliche Barbarei abzeichneten. In diesem Buche, das man als die Geschichte von der Entwürdigung und tiefsten Erniedrigung des Lebens durch den Kapitalismus ansprechen kann, hat Traven mit dem fürchterlichen Lachen eines Menschen, der keine Illusionen mehr hat, von den letzten Konsequenzen und Folgen dieses Systems gesprochen, das ein Recht nur für die Besitzenden kennt und die Besitzlosen auf die Totenschiffe des Daseins stößt, wo sie ihr Leben dafür hingeben müssen, daß ein unrentables Unternehmen durch einen letzten großen Betrug den letzten Profit abwerfe.

Diese Geschichte von den Totenschiffen, die von den Schiffahrtsgesellschaften auf große Fahrt geschickt werden, damit sie draußen irgendwo auf ein Riff laufen oder sonst irgendwie Schiffbruch erleiden sollen und damit ihre Eigentümer die Versicherungssumme einstreichen können, ist mit ergreifender, unpathetischer Nüchternheit erzählt. Es gibt nicht sehr viele Bücher, die das Leben so tief in seiner menschlichen Hilflosigkeit packen, dem Bürokratismus die Maske vom Gesicht reißen und die Gesellschaft so schonungslos anprangern; wenige Bücher, in denen das Lachen so echt und befreiend und gleichzeitig so bitter und anklagend klingt. Es ist ein großes Kunstwerk und ein großes Zeitdokument, aus dem spätere Geschlechter einmal die ganze Brutalität einer

Epoche werden ablesen können, die kein anderes Ethos kannte als den größtmöglichen Profit.

Der Realismus, mit dem es gedacht und geschrieben ist, rückt die Dinge aus ihrer Vereinzelung und sieht sie als Teile eines ungeheuer kompliziert erscheinenden wirtschaftlichen und politischen Apparates; er tastet nicht nur ihre äußeren Umrisse ab, sondern durchleuchtet ihr Inneres und zeigt sie in ihrer Relativität zueinander. Und so werden die Totenschiffe, von denen Traven erzählt, die einem weniger großen Künstler als Staffage zu einem Abenteurer-Roman willkommen gewesen wären, als Hintergrund zu einer sentimental-schaurigen modernen Piratengeschichte, unter seinen Händen zu Wahrbildern des großen Kampfes, in den unsere Zeit seit mehreren Generationen verstrickt ist, zu Wahrbildern ihrer tiefsten Erniedrigung und ihrer Hoffnung.

Auf diesen Galeeren des Kapitalismus fährt der Tod, der Tod in seinen schrecklichsten Formen, und reißt recht- und namenlos gemachtes Leben um eine Summe Geldes in die Tiefe; aber auf ihnen treibt auch der Kapitalismus selbst seinem Untergang entgegen. Durch Totenschiffe und Kriege kann er seine Herrschaft zwar verlängern und seinen Sturz hinauszögern, aber niemals kann er diese Herrschaft sittlich dadurch festigen, daß er das Leben um des Profites willen verachtet, auslöscht und zertritt. Und nur wo ein sittlicher Halt ist, ist Dauer. Er fährt auf seinen eigenen Totenschiffen zu Grabe. Die falschen Flaggen, unter denen er segelt, die falschen Deklarationen, die er ausstellt, sind die letzten brüchigen Stützen seiner Macht. Traven ist einer seiner unerbittlichsten und unbestechlichsten Richter. Er weiß, daß dieses System kein Verbrechen, keine korrupte Handlung, kein moralisch noch so verwerfliches Mittel scheut, um sich zu behaupten. Es kleidet sich in alle Felle und hängt sich jeden Mantel um. Wo seine legalen Möglichkeiten sich als unzureichend für seine Zwecke erweisen, schafft er sich illegale Wege; wo die bürgerliche Demokratie aufhört, seinen Kräften genügend freien Spielraum zu gewähren, gilt diese Demokratie für ihn als erledigt und abgetan; ihr Sturz wird ebenso skrupellos herbeigeführt, wie ein Bündnis mit dem Faschismus rasch und kurz entschlossen eingegangen wird.

Travens Bücher zeugen davon. Die Mehrzahl seiner Romane spielt zwar in Mexiko; aber was in Mexiko unter dem Kapitalismus Gültigkeit hat, das verliert, auf europäische Verhältnisse übertragen, nichts von seiner Wahrheit. Es gibt da zwar national bedingte Abweichungen, aber keine fundamentalen Unterschiede. Das Leben in diesem zwanzigsten Jahrhundert steht fast in allen Ländern der Erde unter den Gesetzen des Kapitalismus. Selbst der einfachste Peon im mexikanischen Busch, der weder lesen noch schreiben kann, steht unter seinen Auswirkungen. Der Kapitalismus frißt sich wie eine ansteckende Krankheit durch Dschungel und Wüste. Je paradiesischer die Landschaft, um so größer die Gefahr, daß sie durch ihn in eine Hölle verwandelt wird. Bald tritt er in seiner mildesten Form auf und bedient sich großer humanitärer Schlagworte wie: Fortschritt, Demokratie, Gleichheit; bald wirft er diese Hüllen ab und erscheint in seiner grausamsten Form: als faschistische Diktatur. Traven hat ihn in allen seinen Erscheinungsformen gezeichnet und sein würde- und sorgenvolles businessman-Profil mit ebenso klaren Strichen festgehalten wie seine von der Profitgier verzerrte Fratze. Sein Wort trifft ihn stets im Kern seines Wesens; ob er seine Worte einem Indianer in den Mund legt, der von Klassenkampf und Marxismus noch nie etwas vernommen hat, ob er einen Baumwollpflücker reden läßt oder einen mexikanischen Karrentreiber, einen Tramp oder einen Stehkragenproletarier, immer findet er den richtigen Ton. Seine Bücher sind vollkommen unakademisch; das Inhaltliche ist wichtiger als das Formale, die Lust am Fabulieren überwiegt, wie man es bei allen großen Erzählern findet, die jungen, lebenskräftigen Klassen angehören. Das Leben selbst, dessen Schönheit und Wildheit er kennt und dem er mit einer tiefen Liebe zugetan ist, gibt ihm die rechten Worte ein. Er besitzt die große Duldsamkeit des Herzens, aus welcher sein freier, starker Humor entspringt und jene seltene Natürlichkeit und frische Anschauungskraft, die alles in den Kreis ihrer Betrachtungen ziehen darf, ohne menschlich oder künstlerisch zu entgleisen. Es gibt Stellen in seinen Büchern, die von einer solchen Zartheit des Empfindens zeugen, daß man sie diesem Manne, dem kein Seemansfluch unbekannt und keine Lästerung fremd ist, kaum zutrauen würde. In den »Baumwollpflükkern« schildert er an einer Stelle, wie eine nächtens unter freiem Himmel auf der Prärie lagernde Viehherde von den Hirten in den Schlaf gesungen wird und wie unter dem einfachen Gesang alle Angst und alle Furcht vor den Schrecken der Nacht von den Tieren abfällt und sie sich, getröstet gleichsam, menschlichen Schutzes und menschlicher Güte gewiß zur Ruhe niederlegen. Und in einem anderen seiner Bücher, im »Karren«, findet sich eine der schönsten und zartesten Liebesgeschichten, die je geschrieben worden sind. Echter, einfacher und ergreifender hat Gottfried Keller in seiner Erzählung »Romeo und Julia auf dem Dorfe« die Liebe zwischen zwei von der Welt verlassenen Menschenkindern auch nicht darzustellen vermocht, wie es Traven hier gelungen ist. Was Traven jedoch von vielen anderen Schriftstellern unterscheidet, ist, daß er sich nicht damit begnügt, einen idyllischen Ausschnitt des Daseins zu geben, sondern nie auch nur für einen Augenblick vergißt, daß in der kapitalistischen Welt die billigen, in einem schmutzigen Fabrikort Mitteleuropas hergestellten Glasperlen oder Tücher für einen Eingeborenen der Südsee oder des mexikanischen Busches den ersten Anstoß zu seiner Versklavung geben können. Er sieht die Kette, die sich von einem Ende der kapitalistischen Welt zum andern zieht. Und er weiß, daß diese Kette nicht stärker ist als ihr schwächstes Glied, daß sie in dem Augenblick zerbrechen muß, in dem der Arbeiter aufhört, Furcht vor der Arbeitslosigkeit zu haben, daß sie in dem Augenblick zerreißen muß, mit dem sein Klassenbewußtsein und sein Solidaritätsgefühl erwachen und zu Taten drängen.

Travens Bücher sind aus einer geschlossenen revolutionären Weltanschauung entstanden. Sie sind überall dort gefürchtet, wo man die Wahrheit scheuen muß, überall dort verboten, wo das freie Wort unterdrückt wird. Wo die Kirche sich zur Wegbereiterin und zum Handlanger des Kapitals macht, wo vom Himmel nur deshalb soviel gesprochen wird, weil man die Menschen vom Nachdenken über die Zustände auf der Erde ablenken will, dort wird man seine Bücher nicht laut genug als Schmutz- und Schundprodukte verdammen können. Aber wo man sie aus diesem Grunde verdammt, stellt man ihnen die höchste Empfehlung aus. Ein Buch, das nie auf irgendeinem Index gestanden hat, ist selten wert, gelesen zu werden.

Unser Jahrhundert hat eine umfangreiche proletarische Literatur hervorgebracht, aber nur wenige proletarische Kunstwerke. Travens Romane sind die ersten proletarischen Kunstwerke, die den Vergleich mit den großen epischen Leistungen der bürgerlichen Kulturepoche aushalten, ohne dabei an Bedeutung zu verlieren. Sie haben Tiefe und Feuer, Schärfe und Innigkeit. Hier ist die Kunst nicht Spiel mit leeren Worten, der Geist nicht von der Wirklichkeit losgelöst und die Wirklichkeit nicht verfälscht. Es sind Dichtungen, die das ganze Leben spiegeln, seine tragischen und seine komischen Seiten, seine Größe und seine Verlorenheit, und das Schicksal des einzelnen tief mit dem Gesamtschicksal der heutigen Menschheit verweben. Es sind Zeugnisse eines richtenden, die Qual der Kreatur mitleidenden und in dem großen Menschheitskampf gegen Unterdrückung und Barbarei mitkämpfenden Geistes.

Erich Kästner

Kästner gehört einer Generation an, die bei Ausbruch des ersten Weltkrieges gerade die Schule verlassen hatte und ins sogenannte Leben eingetreten war. Diese damals Fünfzehnjährigen, die eigentlichen Schmerzenskinder des zwanzigsten Jahrhunderts, zu jung, um bei Langemarck zu sterben, aber gerade doch noch rechtzeitig zur Welt gekommen, um gegen Ende des Krieges in die Uniform gepreßt zu werden, sahen sich an der Schwelle zur Jugend um alles Glück der Jugend betrogen. Durch den Krieg waren sie wie durch einen Abgrund von der Welt ihrer Väter, dem Europa vor 1914, getrennt und wurden, frühreif zwar, aber wie alles Frühreife ohne rechten geistigen und sittlichen Halt, in eine chaotische Nachkriegswelt hineingeworfen. Sie mußten schwimmen, ohne daß sie gewußt hätten, wo die rettenden Ufer lagen, und sich mit den Dämonen der Zeit und ihren aufgewühlten Leidenschaften sowie den Überresten längst fragwürdig gewordener Weltanschauungen herumschlagen. Sie erlebten eine Revolution, die durch Waffengewalt in das Fahrwasser eines zahmen Reformismus gezwängt wurde, hörten große, wohlklingende Worte, denen keine Taten folgten, hörten, wie man überall von »Ordnung« sprach, ohne daß die einzig vernünftige Ordnung, die sozialistische, geschaffen wurde, und verfolgten den Gang der Dinge mit zunehmender Desillusionierung und zynischen Bemerkungen. Mit der Inflation, diesem groß eingeleiteten Betrug des Finanzkapitals, die Reparationskosten auf die Schultern der kleinen Sparer abzuwälzen, dem psychologisch ein Genußtaumel, eine Vergottung des Augenblicks mit dem Ruf: Nach uns die Sintflut! folgte, diesem ersten Großausverkauf der Kultur, wurde den besonnensten Köpfen dieser Generation etwas von ihrer Aufgabe bewußt. Sie fühlten sich angeekelt von allen überhitzten Phrasen und inflationistisch aufgeblähten Worten, von der Republik verraten, die gegen alle antinationalistischen Strömungen mit Ausnahmeparagraphen vorging, und fanden, vom Goldrausch der Expressionisten geheilt, zu einer kühlen, nüchternen und sachlichen Haltung dem Leben gegenüber. Sie wurden die Erfinder einer neuen Sachlichkeit, die kein ästhetisches Stilprinzip, sondern eine innere Haltung sein sollte. Sie hatten genug vom »reinen Geist«, von der »reinen Kunst«, von der reinen Lüge, und sehnten sich nach Wirklichkeit und Tatsachen. Sie wurden bescheidener und gleichzeitig anspruchsvoller und suchten die in Gärung, stellenweise schon offensichtlich in Verwesung geratene bürgerliche Gesellschaft ohne Inanspruchnahme der kosmetischen Schönfärbemittel literarischer Friseurgehilfen zu schildern und nahmen sich vor, ehrlich und aufrichtig bis zur Brutalität zu sein. Sie waren böse darüber, daß die Welt so böse war, wie Hermann Kesten, einer ihrer Wortführer, es ausgedrückt hat. Und sie nahmen den Kampf mit dem Bösen auf, nicht als Metaphysiker und als Propagandisten eines Heroismus aus Nervenschwäche, sondern als Zerstörer nationalistischer und militaristischer Legenden. Sie traten als soziale Ankläger auf, als Kritiker von Verhältnissen, als deren Opfer sie sich fühlten. Die Welt, in welcher sie lebten, stürzte von einer Wirtschaftskrise in die andere; nicht nur Angestelltenexistenzen wankten; in dem sozialen Erdbeben, das an den Börsen Amerikas und Europas registriert wurde, brachen sogar große Konzerne zusammen. Den Bürger packte das Grauen, die Furcht vor dem Absturz ins Proletariat, und er schrie nach einem starken Mann, nach einem Retter, einem Lesebuchengel mit Schwert und Unteroffizierstressen, und war gewillt, seine Söhne aufs neue den Generälen und einer kriegslüsternen Industrie auszuliefern.

»Wo ein Kopf ist, ist meistens auch ein Brett«, sagte Erich Kästner, einer der klarsten Köpfe dieser desillusionierten Generation, die gegen den Militarismus in einer Zeit ankämpfte, als man allerorts bereits den neuen Weltkrieg vorbereitete. Gegen dieses Brett vor den meisten Köpfen hat Erich Kästner einen ganzen Köcher voll satirischer Pfeile losgelassen. Obwohl er wußte, daß man sie nie trifft, hat er nicht aufgehört, die deutschen Spießbürger zu beunruhigen. Was er schrieb, waren kaum noch Verse im herkömmlichen, oberlehrerhaften Sinne, es waren Messerstiche, waren Rufe eines verzweifelten, spät geborenen Aufklärers, eines Vernunftmenschen Lessingscher und Voltairescher Prägung, der unerschrocken und tapfer in das Wespennest nationaler und militaristischer Vorurteile hineinstach. So wenig soldatische Tugenden dieser jüngste Fußartillerist des ersten Weltkrieges auch besaß, über soviel Zivilcourage verfügte er. Ich weiß nicht, ob er beim Militär je eine Zwölf geschossen hat; mit seinen Versen jedoch hat er

stets ins Schwarze getroffen. Er hat der deutschen Sentimentalität nicht geschmeichelt und der preußischen Psyche, die sich vom Kasernenhof hinter den Schreibtisch, von der Schreibstube ins Büro verflüchtigt hatte, die Maske heruntergerissen. Er hat die Deutschen bei ihren Lieblingsvorurteilen gepackt und ihnen statt Marschmelodien und exotischen Tangos ironisch geschliffene Wahrheiten und Warnungen ins Ohr gepfiffen.

Als entschiedener Moralist ist Kästner der sozialen und politischen Problematik seiner Zeit nicht ausgewichen. In der ätzenden Säure seiner Verse löste sich die kapitalistische Kulturtünche von den Dingen, zergingen die nationalistischen Kraftembleme, wurde die Potenzprotzerei nordischer Heldenmystik ins Licht der Lächerlichkeit gerückt, und der Kleinbürger, der sich aus durchsichtigen Gründen nach Walhalla sehnte und für Walküren schwärmte, erschien als ebenso närrische wie gefährliche Figur auf der Bühne der Zeit. Feierliche Ministerphrasen wurden schonungslos glossiert; die Wunschtraumwelt des kleinen Angestellten wurde mit der Wirklichkeit kontrastiert. Die Verlorenheit einer Generation, die nach sinnvoller Arbeit suchte, bestenfalls eine Beschäftigung fand und in der Mehrzahl als arbeitslos registriert wurde, fand in seinen Versen ergreifenden Ausdruck. Kästners Gedichte sind Zeugnisse eines leidenschaftlichen Gerechtigkeitssinnes, der freiwillig auf jedes Pathos verzichtet und gegen alles, was aus der Unterwelt der Affekte stammt, mißtrauisch ist. Er kannte die verhängnisvolle Neigung vieler Deutscher zu nationalistischen Affekthandlungen, zu denen man sich seltsamerweise gerade in dem Lande, das die »Kritik der reinen Vernunft« hervorgebracht hat, immer wieder hinreißen ließ; er kannte die deutsche Vorliebe für eine jeder Vernunftkontrolle entzogene »Innerlichkeit«, eine Sphäre, in welcher der »Mythos des zwanzigsten Jahrhunderts« zusammengebraut wurde, an dem sich die kleinbürgerlichen Akademiker am Stammtisch berauschten. *»Wenn wir den Krieg gewonnen hätten ...«* schrieb er und entwarf ein ebenso grandioses wie schauerliches Bild eines deutschen Sieges, eines ins Groteske gesteigerten Militarismus und preußischen Cäsarenwahns, unter dem die Vernunft für immer *»in Ketten«* liegen würde. So überspitzt und übertrieben manche von Kästners Formulierungen auf den ersten Blick anmuteten, so tief waren sie in der deutschen Realität verwurzelt, und je dichter sie das Groteske streiften, um so größer war die Wahrscheinlichkeit, daß sie einmal Wirklichkeit werden würden. *»Das Schlimmste an diesen Zitaten allen«*, hat Kästner bei einer anderen Gelegenheit gesagt, *»ist, daß man sie für möglich hält.«* Von diesen deutschen Möglichkeiten zum Absurden und zur Bestialität hat Kästner in seinen Dichtungen ausgiebig Gebrauch gemacht. Wo es um *»die Dummheit als Volksbewegung«* ging, kannte er keine Schonung der sogenannten heiligsten Gefühle des Bürgers und keine Rücksicht auf sein gegen Realitäten unempfindliches, dafür aber gegen eine zu seinen Gunsten verlogene Darstellung des Lebens um so offeneres Herz.

An dieser Verfälschung des Lebens durch die Kunst, durch das Wort, hat Kästner sich nie beteiligt, auch nicht als stiller Aktionär an dem Riesenkonzern der literarischen Vaterländerei. *»Ich will nicht schwindeln. Ich werde nicht schwindeln. Die Zeit ist schwarz, ich mach euch nichts weis«*, schrieb er in den Jahren, als der Hakenkreuz-Nationalismus bereits jede Lebens- und Gesellschaftskritik von links mit Todesdrohungen beantwortete. Für Kästner war und ist die Kunst eine Waffe der Humanität geblieben, und er hat in der guten Stube des Bürgers, die nicht nur irgendein geschmacklos eingerichtetes Zimmer, sondern ein innerer Zustand ist, mächtig aufgeräumt und seine Fetische und patriotischen Nippesfiguren zerschlagen. *»Es ist nicht leicht, sie ohne Haß zu schildern, und ganz unmöglich geht es ohne Hohn«*, hat er von ihnen gesagt, von den deutschen Tschitschikoffs und Babbits, die ameisenartig auf dem Kehrichthaufen des Jahrhunderts herumwimmelten. Er hat durch die Hintertür dieses Jahrhunderts geschaut und das scharfe Scheinwerferlicht seines Spottes auf den billigen Gefühls- und Gedankenersatz gerichtet, mit dem man sich begnügte und der in den Konfektionswerkstätten des Lebens und der Kunst zu haben war.

In einer von den wenigen Erzählungen, die er veröffentlicht hat, einer Geschichte von den *»heimlichen Kriegsopfern, die man mitzuzählen vergaß«*, schildert er, wie ein junger Mensch – ein Teilnehmer jenes »Kinderkreuzzuges«, den die Oberste Heeresleitung gegen Ende des ersten Weltkrieges beschloß – dem Offizier wiederbegegnet, der für die in seiner Kompanie an den Rekruten verübten sadistischen Grausamkeiten verantwortlich war, und ihn, nachdem er ihn ins Gesicht geschlagen hat, zum Duell fordert. Aber der junge Mensch – *»ein Todeskandidat von der langwierigen Sorte«* –, den nur der Haß noch zehn Jahre am Leben erhalten hat, bricht, noch ehe er auf seinen einstigen Peiniger schießen kann, am Herzschlag zusammen und stirbt. *»Das Leben des jungen Chemikers reichte zum Voll-*

zug der Rache nicht aus«, schreibt Kästner. Er selbst hat mit seinen Dichtungen für ihn und die anderen tausend Namenlosen Rache genommen, die in Flandern von britischen Tanks zermalmt wurden oder durch die Wirtschaftskrisen um Existenz und Leben kamen.

Auch von der Angst, der Sehnsucht und der geistigen und moralischen Verwirrung der Überlebenden ist viel in seine Verse eingegangen. Der Großstadtmensch des zwanzigsten Jahrhunderts spricht sich darin aus, nackt wie er in die Badewanne steigt – sofern er eine hat –, ein Wesen voll von Widersprüchen und heimlichen und unheimlichen Ressentiments, eine Chaplinfigur, die ihre tiefsten Herzensangelegenheiten hinter einem brutalen Zynismus verbirgt und mit sich selbst zum Begräbnis geht und ihre Hoffnungen, kaum daß sie geboren sind, zu Grabe trägt.

Das ist der eine Kästner, der Mann mit dem satirischen Stachel im Fleisch, der den »Gesang zwischen den Stühlen« schrieb und sich über alles lustig machte, weil es so traurig und niederträchtig war, und der in den Herzen einen Funken verschütteter Menschlichkeit wecken wollte, damit die Welt besser werde. In dem anderen steckt ein ewiger Junge, der das Spielen nicht verlernt hat und der für seine Kameraden vom Schulhof die schönsten, abenteuerlichsten und zeitnahesten Jugendbücher schrieb und die Geschichten von Emil und den Detektiven und dem Fliegenden Klassenzimmer erfand. Er verkörpert einen Typ des Schriftstellers, wie die Deutschen ihn brauchen und wie er in Deutschland selten ist, ein Humanist der Tat mit lebendigem, weltoffenem Herzen und weltweitem Verstand.

Nachwort

Noch viele Namen von toten und lebenden Schriftstellern wären zu nennen, viele verschollene und vergessene Bücher aufzuführen, wenn ich all die Männer vorstellen wollte, die als Richter ihrer Zeit mutig und unerschrocken für Menschenrecht und Freiheit eingetreten sind. Ihre Namen und Werke auch nur annähernd vollständig aufzuführen, würde eine lange Liste füllen. Aber wir wollen ihrer hier gedenken und uns daran erinnern, daß von der Antike bis zur Gegenwart, von den Tagen Neros bis zur Herrschaft Hitlers, es nicht zuletzt ihrem Wirken zu verdanken ist, daß die Wahrheit gesagt, das Recht gefordert und der Gewalt entgegengetreten wurde; daß die Zeiten noch tiefer in Blut und Barbarei versunken wären, wenn sich nicht immer wieder unbestechliche Richter ihrer Schäden gefunden hätten; daß Humanität, Freiheit und Gerechtigkeit längst nur noch leere Begriffe wären, wenn diese Männer und Frauen nicht stets von neuem, unter Gefahr und Verfolgung, Vernunft und Unsinn geschieden und als Richter ihrer Zeit das vollbracht hätten, was unserer Gegenwart Aufgabe und Verpflichtung bleibt.

Ferien von Berlin

Quiaios

Portugal 1969

Über den schmucklosen Häusern
des Dorfes
das dumpfe Brausen
atlantischer Brandung,
und Frauen, wie erfüllt davon,
auf dem Wege zum Brunnen,
Wasserkrüge und Wäschekörbe
auf den Köpfen,
bereit, auf blutenden Füßen
nach Fatima zu pilgern,
wundergläubig und arm
wie das ganze ländliche Volk,
das soviel hofft,
sowenig besitzt
und soviel zu geben versteht:
die heiße gebackne Kartoffel
aus schwieliger Hand,
Maisbrot frisch aus dem Ofen
mit Reisig angeheizt,
Fisch an der Sonne gedörrt
oder gerade den Netzen entnommen,
auf Holzkohle gebraten,
und der Atem Portugals,
der Geruch von Sardinen,
aus den ärmlichsten Hütten im Land.
Und zum Nachtisch Früchte
wie sie die Jahreszeit bringt,
und Gelächter dazu
und Gesichter, die noch zeigen können,
was den Menschen erfreut oder bekümmert;
aber komm her zu mir, Fremder,
setz dich an unsern Tisch,

wo der Fortschritt den Frohsinn
und das Gespräch noch nicht verdrängt,
zeig, daß dir schmeckt,
was wir kochen auf unsern Reisigfeuern,
schnell zieht der Rauch wieder ab,
doch ihr müßt bleiben,
und uns erzählen,
was ihr träumt und denkt,
denn die Nächte sind lang,
und wir Frauen
allein auf dem Feld und im Bett,
und morgens der Nebel,
denn das Meer ist nah
und nur selten still
und brandet wild
wie die unruhige Zeit in uns brandet;
Strandlilien und Disteln,
genügsame Esel
unsre einzige Gesellschaft,
und ihr klägliches Schreien des Nachts,
aber leg dein Gesicht
in meine Hände, Fremder,
wir haben nicht viel zu spenden,
nur Trost, den wir selber brauchen;
daß ihr gekommen seid, ist schön,
wie können wir euch danken?
Uns danken? Nein!
Hör zu, Mutter, hör zu, Quiaios,
wir sind die Beschenkten,
daß wir willkommen waren
wie Brüder, daheim unter euch
wie Söhne und Schwestern,
durch fremde Sprache hindurch
und darüber hinweg
Heimat und Zuhause bei euch fanden!
Adeus, Quiaios,
maisgrünes Dorf am Atlantik,
hinter Dünen geduckt
fern von den Straßen der Welt.

Hauki Saari

Hauki Saari – die Hechtinsel – ist unbewohnt und nur mit dem Motorboot zu erreichen. Sie liegt inmitten des Puru Vesi im Osten Mittelfinnlands, und die Gewässer rings um ihre steinigen Gestade gelten als gute Fischgründe. Unser Freund Unto, der Fischer, machte uns darauf aufmerksam und berichtete uns von einem englischen Diplomaten, der dort erstaunliches Glück beim Angeln gehabt haben sollte. Wir versuchten ihm klar zu machen, daß wir keine Diplomaten wären, aber das schien ihn nicht weiter zu bekümmern, und nachdem wir ihm versprochen hatten, das Benzin zu bezahlen und eine Flasche Schnaps zu stiften, erklärte er sich bereit, uns hinzufahren. Er war ein großer, etwa vierzigjähriger Mann, der zusammen mit seiner Mutter, einer prächtigen alten Bäuerin, in einem halbverwilderten kleinen Anwesen auf Verhasalo hauste. Er hatte im Kriege eine Beinverletzung davongetragen und hinkte leicht. Wenn die Rede auf den Krieg kam, fluchte er abscheulich, aber sonst lachte er gern und wollte viel von Berlin wissen und den Bedrängnissen, denen seine Bewohner ausgesetzt seien. Eines Sonntagmorgens trafen wir uns, wohlausgerüstet, wie wir glaubten, vor seinem Haus, aber als er mich in meinem dünnen Jackett erblickte, schüttelte er den Kopf, zog die dicke, pelzgefütterte Joppe aus, die er anhatte, und überreichte sie mir. Ich fuhr hinein und fühlte mich äußerst behaglich und gegen den heftigen Südwestwind geschützt, der sich aufgemacht hatte. Sein Boot, ein einfacher großer Fischerkahn mit einem mittschiffs eingebauten Motor, lag auf zwei Baumstämmen am Ufer fest. Wir stiegen ein und fuhren tanken zu dem einzigen Krämer auf Verhasalo. Unto mischte Benzin und Öl, füllte den Tank und bald knatterten wir auf die Eisenbahnbrücke zu, hinter welcher die Gewässer des Puru Vesi begannen, des klarsten und reinsten Sees in ganz Finnland, wie Unto stolz behauptete.

Das bewaldete Land trat weiter zurück, die Häuser am Ufer wurden seltener, der Wind heftiger. Wir hatten ihn im Rücken und machten gute Fahrt. Über uns hing ein fahlgrauer hoher Sturmhimmel. Während wir dahinglitten, machten wir unser Angelgerät zurecht, doch Unto schüttelte den Kopf, noch wären wir nicht an der richtigen Stelle. Als wir um eine der vielen Inseln herumbogen, die sich nur der Größe nach voneinander unterscheiden, sich sonst mit ihrem Bestand an Kiefern und Birken und Unterholz aber völlig gleichen, traf uns der Sturm mit voller Wucht von vorn. Vor uns lag eine riesige, tief aufgewühlte Wasserfläche, auf der weiße Schaumkronen tanzten und gischteten. Das Boot erwies sich als äußerst seetüchtig. Wir auch. Wozu Unto befriedigt nickte und mir eine dicke, aus Zeitungspapier gedrehte Zigarette reichte, die alsbald ausging, und nicht nur vor Nässe. Der Himmel senkte sich immer tiefer herab. Es fing an zu regnen. Nadelspitze, stechende Tropfen. Aufklatschend schlug der Bug ins Wasser. Gischt sprühte über uns hin. Plötzlich fing der Motor an zu stottern und setzte kurz danach aus. Das Boot begann zu schlingern und zu rollen. Unto wickelte die Kordel um den Anlasser und zog ein paarmal vergeblich ab. Wir lagen hilflos in dem bewegten Wasser. Die Sicht verringerte sich von Minute zu Minute. Unto fluchte auf den Krämer und sein Benzin. Er müsse es verpantscht haben. Er ergriff die langen Riemen, legte das Boot auf Kurs und lief ein winziges Eiland an, das, mit kärglichem Baumwuchs bedeckt, aus der Flut ragte. Dort machte er sich am Motor zu schaffen und wechselte eine Zündkerze aus. Es regnete stärker. Der Südwester heulte um das Inselchen und bog die Bäume, als wollte er sie mit sich reißen. Auf der weiten Wasserfläche war weit und breit kein anderes Boot zu sehen. Der Sturm hatte die wenigen einheimischen Fischer, die hier draußen in dieser Einöde von Wasser und Himmel ihr Revier hatten, längst vertrieben. Aber Unto hatte versprochen, mit uns nach Hauki Saari zu fahren, und kein Unwetter konnte ihn davon abhalten. Nach der Reparatur sprang der Motor auch tatsächlich wieder an. Für trügerische drei Minuten oder so machten wir volle Fahrt gegen die anrollenden Wellen. Es war schön, aber nirgends ein Anzeichen dafür, daß es sich in Bälde aufklären würde. Wie weit es noch wäre? brüllte ich Unto zu. Ein Kilometer, brüllte er lachend zurück. Erst später merkten wir, daß jede Entfernung für ihn ein Kilometer war. Mitten in dem bedrohlich wogenden Wasser setzte der Motor erneut aus, und diesmal sprang er allen Bemühungen Untos zum Trotz nicht wieder an. Das Wasser war voller Untiefen. Die Wellen schäumten über dicht unter der Oberfläche liegenden Klippen hinweg. Hier habe der englische Diplomat die großen Barsche gefangen, erklärte uns Unto lachend und brachte das Boot mit weitausholenden kräftigen Riemenschlägen unendlich langsam vorwärts. Zum Teufel mit dem englischen Diplomaten, dachte ich, zum Teufel mit seinen Barschen, die uns für verrückt halten mußten, an einem solchen Tag an ihren Berg zu kommen. Ein paarmal waren wir dicht daran, auf eine Klippenbank aufzulaufen, und Unto legte sich kräftiger ins Zeug, um aus der Gefahrenzone in tieferes Wasser zu gelangen. Es regnete noch immer. Im Südwesten war der Himmel von einem schmutzigen Gelb. Merkwürdigerweise war das Wasser jetzt ruhiger. Werft die Leinen aus, sagte Unto. Hechte. Ich ließ die Schnur mit dem schweren Blinker langsam ablaufen. Manchmal geht auch der Lachs darauf, erklärte Unto. Für eine Weile geschah nichts. Die Schnur schleppte hinter dem Boot her. Dann gab es plötzlich einen Ruck. Ein Anbiß? Es schien so. Die Rute bog sich, ich spürte den Widerstand am äußersten Ende der Leine und hieb kräftig an. Dann noch einmal. Und jetzt merkte ich deutlich, daß es kein Fisch sondern ein Hänger war. Nur mit Mühe bekam ich den Haken frei. Dann fiel der Sturm wieder über uns her, und Unto hielt Ausschau nach einer Anlegestelle im Windschutz einer der vielen Inseln, die ihm sämtlich vertraut waren. Als er darauf zuhielt, erblickte ich draußen auf dem Wasser in ziemlicher Entfernung etwas Schwarzes. Es sah wie ein mit den Wurzeln nach oben treibender Baumstubben aus. Ich machte Unto darauf aufmerksam. Hirvi, schrie er, ein Elch – ein gewaltiges männliches Tier, das mitten durch den gewaltigen, stürmischen See zu einer anderen Insel hinüberwechselte. Unto war nicht zu bewegen, sich dem Elch mit dem Boot zu nähern, es sei gefährlich, und langsam entschwand er unseren Blicken, von einem Paar wellenreitender Wildgänse gefolgt. Wir landeten, als gerade ein grober Hagelschauer niederging. Unto machte Feuer, was bei dem starken Wind und der Nässe gar nicht einfach war, doch alsbald siedete das Wasser in dem verrußten Teekessel, die ersten Scheite zerfielen zu Glut und verbreiteten eine angenehme Wärme, und da es keine Fische zu braten gab, stärkten wir uns mit einem Kanten Bauernbrot und einem tüchtigen Stück Butter. Es schmeckte herrlich. Am Nachmittag werde der Wind sich legen, und wir würden Fische fangen. Der Wind legte sich auch tatsächlich, aber wir fingen keinen Fisch, auch Unto nicht. Er zuckte gleichmütig die Achseln. Bei Fischen und Frauen wisse man nie, meinte er, streckte sich in einer niedrigen, rauchgeschwärzten Höhle auf Hauki Saari aus und schlief sofort ein, während wir mit angezogenen Knien dahockten, in den Regen starrten und an Berlin dachten, das rings von schönen Seen umgeben ist – uns schwerer erreichbar als Hauki Saari irgendwo im Puru Vesi.

Verzeichnis der Buchveröffentlichungen

Solange das Herz schlägt (Roman). 1937

Christian Ludwig Liscov: Die Vortrefflichkeit und Nothwendigkeit der Elenden Scribenten gründlich erwiesen. Hrsg. und mit einem Vorwort von H. R. 1939

Richter ihrer Zeit (biographische Essays). 1940, ²1956

Deutsche Schriftsteller als Richter ihrer Zeit (biographische Essays). 1947

Klang der Frühe (Erzählungen). 1948

Bootsfahrten (Essays). 1948

Die Lawine (Erzählungen). 1949

Der junge Lessing. Briefe, Gedichte, Schriften. Hrsg. v. H. R. 1949

Irdene Scherben (Gedichte). 1954

Schicksal am Montparnasse (Romanbiographie). 1955

Maupassant, ein Leben. 1959

Fontane, Berlin und das 19. Jahrhundert. 1962

Aus unserem Programm:

Theodor Fontane
Der Schleswig-Holsteinsche Krieg im Jahre 1864

Fotomechanischer Nachdruck der Erstausgabe mit einem Vorwort von Sven-Aage Jørgensen herausgegeben von Helmuth Nürnberger

Jobst von Nordheim
Verlorene Jahre

Erinnerungen eines Fahnenjunkers an den Krieg und die Gefangenschaft in Rußland, die Eroberung Brombergs und die Odyssee durch die Lazarette. Eine auch gegen sich selbst schonungslose Analyse, aufgezeichnet fünfzig Jahre nach dem Ende des II. Weltkriegs.

Helmuth Nürnberger
Das Schloß der Kinderfrau
Kleine Beiträge zur Literatur des 19. und 20. Jahrhunderts

Nürnbergers Essays und Rezensionen, entstanden in den letzten dreißig Jahren, wurden aus Anlaß seines 70. Geburtstags erstmals zusammengestellt. Seine Beiträge über Grillparzer, Schnitzler, Joseph Roth, Storm, Grass, Damm – und natürlich Fontane – bilden einen Streifzug durch die vielschichtige Welt der deutschsprachigen Literatur.

Weitere Titel in Vorbereitung.

Bitte fordern Sie unser Verlagsverzeichnis an: